기슴

기습

초판 1쇄 찍은날 2018년 4월 6일
초판 1쇄 펴낸날 2018년 4월 16일

글 정서정
펴낸이 서경석
편집 최하나, 김설아 | **디자인** 최진실
마케팅 서기원 | **영업, 관리** 서지혜, 이문영

펴낸곳 청어람M&B
출판등록 2009년 4월 8일(제313-2009-68)
주소 경기도 부천시 부일로483번길 40 서경빌딩 3층 (14640)
전화 032)656-4452
팩스 032)656-9496

ISBN 979-11-86419-40-3 03810

이 도서의 국립중앙도서관 출판예정도서목록(CIP)은 서지정보유통지원시스템
홈페이지(http://seoji.nl.go.kr)와 국가자료공동목록시스템(http://www.nl.go.
kr/kolisnet)에서 이용하실 수 있습니다.(CIP제어번호: CIP2018009397)

가슴

정서정 소설집

청어람 M&B

| 차례 |

01 기습

삼켜요!

언제나 그렇듯 저들은 예고도 없이 병실로 들이닥쳤다. 그러곤 당신이 반항하지 못하도록 두 팔을 꽉 붙잡더니 콧구멍에 긴 고무 대롱을 마구 밀어 넣기 시작했다. 당신은 느닷없이 체포되어 물고 문당하는 사람처럼 그저 왜왝거릴 뿐 영문도 모른 채 속수무책으로 당하고만 있었다. 삼켜요! 당신이 헛구역질할 때마다 빠져나오는 대롱. 그때마다, 삼키라니까! 짜증부리며 목구멍 속으로 더 깊이 대롱을 밀어 넣고자 하는 저들. 승강이질은 계속됐고 당신은 두려움과 모멸감에 치를 떨었다. 저들의 손에 내맡겨진 순간부터 당신의 주인은 이미 당신이 아니었다. 무작한 손아귀에 덜미 잡힌 당신 몸뚱이는 의지에 반해 버둥거렸고 돼지 멱따는 소리를 냈고 눈물을 찍어냈다. 무력하게 꼭뒤 눌린 당신. 고통에 휘달려 빠르작거리는 몸뚱이.

소위 '수술받기 위한 몸을 만들기 위해' 24시간 전부터 당신은 그렇게 강제정화작업에 투입된 거다. 준비의식은 전날 새벽 채혈부터 시작됐다. 당신이 아직 혼곤한 잠에 빠져 있을 때 기습적으로 들이닥친 저들이 당신 팔에서 공복상태의 피를 한줌 빼내가더니 이후보다 끔찍한 고문이 당신을 기다리고 있었다. 당신의 대장을 완벽하게 세척하고자 하는 관장고문 말이다. 속을 다 비워낸 당신이 마침내 바람 빠진 고무풍선처럼 축 늘어질 때까지 고문은 계속됐다. 항문에서 고장 난 수도꼭지처럼 멀건 물만 찔찔 새나올 때까지. 창자 속에 눌러 붙어 있는 질긴 숙변에서부터 파렴치한 기생충 알 한 점까지 남김없이 싹 쓸어내고 그걸로 순대를 만들어도 될 만큼 속이 말끔해질 때까지.

그다음 단계는 보다 엽기적인 면도질이었다. 저들은 당신을 벌거벗기더니 망측하게도 복부부터 치부 언저리께까지 솜털 하나 남기지 않고 싹 밀어 버렸다. 사뭇 변태적인 그 면도질이 끝나고 나자 당신은 영락없이 털 다 뽑힌 생닭 꼬락서니가 되고 말았다. 그리고 마지막 단계가 저 대롱고문이었다. 당신 콧구멍 속으로 저 망할 놈의 대롱을 꾸역꾸역 밀어 넣는 고문으로 고통스러운 준비의식은 절정에 달하고 있었다.

대롱이 마침내 목표지점인 위 속까지 내려갔나 보다. 마침내 모든 정화의식이 끝나고 제물로서 갖춰야 할 모든 준비를 마친 당신은 목에 낀 이물질 때문에 그만 벙어리가 되고 말았다. 그런 당신에게 검사필 도장이라도 꾹 찍어주듯 미간에서부터 콧잔등까지 흰 반창고를 죽 붙여주는 손. 엉겁결에 당신은 코뚜레 꿰인 송아지 꼴로 전락해 버렸다. 이제 그런 흉측한 꼴로 당신은 또 어딘가로 끌려갈 모양이다. 남자간호사들이 사뭇 경건하게 당신을 환자수송용 침대로 제물처럼 옮겼다. 그들 뒤에서 그와 당신 어머니가 망연자실하게 그 광경을 바라보고 있었다. 곧 제단으로 끌려 갈 당신을 매우 낯선 눈빛으로 바라보고 있는 저들. 당신과 그들 사이에 이미 보이지 않는 금줄이 쳐져 있기라도 한 듯 경계선 밖에 우두커니 서 있는 저들.

마침내 침대가 움직이기 시작했다. 역주하는 천장. 황급히 당신을 따라오는 저들. 소리 없이 눈물을 쏟기 시작하는 그. 아이구, 곡소리를 내는 당신 모친. 당신이 벌써 딴 세상 사람이라도 된 것처럼 애도하는 저들. 이미 체념을 말하는 저들.

휘말리지 마. 눈물은 보내는 사람의 권리일 수도 있겠지만 떠나는 사람에게 주어진 역할은 그게 아닌 거야. 그러니 의연할 것. 저 눈물 또한 곰파 보면 당신 때문에 흘리는 눈물은 아닐 것이다. 필경 머지않아 혼자 남겨질지도 모를 자신에 대한 연민의 눈물일 테지. 그러니 헷갈리지 말 것. 순간의 감정에 휘둘리지 말 것. 눈물 따위를 보이는 순간 모든 게 무너지고 말아. 냉정해야 해.

이동침대 쇠바퀴 소리와 그 진동에 몸을 맡긴 채 당신은 자꾸 약해지려는 마음을 도스른다. 만일 당신을 기다리고 있는 게 죽음이 확실하다면 도살장에 끌려가는 황소처럼 잔뜩 겁먹은 꼴로 그것과 마주하고 싶진 않았다. 그러니 휘둘리지 말 것. 발광한다고 상황이 바뀌는 건 아니잖나. 그러니 두려움을 떨쳐 내려고 애쓸 뿐. 암암리에 저들이 요구하는 것도 그거 아닌가. 그러니 그 기대에 부응하고자 노력할 뿐.

아무렇지도 않은 척, 의연한 척. 숨이 붙어 있는 한 마지막 순간까지 연극은 피할 수 없는 거야. 사람 노릇하기 뭐 쉬운 줄 알아? 이미 저쪽 세상 물에 한 발 담그고 있어도 다른 한쪽 발이 아직 여기, 이 세상 문턱에 걸쳐져 있는 한, 넌 아직 자유로울 수 없는 거야. 그러니 이런 상황에서도 네게 맡겨진 역할을 충실히 연기할 뿐. 숨이 꼴깍 넘어가는 그 순간까지도 철저히 그렇게 연기할 뿐. 이승과 저승 문턱에서 오락가락하면서도 너 때문에 너보다 더 고통스럽다고 주장하는 저들과의 그 질긴 관계의 질곡에서 넌 아직 못 벗어난 거니까. 그걸 저들 탓이라고 우기지 마. 그건 너 자신이 스스로 덮어씌운 올가미 아냐? 네 자의식이라는. 마지막 순간까지 절대로 홀가분하게 벗어던질 수 없는 그 징그러운 올가미.

그러니 저 끝에서 기다리고 있는 게 뭐든 이 모든 게 그저 빨리만 끝났으면 좋겠다고 생각하는 당신.

12

그런데 이게 정말 끝이라면? 그렇다면 지금 당신은 그걸 제대로 받아들일 준비가 돼 있긴 한 건가?

*

수술 전날 새벽까지 당신은 잠이 오지 않아 한참 동안 복도를 서성거렸다.

난생처음 개복 수술을 받는다는 사실 자체가 두렵기도 했지만 이 모든 게 당신에겐 너무 느닷없이 벌어진 상황이었던 거다. 당신은 갑자기 쓰러져 병원으로 실려 들어온 응급환자도 아니었고 오래전부터 심각한 질병의 조짐을 보이던 환자도 아니었던 거다. 일주일 전까지만 해도 당신은 가족들 말에 의하면 그저 간단한 종합검진을 받으러 입원한 '나이롱환자'에 불과했다. 그런데 입원한 지 며칠 후 검진결과를 기다리고 있던 당신에게 회진 나온 의사가 느닷없는 말을 던지고 간 거다. '아무래도 확실한 건 열어 봐야 알겠습니다.' 갑자기 수술통보를 받은 당신은 그저 어리빙빙할 뿐이었다. 그리고 수술 전 보호자 각서를 써야 한다는 사실을 알고 나선 새삼 가슴이 쿵 내려앉았다. 그게 무슨 뜻인가? 경우에 따라 수술에서 영 깨어나지 못할 수도 있다는 뜻 아닌가. 당황스러웠다. 그렇게 끝날 수도 있는 거라면, 그러니까 만일 이 순간이 당신 생의 마지막 순간이 될 수도 있는 거라면, 뭔가 특별한 마음의 준비 같은 걸 해야 하는 건 아닐까? 그런 생각이 들었다. 18년 전 그때와는 상황이 다르잖은가.

*

그날이 크리스마스 이브였던가?

당신이 타고 있던 차가 별안간 달리던 차로에서 이탈하더니 다음 순간 꽝! 몸이 곡예사처럼 공중으로 날아올랐고 아스라한 심연 속으로 빨려 들어갔던 그 사건. 정신이 드는 순간 칠흑의 어둠과 뼛속까지 스미는 냉기가 당신을 사로잡았다. 앞 유리창은 박살났고 거기로 튀어나간 친구는 보닛 위에서 피투성이가 된 얼굴로 절규하고 있었다. 조수석에 앉아 있던 당신은 석고반죽 속에 빠진 것처럼 꼼짝도 할 수가 없었다.

대체 무슨 일인가?

당신은 악몽을 꾸는 거라 믿고 싶었다. 악몽 속에서 당신을 태운 자동차가 막 내리기 시작한 눈에 한순간 미끄러졌고 다리 난간에 부딪쳤고 다음 순간 아스라한 벼랑으로 추락한 거라고. 만일 이게 악몽이라면 어떻게든 거기서 깨나기만 하면 되는 거였다. 아등바등 발버둥질 치다 마침내 눈뜨면 다시 환한 아침. 당신은 여느 때처럼 멀쩡한 몸으로 당신 침대에 누워 있을 거였다.

하지만 엉망으로 찌그러진 차체. 붙어 버린 앞뒤 좌석. 당신은 조수석에 끼어 샌드위치가 돼 있었고 냉동고 속처럼 쩌릿쩌릿한 냉기에 이를 득득 부딪치며 끔찍한 어둠 속에 갇혀 있었다. 그리고 보닛에 매달려 절규하는 친구.

모든 게 꿈이 아니었다. 당신은 한밤중 벼랑 끝에서 줄타기하던 몽유병자처럼 자신도 모르는 사이에 소마소마한 삶의 공중곡예에서 그만 추락하고만 거다. 그리고 방금 전 그 순간은 어쩌면 당신 생의 마지막 순간일 수도 있었다.

그런 생각이 들자 온몸에 소름이 돋았다. 체온은 급격히 떨어져갔고 몸은 고장 난 오토바이처럼 덜덜거렸다.

마침내 어둠 저 위에 나타난 전지불빛.

"아가씨들 괜찮습니까?"

구조대원들은 당신들이 살아 있는 걸 확인하곤 침착하게 구조에 착수했다. 먼저 피투성이 친구를 들것에 옮기고, 한 덩이로 들러붙은 앞뒤 문짝을 쇠지레 같은 걸 이용해 힘겹게 뜯어낸 후 조수석에 낀 당신을 끌어냈다. 그런 뒤 당신 목에 부목을 대고 당신 몸을 차체로부터 빼내 들것에 옮겼고 곧바로 숲을 빠져나가기 시작했다. 저들이 첨벙첨벙 계곡을 건너 비탈길을 올라 어둠 속 숲을 빠져나가는 동안 얼키설키한 나뭇가지들 사이로 별빛 빼곡한 겨울 밤하늘이 보였고, 당신은 까닭 모를 전율을 느꼈다.

종합병원 응급실은 썰렁했다. 간호사 하나가 당신에게 다가와 얼굴에서 피를 닦아내더니 옷을 벗기고 검사대로 옮겼다. 금속 선반에 알몸이 닿는 순간 등짝이 얼음 표면에 쩍 들러붙는 듯한 느낌. 당신은 소스라쳤다. 바다에서 갓 잡힌 생선이 냉동고에 던져질 때 느낌이 이럴까. 눈가에 찔끔 눈물 한 방울이 매달렸다.

어느 부위부터 처치할까.

검사대 위에 눕혀진 당신 몸 위로 칼날처럼 뚫고 들어오는 음산한 광선. 갑자기 기침이 터져 나왔다. 그러자 왼쪽 갈비뼈가 쪼개지는 것 같은 통증이 일며 온몸이 경련을 일으켰다.

"가만히 계세요! 조금만 참으세요!"

그러나 푸른빛 광선이 당신 몸 구석구석을 훑는 동안 기침은 자꾸 터져 나왔고 왼쪽 갈비뼈에 이는 통증 때문에 견딜성을 잃고만 당신은 간호사가 당신 몸에 손을 댈 때마다 비명을 질렀다. 조금 전 당신의 뒤통수를 후려치고 지나간 죽음의 그림자 따윈 벌써 다 잊어버린 듯 호들갑을 떨고 있는 당신.

X 레이를 다 찍고 나자 간호사는 당신 알몸에 얇은 시트 한 장을 던져주곤 당신 침대를 응급실 한쪽에 밀어놓았다. 철제침대의 끔찍한 냉기와 발작적인 기침과 갈비뼈의 통증 때문에 당신 몸은 마치 고장 난 탈수기처럼 발작적으로 계속 경련을 일으켰지만 더 이상 후속조치는 없었다. 날이 밝아 담당의사가 나타날 때까지 당신

은 그렇게 냉동 칸에 던져진 생선처럼 밤새 철제침대에 방치돼 있었다. 그동안 경찰이 찾아와 간단히 사건경위 조사를 마치고 돌아갔고 가끔씩 흰 가운을 입은 남자가 당신에게 다가와 상태를 한 번씩 체크하고 돌아갔다. 무표정한 얼굴, 기계적인 몸짓으로 당신의 링거병과 눈 따위를 한 번씩 건드려 보곤 마치, 아직 숨은 붙어 있군, 하듯 그는 그냥 돌아섰다.

그 밤이 지나자 당신들의 사고관련 기사가 지역신문에 실렸다. 그 기사 속에서 당신들은 자칫 끔찍한 결과를 초래할 수도 있었을 꽤 심각한 교통사고에서 기적적으로 경상만 입고 살아난 천운의 주인공들로 그려지고 있었다.

그리하여 한 번 그렇게 호되게 액땜을 했으니 다신 그런 악몽은 재연되지 않으리라는 터무니없는 믿음이라도 가졌던가. 죽음의 문턱에서 기적처럼 살아 돌아왔다는 사실 하나만으로 마치 다신 그 문턱에 서지 않게 될 거라는 보장이라도 받은 것처럼 그 모든 걸 망각하고 살아왔다니. 한심스럽기 짝이 없는 일이었다. 그런 당신에게 정신 차리라는 듯 또 한 번 뒤통수를 친 거다, 이번 사건은.

또 한 번의 기습이었던 거다.

그리고 이번엔 18년 전 그때처럼 우발적 사건이 아니었다. 그 지경에 이르기까지 오래전부터 당신 안에서 뭔가가 준비되고 있었다는 거 아닌가. 다만 당신만 그걸 모르고 있었을 뿐.

*

그런데 만일 지금 당신이 보고 있는 저 창밖 풍경이 이 세상에서 목격하는 마지막 풍경일 수도 있는 거라면?

당신은 병동 복도 끝 반쯤 열린 환기창 틈새로 바깥세상을 망연히 내다보고 있다가 문득 그런 생각이 들었다.

그렇다면 뭔가 마음의 준비 같은 걸 해야 하는 건 아닐까?

죽음을 목전에 두었는지도 모른다는 생각이 들자, 말하자면 사후세계가 걱정이 되는 거였다. 당신은 어떤 종교도 갖고 있지 않았지만 본의 아니게 미션스쿨에서 받은 종교교육의 영향이 어설프게 남아 있었나 보다.

'그래 내가 낸 문제의 답이 뭐더냐?'

당신을 준엄하게 내려다볼 저 심판자의 눈빛. 그 앞에서 당신은 뭐라 답할 것인가?

답을 찾지 못한 당신은 잔뜩 주눅이 들어 있었다. 마치 숙제를 하지 못한 채 선생님 앞에 불려 간 초등학생처럼.

결국 그게 두려운 건가? 그렇다면 지금이라도 당신을 이 세상에 보낸 그 존재를 향해 뭔가 말을 걸어 봐야 하는 거 아닐까? 가령 기도란 걸 할 기회가 있다면 바로 지금이 아니겠는가 말이다.

그렇다면…… 당신은 머리를 조아렸다.

신이시여, 정말 이게 끝일 수도 있는 건가요? 저들의 숙덕거림, 저 연민의 시선들이 뭘 의미하는지 제가 왜 모르겠습니까? 그런데 왜 또 저죠? 죽는 건 나이 순서가 아니란 걸 물론 저도 잘 알고 있습니다만 그러나 신이시여, 제 생리적인 나이가 이제 갓 마흔인데요. 평생 죽을병에 걸렸다고 징징거리며 일 년에 서너 번은 온갖 종합 검사를 받아 가며 늘 약봉지를 끼고 살아온 우리 어머니도 아직 저렇게 멀쩡하신데, 낼모레 팔순인 우리 어머니도 아직 저리 정정하신데 왜 제가 먼저입니까? 우리 어머니 이 말 들으시면 또 '이 못된 년! 제 어미 빨리 죽으라고 고사지낼 년, 이 불효막심한 년!' 하며 노발대발 눈물바람 한바탕 쏟아 붓겠지만 그렇잖습니까? 제가 불효막심한 년인 건 부정하지 않겠습니다. 하지만 상식적으로 그렇잖습니까? 이건 말이 안 되죠. 아무리 생각해도 이건 공정한 게임이 아닙니다.

기도란 걸 해본 적이 없는 당신은 자신이 무슨 소리를 지껄이는지도 모르고 횡설수설하고 있었다.

뭐? 공정한 게임이 아니라구? 무슨 허튼 소리야? 지금이 어느 때라구 여전히 그런 시시껄렁한 말장난에 시간을 소모하고 있는 거야? 카운트다운은 이미 시작됐어. 지금 넌 그저 뛰는 수밖에 없는 거야. 여전히 미로 속에 갇혀 있는 주제에 무슨 헛소리야? 시한폭탄은 곧 터지게 돼 있어. 어떻게든 그곳을 빠져나와야 할 거 아냐?

그렇다면…….

당신은 다시 머리를 조아렸다. 신이시여, 아마 당신께선 그동안 제게 이미 몇 차례 경고의 신호를 보내셨는지도 모르겠습니다. 그럼에도 불구하고 제가 그걸 간과했는지도 모르겠습니다. 아마도 제 자신이 몹시도 어리석고 게을러서, 혹은 마음의 눈과 귀가 멀어서, 혹은 그 성능이 시원찮아서. 혹은 헛된 자만심 때문에, 아마도 그 모든 이유로 인해서 말입니다. 그래서 당신께서 그간 수차례 보내셨을지 모를 그 신호를 멍청하게 제대로 보지도 듣지도 못한 건지도 모르겠습니다. 하지만 어찌하오리까. 안타깝게도 전 아직 당신께 심판받을 준비가 돼 있지 않은 것 같은데요. 18년 전이나 마찬가지로 여전히, 내가 왜? 라고 볼멘소리를 하고 있으니 말입니다. 하지만 신이시여, 제게 주어진 시간이 이제 정말로 다한 거라면, 당신께서 기어이 인과응보의 철퇴를 들고 곧 저를 맞이하실 요량이시라면 부디 제가 지은 죄가 무엇인지 지금이라도 깨닫게 해주소서. 또한 바라옵건대 제 목숨 끊어지는 순간 제발 제 영혼 또한 흔적 없이 완벽하게 무로 돌아가게 해주시옵소서. 부디 관용을 베푸시어 다시는 저 같은 건 이 세상으로 되돌려 보내지 마옵소서. 당신께서 제게 기회를 백번 천 번 더 주신다 해도 전혀 개과천선할 가

20

능성이 없는 한심한 영혼이옵니다. 대책 없는 이 영혼, 진정 간절히 바라는 것은 영생도 구원도 아니오니, 절대 불쌍히 여기지 마옵시고 아니 부디 불쌍히 여기시어, 영원히 증발시켜 버리소서.

부디 당신께서 오로지 준엄하기만 한 징벌의 신만은 아니시옵기를 간절히 바라오며 이제 당신께 모든 걸 맡기오니 정 원하시면 데려가소서.

*

요란한 쇳소리를 내며 굴러가는 이동침대. 18년 전 그때처럼 발작적으로 경련을 일으키며 예정된 그곳을 향해 질주하고 있는 당신. 당신 머리 위로 조종(弔鐘)처럼 흔들리는 링거병, 형광등 불빛들. 빛을 반사하는 흰 벽들. 그리고 당신에게 고별을 알리는 저 비통한 표정들. 이제 차가운 철제침대에 실려 수술실로 끌려 들어가면서 당신이 할 수 있는 건 아무것도 없었다. 당신이 무엇을 기원하든 신이 내린 결정을 받아들이는 수밖에.

"보호자들은 여기서 기다리세요."

통제구역 자동문이 열리자 또 다른 남자간호사가 나타나 당신과 가족을 분리시켰다. 여러 개의 공간으로 나눠진 수술실. 저들은 당신 침대를 4호 공간으로 밀어 넣었다. 녹색 가운을 걸친 또 다른 저

승사자들이 당신을 맞아들였다. 어서 오너라. 여기가 어딘지 알지? 당신을 끌어당기는 눈부신 빛 더미. 그리고 냉동고 선반처럼 차가운 수술대. 자, 긴장 푸세요. 마스크와 녹색 모자에 가려진 얼굴들이 수술도구를 준비하며 건조한 눈빛으로 당신을 내려다보고 있었다. 그중 낯익은 시선 하나가 눈에 들어왔다. 당신 주치의다. 야, 네 주치의가 큰 사고 쳤다더라. 문득 며칠 전 모친에게서 들은 말이 떠올랐다. 저 6호실 남자 환자 있잖니. 글쎄, 곧 퇴원할 거라던 그 사람 뱃속으로 그 썩션인가 뭔가 들어갔다잖니. 그거 매달아놓은 부위에서 새벽에 갑자기 피가 많이 나와서 주치의가 응급처치를 한 모양인데 아 글쎄 아침에 보니 그 대롱이 어디론가 사라져 버렸다지 뭐냐. 간호사들이 그걸 찾느라구 밤새 병실을 발칵 뒤집어 봤지만 끝내 못 찾았다더라. 그게 혹시 환자 대장으로 빨려들어 간 게 아닌가 싶어 X 레이에 초음파 검사까지 다해 봤다는데 결국 거기도 안 나타났다지 뭐냐. 그래서 그 사람 재수술하게 생겼다더라. 그 거만한 주치의가 저렇게 새파랗게 질려 있는 것도 바로 그 때문이란다. 세상에. 이게 말이 되니?

하지만 다시 개복수술을 받게 된 그 재수 없는 환자의 뱃속에선 끝내 그들이 찾던 물건은 나오지 않았다. 재수술은 어처구니없는 해프닝으로 끝나고만 거다. 뻔뻔하게도 그런 실수쯤은 예사로운 일이라는 듯 여전히 수술대에 서 있는 당신 주치의. 조금의 동요도 조바심도 없어 보이는 저 여유로움. 바쁘지만 허둥대지 않는 저

손놀림. 당신을 생체실험개구리쯤으로나 여기는 듯한 저 태도. 당신 뱃속에 가위나 칼 따위를 찔러 놓고도 무심히 그걸 다시 꿰매어 버릴 수도 있는 사람이다, 그는. 의사선생님, 제 몸 안에서 짤각거리는 이 소리가 뭐죠? 당신이 숨을 깔딱거리며 고통을 호소해도 '저런, 그 속에 가위가 들어 있었나 보군요. 걱정 말아요. 다시 꺼내면 됩니다'라고 태연하게 중얼거릴 수도 있는 사람이다, 그는. 당신은 비명이 터져 나오려는 걸 간신히 참는다.

자, 어디서부터 시작할까.

당신을 노리고 있는 예리한 칼날. 걱정하지 마. 금방 끝날 거야. 불안하게 눈동자를 굴리고 있는 당신. 흡사 도마 위에 놓인 횟감생선처럼 공포에 질려 있는 당신. 가시와 꼬리만 남은 몸뚱이 끝에 아직 붙어 있는 큼직한 머리. 마지막 항의를 표현하고 있는 저 왕방울 눈. 나한테 왜 이러는 거야?! 이미 제 살을 다 저며 냈는데도 아직 자신이 살아 있는 것으로 착각하는 듯 가쁘게 뻐금거리는 아가미. 아직도 물속을 헤엄치는 것으로 착각하는 듯 저 마지막 꼬리 짓. 사람의 몸에서 떨어져 나간 팔이나 장기 일부도 본래 주인으로부터 이탈된 상태에서 저렇게 얼마 동안은 꿈틀거릴까? 저 생명체가 마지막까지 붙들고 있는 저건 뭘까? 원시적 생존감? 당신이 태어난 그 순간부터 이승을 뜨는 그 순간까지 당신 몸이 인식하는 그 느낌은 숨이 끊어진 후 얼마 동안이나 지속될까? 당신 혼이 육신에서부터 이탈되어 결정적으로 저 문턱을 넘어서게 될 때까지 시간은 얼마나 걸릴까? 몇 분? 몇 초? 아무튼 그 짧은 시간 동안에 당신에겐 엄청난 사건이 일어나는 것이리라. 당신 혼이 주민등록을 옮기는 엄청난 사건이 말이다. 그러나 그 심각성을 당신 자신 외에 누가 알겠는가. 당신이 사라지고 나면 호적등본에서 당신 이름 위에 말소 표시 한 줄 그어지는 걸로 간단히 처리되고 말 당신의 죽음.

"조금만 참으세요. 곧 마취주사 들어갑니다."

벌써? 안 되는데. 난 아직 준비가 덜됐는데. 아직 정리가 덜됐는데…… 저기요, 제가 분명 다시 깨나게 되긴 하는 건가요? 혹시 날 식물인간이나 냉동인간 따위로 만들어 놓으려는 건 아니겠죠? 아니 차라리 한 백 년쯤 뒤에 깨워준다는 보장만 있다면 어쩌면 냉동인간이 되는 게 나을지도 모르겠네요.

그때다. "따라하세요. 하나……" 시작이네. 시작인가 봐. 어떡하지? "하나……" "둘." 겁낼 거 없어. 침착해. 언젠가 어느 TV 프로그램에선가 본 적 있지? 급냉동시켰던 물고기를 다시 물속으로 넣어주니 놈이 바로 되살아나 헤엄치기 시작했던 거? 지금은 그것만 기억해. 그럼 다시 살아 돌아올까? 네가 간절히 원한다면 아마도……

몇까지 세었더라.

셋? 넷? 그 후 암전. 의식의 암전. 단 몇 초 안에 당신을 증발시키고만 그 독한 마취액이 전신에 퍼지는 느낌조차 당신은 거의 받지 못했다. 이후 당신에게 무슨 일이 일어난 건지 당신은 전혀 알 수가 없다. 당신 복부에 남겨진 메스 자국만이 마치 당신의 기억필름을 편집해 버린 가위 자국처럼 그동안 당신에게 뭔가 일어났음을 보여 줄 뿐이다. 한순간 당신 앞에서 죽음의 문이 활짝 열렸다가 불가사의하게 다시 닫혀 버린 흔적. 당신의 기억필름에서 완벽하게 사라져 버린 그 몇 시간 동안 당신은 어디서 헤매고 있었을까? 재수 없었으면 자칫 영원으로 이어질 수도 있었을 그 위험한 몇 시간 동안 당신에겐 무슨 일이 일어나고 있었던 건가.

날카로운 면도날에 쓸려 나간 솜털. 반지르르 길이 난 복부. 그 위로 내려오는 메스. 재단사가 미리 그어놓은 선에 따라 가위질하듯 정확하게 살갗 위로 미끄러져 가는 메스. 그 움직임에 따라 감껍질처럼 터지는 복부. 칼의 진행 방향을 따라 좌우로 수축해 들어가는 살 껍질. 그 사이로 드러나는 진홍색 무른 살들. 삽시에 아수라장이 된 뱃속 참호. 단호히 돌진하는 침입자들. 난자당한 위. 석류처럼 벌어진 점액질 붉은 공에서 후드득 쏟아지는 점액들. 최종

목표물 발견. 가차 없이 도려내는 손.

"정신이 들어?"

"깨났구나, 애야!"

당신의 시야를 가로막는 두 얼굴. 냉동상태에서부터 다시 물속으로 돌아온 물고기처럼 결국 당신은 다시 깨났다. 소독약 냄새와 후덥지근하고 불쾌한 실내공기. 그러나 바윗덩이 감옥에서 풀려난 사지는 아직 맘대로 움직일 수가 없었다.

"괜찮니?"

"괜찮아?"

돌림노래를 부르는 듯한 두 사람. 당신의 두 보호자. 그들에게 뭔가 대답하려고 입을 떼려는 순간 혀가 저항한다. 입천장에 들러붙은 혀. 떼어내려고 입안의 마른침을 긁어모아 보려는데 목구멍 안쪽에 이물감이 느껴진다. 그 때문에 발작적 구토가 일며 식도 내부와 복부 쪽에 각기 다른 종류의 통증이 느껴진다. 수술 자국 주위로 복부 근육이 팽창과 수축을 되풀이하며 통증이 당신을 압박한다.

"수술은 잘됐대……."

그가 다시 입을 열었다. 그 표정이 복잡하다.

"괜찮니? 안 아파?"

모친 표정 또한 복잡하다. 그들로부터 시선을 거두어 병실 안을 훑어보는 당신. 손때만 묻어 있을 뿐 장식 하나 없는 헐벗은 벽. 침대 발치에 다용도 테이블 하나. 딱딱한 보호자용 침상 겸 의자 하나. 침대 왼쪽에 드리운 후줄근한 베이지색 커튼. 그 뒤에 누워 있는 옆 침대 환자의 한숨소리. 모든 게 그대로다. 달라진 게 있다면 침대 상단 왼쪽 귀퉁이에 긴 쇠막대 하나가 새로 꽂혀 있다는 것뿐이다. 그 쇠막대에 여러 종류의 링거병들이 바나나처럼 주렁주렁 매달려 있고 거기서부터 고무호스들이 치렁하게 내려와 당신의 왼쪽 손등 혈관 속으로 투명한 액체방울들을 규칙적으로 주입하고 있었다.

"깨나셨군요."

하늘색 유니폼 차림의 땅딸막한 중년 부인 하나가 병실로 들어왔다. 처음 보는 여자다.

"너 돌봐줄 분이셔. 간병인 아줌마야."

"괜찮아요?"

모친의 소개가 끝나자마자 대뜸 당신 곁으로 다가와 손부터 잡는 여자. 의식적 친절이 몸에 밴 그 태도가 당신은 거북스럽게 느껴졌다.

"어디 보자……. 응, 잘 나오는데요?"

간병인이 가느다란 고무대롱의 중간 부분을 한 손으로 잡고 다른 한 손으론 병실 바닥에 놓인 빈 링거병을 집어 드는 순간 다시 구토가 일었다.

"이게 사모님 위에서 나오는 위액이에요."

시꺼멓고 걸쭉한 타르 같은 액체가 코로 연결된 긴 대롱을 통해 당신 안에서 빠져나와 병 바닥에 고이고 있었다.

"수술 직후라 지금은 혼탁하고 시커멓지만 좀 있으면 색깔이 변해요. 우선 초록색이 되었다가 나중엔 노란색으로 변하죠. 노란색이 정상적인 색깔이에요. 그때까지 위액 분비량도 처음엔 많다가 차차 적어지구요. 위 활동이 정상으로 돌아오면 더 이상 안 나오게 된답니다. 화장실을 가시고 싶거나 움직이고 싶을 때는 저한테 말씀하세요. 그때는 제가 이걸 이렇게 빼가지고 사모님 운신이 편하도록 옷에다 이렇게 붙여 드리죠."

여자는 두 개로 연결된 대롱의 한쪽을 떼어내 당신의 환자복 상의주머니에 반창고로 붙인 후 그 끝에 작은 비닐봉지 하나를 달아 줬다. 노련함이 돋보이는 몸짓이다.

"네, 네. 우린 도통 뭘 어째야 할지 모르겠으니까 아주머니가 잘 알아서 보살펴 주세요."

그녀의 말 한마디 한마디에 모친은 계속 고개를 주억거렸다.

"잘 부탁합니다."

이제 막 초등학교에 입학한 코흘리개 자식을 담임선생에게 부탁하듯 당신을 간병인에게 부탁하는 두 보호자.

"그럼요. 염려마세요."

갑작스런 변화에 당황한 건 당신뿐인 듯하다. 모두들 새로운 상황을 자연스레 받아들이고 있는 눈치 아닌가.

그러나 무엇보다 고역스러운 건 간병인이 대롱을 만질 때마다 식도에 일어나는 구토증이었다.

"가래침 열심히 뱉으셔야 해요. 의사선생님께서 말씀하셨죠? 안 그러면 폐에 가래가 들어가요. 그럼 폐렴에 걸리죠. 그리고 이제부터 운동도 열심히 하셔야 해요. 아프다고 누워만 계시면 회복이 빨리 안 되거든요. 운동 열심히 하셔야 가스도 빨리 나오고 가스가 나와야 이 콧줄도 빼주죠. 안 그러면……."

안 그러면 당신은 또 다른 종류의 질병에도 감염될 수 있는 무방비상태의 환자 신세로 전락하고 말았다는 뜻이다. 이제부터 당신은 경력만 십 년째라는 저 노련한 간병인이 시키는 대로 그녀가 당신 콧줄을 잡아끄는 대로 처량하게 이리저리 끌려 다녀야 할 판이다.

"아주머니 말씀 잘 들었지? 쓸데없는 생각하지 말고 시키시는 대로 말씀 잘 들어."

당신에게 주의를 주는 그. 이제부터 당신은 오로지 개복수술환자로서 지켜야 할 몇 가지 준수사항만을 염두에 두고 다른 생각 따윈 다 쓸데없는 것이니 머릿속을 싹 비워야 한다는 거다. 비록 목에 낀 이물질 때문에 잠시 벙어리 신세가 되긴 했지만 당신 의식은 아직 멀쩡하기만 한데 저들은 마치 당신이 이미 식물인간이라도 된 듯 대하고 있었다. 당신이 새로 태어나기 위해 그 거창하고 고역스러운 준비의식을 거쳐 육신을 정화시켰듯 이제 당신의 뇌도 그와 마찬가지로 정화작업을 거쳐야 한다는 건가. 요컨대 대수술로 면

역력이 떨어진 몸이 또다시 당신을 배반하지 않도록 당분간 그 상전을 잘 모셔야 한다는 거다. 따라서 당신은 간병인이 지시한 대로 이제부터 두 가지 투쟁만 각오하면 된다는 거다. 첫째, 당신 상전이 폐렴에 걸리지 않도록 무엇보다 열심히 가래를 뱉을 것. 둘째, 상전의 장에서 가스가 빨리 배출되도록, 즉 방귀가 빨리 나오도록 열심히 몸을 움직일 것. 지금부터 당신이 생각할 일은 오로지 그것뿐이라는 거다.

*

그러나 수술이 끝나고 나흘이 지나도록 당신은 안타깝게도 그 지상명령을 실행하지 못하고 있었다. 입으론 며칠째 물 한 모금 넘기지 못하고 장시간 주사에 이미 혈관마다 터져 버려 그 고통도 만만치 않았지만 당신에게 가장 큰 고문은 그거였다. '가스 배출'의 임무, 그 비장한 과제 말이다.

모두들 당신을 가만히 내버려 두질 않았다. 남편, 모친, 의사, 간호사, 간병인 모두가 당신만 보면 하나같이 그놈의 가스 타령이었다. 나왔어? 아직도야? 얘야, 가만히 누워만 있으면 안 돼. 자꾸 움직여야 해. 운동을 해야지. 그래야 가스가 나온다니까. 가능하면 진통제도 맞지 말고 견뎌 보십시오. 그래야 상처도 빨리 아물고 가

30

스도 빨리 나옵니다. 침대에 누워 있을 때도 자꾸 허리운동을 하세요. 그래야…….

마치 당신이 잠시라도 편히 누워 있는 꼴을 두고 보질 못하는 사람들처럼 저들은 그렇게 당신을 들들 볶아댔다. 그 성화에 당신은 밤이고 낮이고 보행기 수레를 끌고 팔엔 주사바늘을 꽂고 코엔 코뚜레를 매단 채 마치 갤리선의 노예처럼 처량한 꼴로 온 병동을 노저어 다녀야 했다. 병실에서 복도로, 복도의 한끝에서 또 다른 한끝으로. 감옥에 갇힌 빠삐용처럼 이 벽에서 저 벽까지 벽에 이마와 코와 머리를 부딪치며 끊임없이 그렇게.

*

"아직도 안 나왔어?"

당신이 여전히 콧줄을 빼지 못하고 있는 걸 보고 남편은 드디어 짜증을 내기 시작했다.

"그렇게 자꾸 누워 잠만 자려고 하니 가스가 나와? 좀 움직이라니까."

누가 누워만 있었단 말인가. 당신은 억울했지만 아무 대꾸도 하지 못했다.

"우리 사모님 열심히 운동하세요. 방금 전까지도 저하고 서너 바퀴 돌다가 막 들어와 쉬시는 건데요……."

당신 대신 간병인이 변호했지만 그는 못 들은 척했다.

대체 어쩌라는 건가. 답답함이 가슴을 짓눌렀다.

밤낮 없이 환하게 불이 켜져 있는 병동 복도. 새벽 시간은 낮에 비해 한결 조용했다. 그러나 모두가 잠이 든 건 아니다. 이따금 코 고는 소리도 들렸지만 곤한 잠에 빠져 있는 사람들은 대개 그들 가족이거나 간병인들이었다. 많은 환자들이 당신처럼 불면에 시달리고 있었다. 신음소리를 내며 몸을 뒤척이거나 멍하니 천정이나 벽을 응시하며 침대에 누워 있는 사람들.

"운동하세요?"

당직간호사가 차트를 뒤적이다가 당신을 쳐다봤다.

"허리가 아파서요……."

"허리가요? 허리가 왜 아플까?"

간호사의 시선은 다시 차트 위로 돌아간다.

스르르 쩔꺽-

당신과 닮은꼴의 여자 환자 하나가 맞은편에서 보행기에 의존해 걸어오고 있었다. 9호실 그 여자다. 당신과 똑같은 병으로 같은 날 동일한 수술을 받았다는 그 여자.

스르르 쩔꺽-

규칙적인 쇳소리를 내며 보행기에 의존해 이쪽으로 걸어오고 있는 여자의 미간엔 널찍한 반창고가 붙어 있었다. 그 때문에 여자는 화가 난 인디언처럼 보인다. 당신은 그 모습이 마치 거울 속 당신 모습을 보는 것 같아 민망하다. 코에 코뚜레를 달고 머리 위엔 온갖 약병 깃대를 처들고 퉁퉁 부은 얼굴을 찡그린 채 맞은편에서 걸어오고 있는 여자. 그 행색이 마치 온몸에 거추장스런 장식을 잔뜩 매단 채 기사 나리를 태우고 행차 나선 준마 같다. 며칠 동안 감지 못해 부스스한 머리. 분홍색 체크무늬 환자복 속에서 허깨비처럼 허우적거리는 몸뚱이. 수술 전부터 몹시 짜증을 부리던 그 여자 곁에선 여자의 남편이 계속 하품을 하며 따라오고 있었다.

저 9호실 여자 말이오. 어찌나 신경질이 많은지 그 집 남편이 그 앞에서 밥 한술 제대로 뜰 수가 없는가 봅디다. 모친은 그새 이 병동의 정보통이 되어 있었다. 아까 보니 글쎄, 그 집 남자가 저기 층계에 신문지 한 장 펴놓고 거기 혼자 쭈그리고 앉아 밥을 먹고 있더라니까. 노숙자처럼 처량하게.

저런! 왜 거기서 밥을? 간병인이 추임새를 넣자 모친의 가락이 신바람을 낸다. 아, 마누라가 자기 앞에서 남편 밥 먹는 꼴을 못 본다잖아요. 그러게 아프기 전에 평소에 잘해야지 큰일 치르고 나서 후회들 하면 뭐 해? 안 그러우? 남편이 어쨌게요? 뻔한 거 아냐? 밤낮 제 여편네 두들겨 패고 못살게 굴었겠지 뭐. 그랬대요? 아, 못 봤수? 그 남자가 자기 마누라 수술하는 날 수술실 밖에서 자기가 못

되게 굴어서 마누라가 몹쓸 병 걸렸다고 울고불고하던 거? 그랬어요? 그랬다니까! 자긴 마누라 없으면 못 산다고. 그러니 제발 살려달라고 아무 의사선생님이나 붙들고 울고불고했다니까. 그러게 다들 못나게 굴다가 뒷북치지 말구 평소에 좀 잘하지들. 안 그러우?
그렇게 말하면서 모친은 흘끔 당신을 쳐다봤다.

*

"아유, 그렇게 계속 못 주무셔서 어떡해요?"
졸다가 깨난 간병인이 게슴츠레한 얼굴로 당신을 맞아들인다.
"누우실래요?"
당신은 대답 대신 소파에 앉는다. 그때 앞 병실 4호실이 소란스러워진다.
"아이구 죽겠네! 아줌마! 아줌마 어디 갔어?!"
악쓰는 4호실 남자.
"저 아저씨 또 시작이네요."
미간을 찡그리는 간병인.
"아줌마! 아줌마! 아이구 나 죽겠네! 이봐! 어디 간 거야?"
남자는 이미 패닉상태에 빠져 있다.
"사람이 죽겠다는데 이것들이 다 어디 간 거야? 아줌마! 아줌마!"

34

"정말 못 살겠네. 저러니 어느 간병인인들 오래 붙어 있겠냐구요."

4호실 간병인이 그새 몇 번 교체된 걸 환기시키며 당신도 좀 더 고분고분해지기를 간접적으로 요구하는 당신 간병인.

"선생님, 왜 그러세요?"

간병인 대신 당직간호사가 먼저 달려왔나 보다.

"아파! 아프다구!"

"벨을 누르셔야죠. 무조건 소리부터 지르시면 어떻게 해요?"

짜증내는 간호사.

"시끄러. 어서 주사나 놔줘!"

"안 돼요. 주치의선생님 처방 없인 주사 못 놔드려요."

간호사의 어조는 단호하다.

"그럼 빨리 처방 받아와!"

물러서지 않는 4호실 환자.

"글쎄, 지금은 안 된다니까요. 좀 기다리세요. 참으세요."

"사람이 죽겠다는데 참으라구? 이 돌팔이들 같으니!"

"아니, 이게 무슨 짓이에요?!"

남자가 뭔가 과격한 행동을 취하려 들었는지 간호사가 자지러지는 소릴 냈다.

"아이구 선생님, 왜 또 그러세요?"

마침내 4호실 간병인이 나타났나 보다.

"아줌마! 환자는 이렇게 위험하게 혼자 놔두고 대체 어디 갔다 오는 거예요?"

간병인에게 더럭 역정을 내는 간호사.

"아니…… 좀 전까지 주무시는 것 같아서 잠깐 화장실 좀 갔다 왔는데……."

"으으 아파, 아프단 말야. 제발 주사 좀 놔달라니까!"

스스로 제어할 수 없는 통증에 먹이가 돼 버리고만 4호실 환자. 그 목소리가 듣기 싫은 건 당신뿐만이 아닌 듯했다.

싫다 정말……. 옆 침대 부인이 혼잣말처럼 중얼거렸다.

죽음에 대한 공포 때문에 작은 통증에도 대책 없이 무너져 내리는 저 중환자와 스스로 동일시되기 싫은 마음일 거다.

여보, 당신 약속했지? 나중에 나 여기 예쁘게 수술해 준다고? 전날 부인이 남편과 나누던 대화를 떠올리는 당신. 내 매력 포인트가 바로 이 풍만한 가슴인데, 흉하게 이게 뭐냐구? 부인은 마치 미용 시술을 받은 게 잘못돼서 앙탈이라도 부리는 사람처럼 말했지만 실은 유방암환자였다. 알았어. 걱정 마. 우리 집 팔아서라도 예쁘게 수술시켜 줄게. 약속했어요? 그래, 약속했어. 티격태격하는 당신네 가족 앞에서 보란 듯 수시로 애정표현도 아끼지 않는 부부였다.

자격지심 탓일까. 그게 저들의 의식적인 태도라 해도 당신은 그들 대화를 듣고 있는 게 불편했다. 그런데 여자는 그런 당신 마음을 아는지 모르는지 제멋대로 당신을 들러리로 세우기까지 했다. 옆 침대 아줌마 들었죠? 아줌마가 증인이에요. 당신은 아무 대꾸도 하지 않았다. 그러나 여자는 당신의 답을 듣기라도 한 듯 강조했다. 봐요. 여기 증인도 있어요. 그게 부인의 자위라는 걸 당신은 알지만 그에 화답할 마음의 여유가 당신에겐 없었다. 아무리 생각해도 부인보다 당신 처지가 더 낫다는 생각은 들지 않았으므로.

그러나 남편이 귀가하고 혼자 남겨진 부인은 한밤중 잠을 이루지 못했다. 커튼 뒤로 들리는 부인의 한숨소리가 부인의 속마음을 대변해 주고 있었다. 너무해. 시간이 얼마 남지 않았을 텐데…….지난밤 부인은 절제된 자신의 오른쪽 가슴에 왼손을 대고 오른손을 공중에 치켜든 채 마치 선서하는 운동선수 같은 자세로 우두커니 서서 창밖을 내려다보며 그렇게 중얼거렸다. 나더러 이렇게 전전긍긍하다가 그냥 가 버리란 거야? 감추면 누가 모를 줄 알구? 너무해 정말…….

*

"혈관이 잘 안 잡히지요?"

간호사가 당신 팔에서 주사바늘 꽂을 혈관을 찾지 못해 절절매고 있는데 모친이 병실로 들어섰다

"어서 오세요, 큰사모님. 예. 정말 큰일이네요. 우리 사모님 이제 정말 팔이고 손등이고 주사 놓을 데가 없네요."

간호사 대신 당신 간병인이 대꾸했다.

"그 애가 본래 날 닮아서 그래요. 내가 원래 혈관이 잘 안 잡히거든. 하지만 저건 약과야. 나한테 주사 한 번 놓을 때마다 간호사들은 진땀을 빼지."

입원실로 들어서자마자 별걸 다 자랑하는 당신 모친.

"오죽하면 내가 다니는 병원에 내 주사담당이 따로 있을까?"

"정말요?"

"그렇다니까. 자, 아줌마, 이것 좀 먹어 봐요."

모친이 또 잔뜩 사들고 온 간식거리를 풀어놓는다.

"뭘 또 이렇게 많이 사오셨어요? 어머, 순대구나! 그렇잖아도 출출하던 참인데 맛있겠다."

"이 집 거 뭐 그럭저럭 먹을 만하지. 하지만 뭐니 뭐니 해도 순대는 우리 고향 순대가 진짜지. 이런 순대는 사실 순 엉터리 가짜야."

누워 있는 사람은 안중에도 없는 듯 모친과 간병인이 서로 장단을 맞춘다.

"참. 옆 침대 아줌마는 어디 갔나? 순대 좀 같이 먹으면 좋을 텐데?"

"그 아줌마 오전에 퇴원했어요. 저 침대에 벌써 다른 환자 배정됐는데요."

"그래요?"

"예. 아까 보호자가 짐 갖다 놓고 갔으니까 새 환자 아마 곧 들어

올걸요."

"그래? 그럼 간호사 아가씨라도 주사 놓고 이것 좀 먹고 가. 응?"

"예? 예. 잠깐만요……."

간호사는 여전히 당신 팔뚝을 붙잡고 씨름 중이다. 당신은 잔뜩 미간을 찡그린 채 신경을 곤두세우고 있다. 그걸 놓치지 않는 모친.

"야, 인상 풀어라. 그 정도 갖고 무슨 엄살이니? 난 한 달 내내 링거 꽂고 지낸 적도 있었다."

아무튼 염장 지르는 덴 탁월한 재능이 있는 모친이다.

"아줌마, 순대 좀 팍팍 들어요."

"네, 먹고 있어요. 정말 맛있네요."

"나 어렸을 때 우리 고향에선 말이우. 잔치 때마다 집에서 직접 순대를 만들곤 했다우. 순대가 빠지면 아예 잔칫상 취급도 못 받았거든."

"그래요?"

"그럼요. 그런데 고향 떠나오고 나니까 그 맛이 어찌나 그립던지. 한번은 말이우. 그러니까 내가 갓 시집가서 춘천 살 땐데 주인집에서 돼지를 키우고 있었어. 그런데 그중 한 놈이 어찌나 튼실하던지! 아, 놈이 똥을 누는데 보니까 굵기가 거짓말 안 보태고 딱 어린애 주먹만 하더라니까. 그런데 그걸 보는 순간 갑자기 어찌나 순대가 먹고 싶던지 당장 집주인한테 그놈 잡자고 했지. 나한테 그 돼지 팔라고."

"정말요? 그래서 잡았어요?"

"잡았지. 그날 그걸로 내가 진짜 함경도식 순대를 만들어서 동네 잔치를 아주 푸짐하게 했다니까!"

"호호호! 그거 참 맛있었겠네요."

"말이라구! 그 맛을 본 동네사람들이 다들 그랬지. 이런 순대 맛은 평생 못 잊을 거라구."

"맞아. 오리지널 순대 맛이었을 테니 그랬겠네요."

"말이라구. 사실 말이지. 내가 그 진짜 함경도식 순대 장사만 했더라도 아마 큰 갑부가 됐을걸."

"그러셨겠어요."

"그렇구 말구. 아이구, 목말라. 아줌마, 냉장고에서 식혜 좀 더 꺼내 와요."

"예!"

모친 말이 떨어지기 무섭게 잽싸게 냉장고를 향해 날아가는 간병인.

대체 뭐 하자는 건가. 며칠째 링거에만 의존한 채 목구멍으론 물 한 방울 넘기지 못하고 있는 사람 앞에서 어머니란 사람이 저렇게 아무 생각 없이 일삼아 식탐을 하다니. 저리 약 올리듯 온종일 뭔가를 씹어대면서도 '내가 너 때문에 밥이 안 넘어간다'니! 당신은 모친의 무신경함에 더럭 화가 치민다.

"참. 지난밤에 4호실 그 남자 또 한바탕했다면서요?"

화제를 바꾸는 모친.

"아유, 말도 마세요. 어찌나 소란을 떨던지! 그 덕에 또 다들 잠 설쳤지요."

"에구. 사람이 아무리 아파도 그렇지. 주변사람들을 그렇게 괴롭혀서야 쓰나? 누가 그 뜻을 다 받아줘?"

"그러게 말예요."

"가만 보니 그 판사란 사람이 무식하게 막돼먹은 사람처럼 아무나 보고 반말에 호령이더구먼. 자기가 판사면 세상 사람들이 다 죄인으로 보이나 보지?"

"그게 직업병 아니겠어요?"

"맞아. 직업은 못 속인다니까. 그런데 무슨 판사가 자기 식구들만 보면 밤낮 그렇게 억지를 써대? 어제도 보니까 모처럼 찾아온 자식들한테 막 퍼부어대더구먼. '뭐 하러 왔어? 아직도 나 안 죽었나 확인하러 왔냐? 이 못된 것들! 니들은 내가 어서 죽기만 바라지?' 이러면서 말야! 에구, 오죽하면 그 마누라가 낼모레 날 받아놓은 남편 수발하는 걸 다 거절할까?"

"그러게 말예요."

"어쨌건 그 마누라란 여자도 어지간한 사람이오. 코빼기 한번 안 비치는 눈치더구먼."

"자식들은 그래도 아버지라고 찾아오던데요."

"그거야 유산 한 푼이라도 더 받으려고 발길 못 끊는 거겠지."

"그럴까요?"

"아, 보면 몰라요? 하나같이 마지못해 찾아와서는 제 아버지 눈치만 보며 건성으로 보초서다가 욕만 몇 바가지씩 퍼먹고 슬그머니 도망치곤 하는 거? 그렇게라도 눈도장 찍느라고 애쓰는 거 보면 그 속 뻔한 거지 뭐."

"그러겠네요. 피차 못할 짓이네요."

"내 말이! 암튼 사람이 맘을 곱게 써야지. 갈 때 가더라도 그러면 안 되는 거야. 그렇게 정나미가 뚝 떨어지게 굴면 쓰겠냐구."

당신이 입원하지 않았더라면 어머닌 대체 무슨 재미로 살았을까. 늘 어딘가 아파 죽겠다며 약봉지를 끼고 살던 그녀가 당신이 입원하자 마치 갑자기 삶의 의미를 발견한 사람처럼 생기가 넘쳤다. 아주 신명나 보이기조차 했다.

"하여간 사람이 돈도 중요하고 학벌도 중요하고 다 좋은데, 제일 중요한 건 함께 사는 사람 마음 편하게 해주는 거야. 그게 제일 중요한 거지, 부부지간에는. 저 잘났다는 생각 하나만 가지고 남편이란 게 힘없는 마누라한테 제 성질 못 이겨 저 하고 싶은 대로 아무렇게나 해놓고 나중에 뒷북치면 그게 다 무슨 소용이냐구? 안 그래요?"

모친 입에서 또 무슨 말이 튀어나올지 몰라 당신은 조마조마한데 간병인이 갑자기 자리에서 일어선다.

"어머! 바깥선생님 오셨네요."

"응?! 아! ……박 서방 왔어?"

당황하는 기색이 역력한 모친.

방금 전 그 말을 들었을까? 남편 표정이 찌무룩하다.

"그런데 이 시간에 어쩐 일인가? 회사는?"

"주말이잖아요."

그에게서 찬바람이 쌩 돈다.

간병인은 슬그머니 자리를 피하고 장모는 머쓱한 얼굴로 사위 눈치를 살핀다.

"참, 그렇지? 내가 요즘 시간이 어찌 가는 줄도 모르고 살아. 저 애 때문에……. 그래, 밥은?"

"뭐…… 올라오다가 대충 먹었어요."

"그래? 암튼 굶고 다니지 말게. 산사람은 살아야지. 밥해주는 사람 없다고 밤낮 햄버거 같은 걸로 끼니 때우지 말구. 알았지?"

"그럼요. 누가 죽기라도 했나요?"

남편 말끝이 날카롭다.

"아니 내 말은 그게 아니라……."

당신 모친은 당황해 얼버무리는데 남편은 얼음장 같은 눈빛으로 당신을 내려다본다.

"아직도야?"

추궁하는 듯한 그 태도에 당신 마음이 무겁다. 대꾸 없이 당신은 외면하는데 대신 모친이 목소리를 높인다.

"아, 글쎄 그게 왜 그렇게 안 나오는지 몰라! 내가 답답해서 밤에 잠이 안 온다니까. 지난밤에도 한잠도 못 잤어. 잠을 못 자니 식욕도 없고. 말 마, 나도 아주 죽을 지경이라니까 저 애 때문에."

"그래요?"

남편이 입가에 냉소를 달더니 갑자기 아무 말 없이 나가 버린다.

"왜 또 저런다니?"

언짢은 표정으로 당신에게 묻는 모친. 당신은 아무 대꾸도 하지 못한다. 그때 낯선 사람들이 병실 앞에 나타난다.

"여근가 본디? 엄니, 들어가서요."

30대 중반으로 보이는 남녀 한 쌍이 깡마른 할머니를 대동하고 안으로 들어섰다.

"아, 어째서 멀쩡한 사람을 자꾸 입원하라 그려?"

노인은 병실로 들어서는 순간부터 툴툴거렸다.

"하이고 엄늬, 인자 고만허시오잉! 터진 것을 얼렁 꼬매야 쓴다 안 허요?"

짜증스럽게 대꾸하는 사내. 그 말에 호기심이 발동한 모친이 끼어든다.

"할머니, 뭐가 터졌다는 거유?"

"오살헐. 밥통이 터졌다 안 허요? 그람시롱 수술을 받아야 쓴다나 뭣이라나."

"밥통이 터져요? 아이구, 재미난 할머니가 들어오셨네."

"재미라고라? 뭣이 재미있소?"

노인이 불쾌한 듯 정색하자 머쓱해하는 모친.

"아니 내 말은……."

"오살헐. 아 밥통이 터졌어도 인자 나는 딱 3년만 살믄 된다는디 느그덜은 어째서 이 어메 말을 고로고 안 듣냐잉?"

당신 모친을 대번에 무질러 놓고 다시 아들에게 퍼붓는 노인.

"나가 그락저락 살다 가믄 된다는디 늙은 어메 몸뗑이에 기어니 칼을 대게 할겨?"

"하이고, 엄니! 고 말도 안 되는 소리 고만 쫌 하시랑게."

답답해 죽겠다는 듯 사내가 노인을 향해 오만상을 찡그린다.

"뭣이 말도 안 돼야?"

모자가 티격태격하는 사이 그새를 못 참고 또 끼어드는 당신 모친.

"3년만 살면 되다니? 그건 또 무슨 소리유?"

"아, 용한 무당이 나헌티 그랬당게요. 나가 딱 칠십꺼정 살다가 죽는다고. 근디 나가 시방 딱 예순일곱이오. 긍게로 딱 삼 년 안 남았소잉?"

"예?"

어처구니없는 답변에 실소하는 모친.

그러니까 '밥통이 터졌어도 한 3년만 잘 달래가며 쓰면 되지 않겠냐'는 게 노인의 생각인데 자식들이 기어이 자신을 입원시킨 게 노인은 못마땅한 거였다.

"하여간 우리 엄니 억지는 알아줘야 한당게."

아들이 비웃듯 덧붙인 말에 노인이 다시 언성을 높인다.

"이 오살헐 놈아, 뭣이 억지여?"

그때 또 오지랖 넓게 훈수 두는 당신 모친.

"아이구 할머니, 아니, 아줌마, 3년이 아니라 석 달이라도 그렇지. 터진 밥통을 어찌 그냥 놓아둔답니까? 그 때문에 통 못 먹어서 그리 빼빼 마른 것 같구만. 안 그래요?"

그 말에 모르는 소리 말라는 듯 다시 노인이 정색한다.

"아, 그 뭔 소리? 나가 못 묵어서 요런 것이 아니고 본래부터 요로고 생겨 묵었어라."

"그래요? 아무리 그래도 그렇지……."

노인이 당신 모친을 상대하는 동안 젊은 내외는 슬며시 자리에서 일어난다.

"엄니, 암튼 지간에 의사선생님 말씀 잘 들으셔요. 우린 낼 또 올 텡게잉?"

"아 이것들아, 나만 내쏴두고 워딜 간다는겨?"

"아, 낼 다시 온당게요!"

자식들이 도망치듯 병실을 빠져나가자 노인은 다시 분통을 터뜨린다.

"썩을 것들. 아, 그런 줄 알았으믄 어째서 진즉 알은체를 안 한겨? 내 밥통에 구녕난 것이 어디 한두 해 일이가니?"

*

"으, 으어!"

앞 병실이 또 소란스러워진다.

"으으으으!"

괴상한 신음소리를 내는 4호실 남자.

"선생님, 왜 이러세요?"

"으으 아으!"

신음소리가 심상찮다.

"선생님, 왜 이러세요? 선생님!"

"뭔 소리여?"

옆 침대 환자도 놀라 깨났나 보다.

"얼레, 아거메는 또 어찌 근다요?"

노인이 커튼 너머로 당신을 들여다보고 있었다.

"예? …… 아무것도 아녜요. 배가 좀 아파서…….'

"배가 아파라? 체했소?"

일주일 가까이 입으로 물 한 모금 넘기지 못한 사람에게 체했냐니. 어이없는 질문에 당신은 할 말이 없다.

"으으아!"

"선생님, 제발 정신 좀 차리세요! 선생님! 아유, 안 되겠네. 간호사! 간호사!"

4호실 간병인이 복도로 나와 다급히 당직간호사를 불렀다.

"왜 그래요?"

간호사가 달려왔다.

"빨리 좀 와 봐요. 우리 선생님이 아무래도 이상해요!"

"아, 안 돼! 으으아!"

소리치는 4호실 남자.

"대처나 뭔 일이다냐?"

궁금해서 견딜 수 없다는 듯 침대에서 내려서는 노인.

왜 저래? 그러게요. 4호실 앞에서 수군대는 사람들. 누구한테 저러는 거야? 글쎄요. 꼭 넋 나간 사람 같아요. 그러게요. 이상하네요. 오메, 오메! 큰일 나벌졌구만!

"아주머니, 환자분 꼭 붙잡고 계세요. 당직의사선생님 모시고 올게요!"

간호사 목소리도 심상찮다.

"선생님, 왜 그러십니까? 어디가 편찮으세요?"

급히 달려온 당직의사가 4호실 환자에게 물었다.

"으으어……."

"대답하기 힘드세요? 간호사, 환자분 잡으세요."

아무래도 4호실 남자 상태가 심각한 모양이다.

조금 후 복도에 이동식 침대가 굴러오는 소리가 들리더니 4호실 남자는 결국 중환자실로 이송된 듯했다.

"오메 심란한 거! ……오메……. 이것들이 늙은 어메를 기어이 구신 소굴에 쳐 넣었어야! 하이고메……."

병실로 돌아온 옆 침대 할머니는 밤새 뒤척였다.

*

아, 배야.

복통이 심해진다.

뱃속 창자가 요동을 친다. 한순간 돌처럼 단단해졌다가 다음 순간 와르르 풀어지는가 싶더니 다시 땡땡 굳어진다. 마치 커다란 뱀 한 마리가 뱃속에서 용트림치고 있는 것 같은 느낌이다.

심해지는 복통에 봉합 흉터가 금세 뜯어질 것만 같은 불안. 당신은 침대 모서리를 붙들고 고통을 참으려고 이를 악문다.

당신 간병인은 어디로 갔는지 보이지 않는데 진통 간격은 점점 더 좁혀진다. 20분에서 10분으로, 10분에서 5분 간격으로, 통증이 계속 당신에게 신호를 보내온다. 당신의 아이가 세상 밖으로 나오려고 마지막 사투를 벌이던 그때처럼.

명절 연휴인데다가 이른 아침이라 거리에 택시 한 대 보이지 않았던 그때 당신은 길바닥에서 아기를 낳게 될까 봐 두려웠다.

병원에 도착하자마자 아기는 필사적으로 세상 밖으로 나오고자 몸부림치기 시작했고 당신은 통증으로 허리가 끊어질 것만 같았다.

산모께선 디스크환자라 다른 사람보다 허리 통증이 클 거예요. 그래서 자연분만이 다른 사람보다 좀 힘들 수도 있지만 그래도 수술보단 후유증이 덜하니까 가능하면 견뎌 보세요.

당신은 이를 앙다물고 버텨 보고자 했으나 절로 비명이 터져 나왔다. 모친은 그런 당신 곁에서 위로도 격려도 되지 않는 말로 당신을 더 자극했다. 야, 그 정도 갖고 뭘 그러니? 난 너보다 더했다. 참아. 하늘이 샛노랗게 보여야 해. 그래야 나와. 어때? 하늘이 노랗게 보이니? 아니면 아직 아냐. 아직 멀었어.

마치 약 올리듯 같은 말을 돌림노래 후렴구처럼 되풀이하곤 했던 모친. 참아 하늘이 노랗게 보일 때까지. 그래야 나와. 왠지 상황을 즐기는 듯한 그 어조에 당신은 아기도 낳기 전 돌아버릴 것만 같았다. 산모! 정신 차리세요! 정신 놓으면 안 돼요! 자, 조금만 더 힘줘 봐요!

그리고 가물가물해지려는 의식의 끈을 붙잡고 당신이 마지막으로 혼신의 힘을 발휘하는 순간 세상이 빙글빙글 돌기 시작했다. 마치 청룡열차라도 탄 듯 무서운 속도로 눈앞 세상이 팽팽 돌더니 한

순간 당신 몸이 하늘로 솟구쳤고 엄청난 햇살이 폭죽처럼 파열했다. 그 순간 들리는 소리. 나왔어요! 나왔어! 축하해요!

*

식도에서 그 망할 놈의 이물질이 빠져나가니 소독약 냄새가 진동하는 병동 공기조차 달디달았다. 지옥 같던 일주일의 체형, 그 고통을 한순간 잊을 정도로 세상이 달리 보였다.

"어?! 나왔어?"

콧줄을 뺀 당신을 발견한 순간 그의 표정도 환해졌다. 그러나 금세 찬물을 끼얹고 마는 그.

"요란깨나 떨더니 이제 간병인아줌마 보내도 되나?"

비아냥거림이 가득 담긴 그 말투에 당신은 순간 맥이 탁 풀려 버리고 만다.

"그게 무슨 소리야……?"

"무슨 대단한 분들이시라고. 자기들은 손 하나 까딱할 생각 안 하고 다 돈으로 해결하려 드니. 그만했으면 이제 누군가 대신 신경 써줘야 되는 거 아냐?"

독뱀처럼 쏘아붙이는 남편 말에 당신은 숨이 턱 막힌다. 또 시작이다. 당신이 멀쩡한 꼴을 되찾은 듯싶으니 모든 게 또다시 시작인 거다. 대체 어쩌란 건가.

"그렇게 손이 많은데도 막상 필요할 때는 전혀 도움이 되질 않아. 우리한테 쌓아놓은 돈이라도 있어? 도대체가 속이 없어 하나같이!"

지금 이 상황에서 당신에게 돈 때문에 화를 내다니. 역겨움과 불안이 고스란히 되살아난다.

"가만 보니 간병인도 별로 하는 일 없더구만. 고작 당신 어머니 말상대나 하자고 그 비싼 돈 주고 간병인 데려다놓은 거래? 밤낮 앉아서 허접스런 수다나 떨고 남 흉이나 보며 간식이나 야금거리며 놀려구?"

역시 저거였다. 며칠 동안 저 가시 돋은 말들을 품고 있느라 남편 표정이 성난 고슴도치 같았던 거다. 언제 어느 상황에서건 자기 속에 담아둔 말은 기어이 잘근잘근 씹어뱉고야 직성이 풀리는 그 아닌가.

"그동안 꾹 참고 봐주자 했더니 다들 아주 가관이더군. 누구는 혼자서 병원비 마련이며 집 안팎에 산적한 일들 해결하느라 정신없이 동동거리고 다니는데 댁내들은 뭐 상황을 즐기자는 건지 뭔지. 도대체가 다들 무신경 그 자체더군!"

몰아붙이는 그 앞에서 당신은 가슴이 덜덜 떨린다.

"철딱서니 없는 건 정말 모전여전이라니까. 남들은 더 심한 수술을 했어도 금세 훌훌 털고 일어나더구만. 누구 골탕 먹이려구 작정한 거야 뭐야?"

마음에 품고 있던 독가시 같은 말들을 마구 뱉어내며 그가 당신 가슴속에 채 아물지 않은 상처들을 마구 헤집어 놓는다.

그가 화를 내는 건 돈 때문만이 아니다. 요컨대 그 번거로운 일들을 해결해야 하는 당사자가 바로 자기 자신이란 사실, 그 자체에 화를 내고 있는 거다. 조금이라도 자신이 불편한 상황에 처하면 언제나 그래왔듯 말이다.

"일주일씩이나 버티고 누워서 나 좀 봐달라고 응석부린 거야 뭐야?"

당신의 고통 호소가 그에겐 그저 성가신 응석일 뿐이라는 거다. 당신이 죽을병에 걸렸다고 해서 달라질 건 아무것도 없었다.

네가 이렇게 된 게 모두 자기 탓이라면서 애비가 얼마나 울었는지 아니?

수술 직후 문병 온 시어머니가 던지고 간 그 말에 부질없이 무슨 반전이라도 기대했다는 건가?

"정리할 건 빨리 정리해야지. 집 안팎으로 해결해야 할 문제들이 얼마나 산적해 있는지 알아? 왜 나만 혼자서 이렇게 안달해야 하냐구? 응?"

연극은 방금 전 끝났으니 빨리 무대에서 내려오라는 거다. 징징대는 그놈의 신파극엔 반전 같은 건 없다는 거다.

"오메, 어찌 근다요?"

옆 침대 할머니가 병실로 들어오다가 스산한 분위기에 멈칫했다. 그는 미간을 찡그리며 밖으로 나가 버렸다.

"아따, 조단조단 말로 해도 될 것을 사내들은 어쩐다고 밤낮 큰
소린지 몰르겄소잉?"

눈치를 살피는 노인 앞에서 당신은 정말 쥐구멍이라도 찾고 싶
었다.

*

"엄마, 오늘 간병인아줌마 가시라고 해요."

"왜? 애비가 뭐라고 하든?"

이럴 땐 눈치 빠른 모친이다.

"글쎄 그냥……. 내일부터 나 주사바늘 빼게 될 때까지만이라도
엄마가 밤에 좀 계셔줘요."

"얘가 무슨 소리냐? 나더러 어떡하라고?"

정색하는 모친.

"새로 이사한 집 여기저기 손봐야 할 데가 한두 군데인 줄 아니?
인부들 불러 시킬 일이 태산이라구. 그런데 내가 너 때문에 낮엔 집
에 붙어 있을 수 없으니 밤에라도 들어가 집안일 봐야 할 거 아니
냐. 왜? 애비가 돈 아까워서 그런다디? 그럼, 그 간병인 돈 내가 주
면 될 거 아냐?"

이젠 다들 드러내놓고 당신을 천덕꾸러기 취급하는 거다. 울컥

염증이 치솟는다.

"그만둬요. 누가 엄마더러 돈 달래?"

"얘가 왜 나한테 화를 내고 그러니? 내가 뭘 어쨌다구?"

이제 모든 게 끝났다고 생각하니 각자 무용담을 늘어놓을 시간이라는 건가. 내가 너 때문에 얼마나 맘고생 했는지 아니? 내가 당신 때문에 얼마나 혼났는지 알아? 이제 그만 꿈 깨. 그동안 그만큼 봐줬으면 됐지. 언제까지 응석 떨래?

왜? 죽음의 문턱에서 거창한 사건의 주인공이라도 된 것 같아 잠시 허망한 기대라도 품었었니? 다시 살아난다면, 어쩌면 뭔가 변화가 일어날지도 모른다고? 네가 깨나면 세상이 달라져 있을 거라고? 널 괴롭혔던 모든 일들이 저절로 다 해결되어 있을 거라고? 폭풍후 찾아온 맑은 하늘처럼 네 주변이 저절로 개운해져 있을 거라고?

천만에. 아무것도 달라질 건 없었다.

그래서 다시 죽고 싶어? 대체 얼마만큼이나 더 나락으로 떨어져야 정신 차릴래? 당신 멱살을 휘어잡는 비참한 기억.

너 정말 나한테 왜 이래? 내가 도대체 뭘 어쨌다고? 너 쇼한 거지? 나한테 겁주려고 너 쇼한 거지? 엉?

이 독한 것아, 아무리 그런다고 어떻게 그런 맘을 품어? 새끼 둔 어미가 어떻게 그런 짓을 해? 이 어미 봐라. 나라구 죽구 싶은 맘 든 게 어디 한두 번이었겠냐? 그 인간이 계집질하고 가산탕진하고 제 여편네나 새끼들 같은 건 안중에도 없이 밖으로만 싸도는데 나라고 그런 인생 살구 싶었겠냐?! 내가 그런 생각 들 때마다 너처럼 독하게 맘먹었으면 난 이미 수백 번도 더 죽었겠다!

그때 수십 알의 약을 집어삼키고 사경을 헤매다 되돌아온 당신에겐 그의 악다구니도 모친의 눈물바람도 귀에 들어오지 않았다. 좀처럼 벗어나기 힘든 악연의 무게가 그저 끔찍했을 뿐.

그런 짓까지 해놓고 대체 얼마나 더 나락으로 떨어져야 정신 차릴래? 네가 원했던 삶은 이런 게 아니라구? 그래서 정말 냉동인간이라도 돼 백 년쯤 잠들어 있다 깨나면 네가 원하는 삶이 저절로 주어진대? 네 속을 좀 들여다 봐. 거기 뭐가 있는지. 안 보여? 저 밑바닥에 똬리 틀고 음흉하게 엎디어 있다가 한 번씩 무섭게 요동질치는 그놈. 또다시 기습적으로 모습을 드러내 제가 아직 건재함을 알려온 저 징그러운 놈. 원망과 증오의 응어리로 돌돌 똬리 틀고 999년 묵은 이무기처럼 네 안에 도사리고 있는 그놈, 안 보이냐구! 정신 차려. 언제까지 거기 그렇게 웅크리고 있을래?

*

"오메, 어찌 근다요?"

당신을 내려다보고 있는 옆 침대 노인.

"뭔 일이여? 뭔 약을 고로코롬 써쌌소?"

무슨 일이 일어난 건가.

"오메, 사람 참말로 간 떨어질 뻔 봤구만. 어찌 근다요? 뭔 구신이라도 봤소?"

방금 전 당신을 스쳐 지나간 그건 뭐였을까?

"오메, 심란한 거. 터진 밥통 꼬매는 것이 암만해도 보통 일은 아닌갑서잉?"

노인이 고개를 절레절레 흔들며 침대에서 내려섰다.

꿈이었을까?

"오메, 참말로 어쩐다냐?"

구시렁거리며 화장실로 들어가는 노인.

"어쩐다냐? 나도 날 잡았는디……. 오메!"

정말 꿈을 꾼 걸까.

아니다. 당신은 잠이 오지 않아 그저 멍하니 누워 있었다. 한순간 이상한 느낌이 들어 고개 들어보니 공중에 떠 있는 누군가의 발! 어둠 속에서 당신을 내려다보고 있는 섬뜩한 눈빛! 순간 모골이 송연해지며 비명이 튀어나왔던 거다.

*

"얘, 최종 결과 나왔단다."

모친이 상기된 얼굴로 수술 결과를 들고 병실로 들어섰다.

"그런데 실은……."

의미심장한 표정을 짓는 모친.

그 순간이 온 것이리라. 저들이 지난 2주간 당신에게 감춰 왔던 그 사실을 고백하려는 순간이.

"사실은 네가 암수술을 받은 거란다. 그동안 너한텐 위궤양이라 말해왔지만 사실 넌 위암 수술을 받은 거야."

'너도 옆 침대 할머니처럼 밥통이 터졌던 거야'라고 어머닌 말하고 있었다.

설마 당신이 그 사실을 정말 모르고 있었다고 저들은 믿은 걸까?

"그간 얼마나 우여곡절이 많았는지 아니? 어쨌든 넌 이제부터가 시작인 거야."

내친김이란 듯 모친의 말이 빨라졌다.

"앞으로 5년만 조심하면 완치된다니까 걱정할 건 없다. 당분간은 치료를 좀 받아야 한다지만 항암제 몇 번만 맞으면 된대. 다른 사람들에 비하면 얼마나 다행이니? 봐라. 저 앞방 그 간암 환자 결국 그렇게 된 거. 보다시피 여기 입원한 사람들 대부분이 너보다 훨씬 상태가 심각한 사람들이야. 그런데 넌……."

당신은 이미 모친 말을 듣고 있지 않았다. 요컨대 향후 5년이 고 비란 얘기 아닌가? 그때까지 당신이 생존할 수 있는 확률과 그 반 대 경우가 반반이라는 말 아닌가? 죽음은 당분간 집행유예다. 이제 그 반반의 확률 속에서 당신 삶은 다시 시작될 것이다. 새삼스런 사 실일까? 실상 누구나 그 반반의 확률 속에서 살아가는 게 아닌가?

"앞으로 네 마음가짐이 문제야. 암 환자에게 제일 안 좋은 게 스 트레스란다. 이제부턴 공연히 쓸데없는 일로 애태우지 말고 대범 하게 넘겨. 초연하게 살아. 그것만이 네가 살 길이라 생각하고. 알 았니?"

당신은 과연 그렇게 살아갈 수 있을까?

현실적으로 해결된 건 아무것도 없었다. 당신 위 속에서 자라고 있던 암세포는 수술로써 제거됐는지 모르지만 그 수술로 마음의 고 통까지 제거된 건 아니다. 장차 또 어떤 사건이 당신을 기다리고 있 을지도 알 수 없는 일이다.

그러나 더 이상 새로울 게 있을까?

분명한 건, 당신의 투쟁 시간은 아직 끝나지 않았다는 거다. 그 리하여 당신이 또다시 지지고 볶는 삶의 악순환 속에서 그 아슬아 슬한 삶의 곡예를 지속해 간다면 그동안 당신 몸속 어딘가에서 또 그 새까만 의혹들, 깨알 같은 암세포들이 뭉치고 자라나 다시 당신 에게 최후의 결정타를 먹일지도 모를 일이지만 아직 당신의 투쟁 시간은 끝나지 않았다는 거다. 당신이 삶의 채무이행을 위해 싸워

내야 할 그 시간은 당분간 더 지속되어야 한다는 거다. 그것이 신께서 당신에게 좀 더 숙제를 풀어 보라고 허용한 시간이든, 아직 당신이 갚아야 할 죄 값이 더 남아 있어 그에 쓰라고 허용한 시간이든 당신에게 내려진 선고는 집행유예인 거다.

자. 이제 당신은 무엇과 드잡이해 싸울 것인가. 시한부 투쟁의 시간. 더 이상 머뭇거릴 시간이 없다.

당신은 호흡을 가다듬고 당신 안으로 깊이 들어가 보기로 한다.

수술 직후 당신 위에서 빠져나온 타르액처럼 캄캄한 늪.

한바탕 회오리를 일으켜 당신 위를 꿀꺽 삼켜 버리곤 놈은 일단 포만감을 느꼈는지 잠시 조용하다. 잠시 숨을 고르고 있는 것이리라. 또다시 기회를 엿보며.

저 바닥에 미미한 일렁임의 파동이 느껴진다. 당신 심장이 그에 지진계처럼 반응한다.

자, 이제 카운트다운은 다시 시작됐다. 이제 당신은 어디로 뛸 것인가. 또다시 놈이 눈뜨기 전 당신은 서둘러 출구를 찾아야 할 것이다.

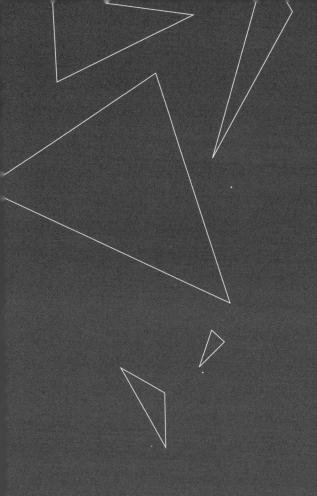

02　덫

1

뭐지?

막 잠이 들려는 순간이다. 부엌 쪽에서 뭔가 예사롭지 않은 소리
가 들린 것 같아 평숙은 부엌 쪽을 향해 신경을 곤두세웠다.

그때, 사악. 뭔가 날카로운 물체가 금속판을 스치는 듯한 소리.
잘못 들은 게 아니었다.

온몸에 솜털이 쭈뼛 서는 느낌에 가슴이 쿵쿵 뛰기 시작했다.

평숙은 한 손으로 가슴을 꾹 누르고 아이가 깨나지 않도록 조용
히 침대에서 내려섰다. 호흡을 가다듬고 숨죽인 채 장롱까지 가만
가만 기어가 조심스레 장롱 아래 서랍을 여는데 손이 한겨울 문풍
지처럼 떨렸다. 그녀는 다시 한번 호흡을 가다듬고 보자기에 싸 감
춰둔 물건을 꽉 거머쥐었다.

드디어 이걸 사용하게 된 순간이 온 거다.

안방문은 언제나 그렇듯 4분의 1쯤 열려 있었다.

"누구야?!"

평숙은 재빨리 거실로 몸을 날렸다.

*

"박평숙, 요새 대체 왜 그래? 사표 쓰고 싶어?"

이 과장이 그녀를 향해 눈을 부릅떴다.

입사 십 년 베테랑인 그녀가 돈 계산에 실수하는 따위의 사건은 지금까지 단 한 번도 없었다. 그런데 최근 들어 어처구니없는 실수를 벌써 두 차례나 범한 것이다.

"툭하면 회사 와서 꾸벅꾸벅 졸기나 하고. 대체 밤중에 뭐 하기에 그래?!"

평숙이 첫 실수를 했을 땐 그냥 어이없다는 듯, 요새 집에 돈이 남아도나 보지? 하고 이기죽거리는 걸로 넘어갔던 이 과장도 이번엔 정색을 했다.

그럴 만도 했다. 누군가 그 실수를 발견하지 못했더라면 평숙의 3년 치 월급이 한꺼번에 날아갈 뻔한 사건이었으니 말이다.

"정말 사표 쓰고 싶어?"

평숙은 아무 말도 못 하고 고개만 조아리고 서 있었다.

"왜 그래? 뭐가 문제야?"

매섭게 쏘아붙이는 이 과장.

"죄송합니다. 다신 이런 일 없도록 주의하겠습니다."

그 이상 할 말이 없었다.

"신입도 아니고! 뭐야 대체?"

이 과장이 혀를 끌끌 찼다.

스스로 생각해도 한심스럽기 짝이 없는 일이었다.

어쩌다 이렇게까지 된 건지. 그녀 자신도 이해할 수 없는 일이었다.

분명한 건 이게 다 그놈 때문이라는 거다. 밤마다 그녀의 신경을 갉아먹는 그 징그러운 놈. 그녀를 피 말려 죽이려고 작정한 그놈 말이다.

따지고 보면 그놈과의 투쟁이 시작된 건 몇 달 전 그 사건 이후부터였다.

*

그날 새벽 2시쯤 됐을까.

화급한 사이렌 소리가 후덥지근한 여름밤 적막을 깨며 평숙을 깨웠다. 베란다로 나가보니 아파트 단지에 경찰차와 앰뷸런스가 출동해 있었다. 뭔가 심상찮은 사건이 터진 거다.

그녀가 아래로 내려갔을 때는 구급차가 막 아파트 단지를 빠져나가고 있었다. 주민들 몇이 1, 2호 라인 앞에서 웅성거리고 있었다. 그 속에 옆집여자도 보였다.

"왜 그래요? 무슨 일이래요?"

평숙이 다가서며 물었다.

"102호에 강도가 들었대! 글쎄, 그 집 사람들이 칼에 찔렸대."

옆집여자가 102호 쪽을 살피며 목소리를 낮추었다.

"예? 어떻게 그런 일이……?! 많이 다쳤대요?"

"말이라구! 그 집 남자가 아까 실려 가는 거 보니까 피가 장난이 아냐."

이번엔 203호 여자가 끼어들었다.

"남자만 다친 게 아니죠. 여자도 다친 것 같던데요?"

1층 새댁이 상기된 표정으로 말했다.

"맞아. 피를 흘리는 것 같진 않았지만 아무튼 어딘가 다쳤으니 함께 실려 갔겠지?"

"어쩌다 그런 거래요?"

평숙이 부녀회장을 쳐다봤다.

"경찰이 그러는데 놈이 베란다로 침입한 거 같다네. 아마 창문을 열어놓고 잔 모양이야."

평숙은 깜짝 놀랐다.

"나도 베란다 창문 열어놓고 잤는데……."

"다 마찬가지지. 이 삼복더위에 창문 닫고 자는 집이 어딨어?"

그러게. 누가 아니래요. 옆집여자 말에 동조하는 이웃들. 다들 큰일 날 뻔했네요. 이게 대체 무슨 일이래 그래? 새삼 가슴을 쓸어내리는 사람들.

"대체 경비아저씬 뭐한 거래요?"

1층 새댁이 부녀회장을 향해 따지듯 물었다.

"뭘 기대해? 교대해 줄 사람 없다는 구실로 밤낮 허수아비처럼 자리나 지키고 있는 영감님 아냐?"

203호 여자가 부녀회장 들으란 듯 비아냥거렸다.

"아, 경비 열을 세워둔다고 일어날 일이 안 일어나나?"

부녀회장이 미간을 찡그렸다. 경비영감은 부녀회장과 친척지간이었다.

"맞아. 남 탓할 일만은 아냐. 자기 집 문단속은 자기가 해야지."

옆집여자 말에 갑자기 5층 경민엄마가 화들짝 놀라는 표정을 지었다.

"아이구, 내 정신 좀 봐. 현관문 열어놓고 왔네."

그 말에 여기저기 이웃들이 합류했다.

"엄마야! 나도 그런 것 같은데!"

"이런 나도!"

"저런! 저런! 다들 얼른 들어가 제집 문단속부터 해야겠네."

"맞아요. 어서들 들어갑시다."

평숙도 다급히 집으로 돌아왔다. 집에서 나올 때 분명 현관문을 잠근 것 같긴 한데 혹시나 싶어 허둥지둥 올라와 보니 다행히 문은 잠겨 있었다.

그러나 집 안으로 들어서자 왠지 으스스한 기분이 들었다. 앞 베란다 창문이 시커멓게 아가리를 벌린 채 그녀를 쳐다보고 있었고 어둠에 싸인 뒷 베란다도 음험하게 기웃거리고 있었다. 그녀는 서둘러 창문을 모두 닫고 문마다 잠금장치까지 걸어놓았다. 그리고 호흡을 가다듬고 집 안을 다시 살펴봤다. 아이는 제 방에서 여전히 천사 같은 표정으로 잠들어 있었고 안방침대는 좀 전 그녀가 잠에서 깨나 빠져나왔을 때의 모습 그대로였다. 집 안 어디에도 외부인이 침입한 흔적은 없었다.

하지만 놈이 아직 근처에 남아 있을지도 모를 일 아닌가.

평숙은 긴장을 늦출 수 없었다. 당장 뭔가 대책을 세워야 하지 않을까 싶었다. 불안한 마음에 집 안을 다시 구석구석 살펴봤더니 현금과 통장, 패물 등 놈들이 노릴 만한 것들이 아무 데나 방치돼 있었다. 우선 그런 것들부터 보다 안전한 곳에 보관해 둬야겠다는 생각이 들었다. 그녀는 평소 화장대 서랍 속에 방치해 뒀던 통장들을 꺼내 책장 책갈피 속에 나눠 숨겨뒀고 얼마 안 되는 패물은 검은 비닐봉지에 꽁꽁 싸서 침대 매트리스 틈새에 끼워 뒀다.

또 뭘 해야 할까?

생각해 보니 당장 호신용 무기가 될 만한 것도 필요한 것 같았다. 둘러보니 남편의 등산용 스틱, 야구방망이 따위가 눈에 들어왔다. 그녀는 일단 그것들을 비상시 곧장 손이 닿을 수 있는 위치에 배치해 뒀다. 가령 안방 침대 밑과 냉장고 옆 귀퉁이 같은 곳에 말이다. 그랬는데도 불안한 마음은 좀처럼 가시지 않는다. 문밖 기척에 온통 신경을 곤두세우고 있자니 이건 마치 놈이 나타나길 기다리고 있는 사람 같지 않은가.

새벽 3시. 내일 출근하려면 지금이라도 자둬야 하는데 잠은 싹 달아나고 말았다.

어쩌지? 남편에게 전화를 걸어 소식을 알릴까?

아니. 그가 어떻게 나올진 뻔했다. 내 뭐랬어. 이사 가자니까. 남편 입에서 그 말만 나오면 그녀는 입을 다물어야 했다. 그 말을 듣느니 차라리 혼자 감당하는 편이 나았다.

결국 그녀는 밤새 거실에 전등을 켜놓은 채 거의 뜬눈으로 밤을 새웠다.

그런데 그날 저녁 TV 뉴스를 통해 전날 밤 사건 보도를 다시 접하게 됐을 때 평숙은 새삼 놀랐다.

경찰이 사건 현장 주변을 수색한 결과 범행 시 사용한 걸로 추정

되는 혈흔이 남은 식칼 한 자루가 인근 주택가 쓰레기통에서 발견됐다는 거다. 그런데 무엇보다 놀라운 건 그 칼이 바로 피해자 집에서 사용하던 부엌칼로 확인됐다는 사실이다.

그 집 부엌칼로 범행을 저질렀다니. 평소 살림 도구에 불과하다고 여기고 있던 것들이 난입자에겐 무기로 돌변할 수도 있다는 거 아닌가.

순간 등골이 서늘해졌다. 자기 집에도 그렇게 갑자기 흉기로 돌변할 수도 있을 만한 물건들은 넘쳐나지 않는가. 크고 작은 부엌칼에서부터, 면도칼, 주방용 가위, 송곳, 드라이버, 심지어 아이의 공작용 가위까지. 살펴보니 위험한 물건들이 도처에 널려 있었다. 그동안 그런 것들을 아무 데나 방치해 두고 태평스레 잠자리에 들었다니. 당장 그 무기들을 안전하게 처리해야 한다는 생각이 들어 그녀는 그것들을 큼직한 세수수건에 뭉뚱그려 싸서 안방 침대 밑에 숨겨 놓았다. 앞으론 잠들기 전 매일 밤 그렇게 해야 할 것 같았다.

그다음 날 퇴근길이다.

평숙이 아파트로 들어서는데 3, 4호 라인 출입구에서 이웃들이 다시 술렁대고 있었다.

"또 무슨 일이에요?"

평숙이 다가가 묻자 옆집여자가 의미심장한 표정으로 되물었다.

"소문 못 들었어?"

"무슨 소문이요?"

"그러니까 그게……."

잠시 머뭇거리는 403호 여자.

"아무래도 그 집 여자가 당한 것 같아."

"당하다니요?"

"그러니까 그놈한테…… 그 강도 놈한테 말야. 그것도 남편과 제 아이들이 다 보는 앞에서!"

평숙은 그제야 말뜻을 파악했다.

"세상에. 어떻게 그럴 수가……."

평숙의 목소리가 떨렸다.

"사실이래요?"

"경찰에서 흘러나온 말이라니 사실 아니겠어? 수지엄마 친구 남편이 경찰이라는데 거기서 들었대."

아마도 소문의 진원지는 203호 여자인 모양이었다.

"정말 이사라도 가든가 해야지. 무서워서 살겠어요?"

몸서리치는 1층 새댁.

"그런데 문제는 경찰이 협조를 요청해도 당사자들이 입을 안 연다는 거야."

수지엄마는 마치 경찰의 수사 내용을 다 알고 있다는 듯 말했다.

"그 사람들이 범인 얼굴을 봤다는 거예요?"

평숙이 묻자 수지엄마가 잠시 주위를 살피더니 소리를 낮추었다.

"그런 것 같지는 않고. 아무튼 그게 사실이라면 뭔가 단서를 찾아내는 방법이 있지 않겠어?"

수지엄마는 뭔가 암시하듯 눈빛을 반짝였다.

"방법이라면……?"

그때 문득 상대 입에서 무슨 말이 나올지 눈치챈 평숙은 그 민망한 말이 언급되기 전 얼른 그 입을 막았다.

"뭔지 알겠네요."

"알겠지?"

수지엄마가 의미심장한 표정을 지었다.

"그러니 이게 보통 일이냐구요?"

다시 좌중을 둘러보는 수지엄마.

"보통 일은 아니지."

다들 고개를 내저었다.

"그러니까 내 말은 우리가 그냥 이러고만 있으면 안 된다는 거예요."

수지엄마는 평숙이 나타나기 전 그들끼리 나누고 있던 이야기로 화제를 돌렸다.

"그래서 정말 집집마다 자바라라도 하자는 거야?"

옆집여자가 시큰둥한 표정을 지었다.

"그렇게라도 해야 좀 안심이 되지 않겠어요?"

수지엄마의 의도가 뭔지 평숙은 대충 알 것 같았다. 잇속이 밝은 여자 아닌가.

"이제부터라도 각자 문단속 잘하면 되지 뭐 그렇게까지 해? 안 그래?"

옆집여자가 평숙에게 동의를 구했다.

"글쎄요 전……."

평숙은 주위 사람들 눈치를 살폈다.

"왜 이렇게들 태평하세요? 한 번 일어난 일 두 번 일어나지 않으리란 보장 있어요?"

수지엄마가 한심하다는 표정을 지었다.

"설마 놈이 또 나타나겠어?"

"그러게."

"사람들이 이렇게 태평하니까 그런 끔찍한 인간들이 사라지지 않는 거라구요."

이웃들 반응이 시원치 않자 수지엄마가 다시 목소리를 높였다.

"모르세요? 저런 유리창 따윈 놈들이 맘만 먹으면 소리 안 나게 얼마든지 순식간에 따고 들어올 수 있다는 거?"

그 말에 1층 새댁 눈이 휘둥그레졌다.

"정말요?"

"그렇다니까. 내 친구 남편이 경찰이라잖아. 전문가가 하는 말이라구."

"그럼 어떻게 해요?"

울상 짓는 새댁.

"그러니 안전한 방범 장치가 필요하다는 거 아냐?"

본론으로 되돌아가는 수지엄마.

"누가 그런 거 하면 좋은지 몰라? 하지만 어디 한두 푼짜리여야 말이지 그 자바란가 뭔가."

옆집여자가 다시 제동을 걸었다.

"그래서 우리 동서가 거의 원가에 자재비 정도만 받고 해준다고 했다니까요."

수지엄마가 강조하는데,

"원가는 무슨! 그게 다 장사꾼들이 하는 얘기지."

콧방귀 뀌는 옆집여자.

"형님은 무슨 얘길 그렇게 하세요?"

수지엄마가 발끈했다.

"그럼 내가 이 상황에 장삿속으로 이런다는 거예요?"

"누가 그렇대?"

두 사람이 날카롭게 대립하자 결국 부녀회장이 끼어들었다.

"아, 왜들 이래? 공연한 일로 다투지들 말고 방법을 찾아보자니까. 내 생각엔 우리가 단체로 신청하면 수지네 동서가 싸게 해준다니까 믿고 한번 맡겨보는 게 어떨까 싶은데."

"그럼요. 믿고 맡기셔도 된다니까요."

수지엄마 표정이 다시 밝아졌다.

"그리고 잘 생각해 보세요. 이번 사건의 범인이 그냥 강도 정도가 아니라 더 끔찍한 살인범이었으면 어쩔 뻔했어요? 혹시 놈이 그놈이었는지 누가 알아요?"

"그게 무슨 소리야?"

"그러니까 누가 알겠냐구요? 이번 사건이 혹시 저기 이웃 마을 그 미친놈 살인마 소행인지."

사건을 확대 해석하는 수지엄마.

"그 연쇄살인범?"

"네! 얼마 전에도 거기서 또 사건 터졌었잖아요? 바로 엎어지면 코 닿을 곳에서."

"말도 안 돼! 이건 그거 하고 다르지. 왜 거기다 갖다 붙여?"

"그러게."

다들 기겁하는데,

"다르긴 뭐가 달라요? 근본적으로 같은 사건이지. 안 그래, 은수엄마?"

평숙에게 동의를 구하는 203호 여자. 평숙은 공연히 가슴이 철렁했다.

203호 여자가 말하는 건 십수 년째 D읍에서 일어나고 있는 연쇄 살인 사건이었다.

D읍은 실상 그들이 사는 도시에서 자동차로 20여 분 정도밖에

안 되는 거리에 있었고 지난달 그곳에서 아홉 번째 연쇄살인사건이 발생한 거다.

맙소사. 세상에 저 어린 것을······.

토막 난 어린 여자아이의 사체와 찢긴 스커트, 팬티 등이 사건 발생지역에서 한 구덩이에 매장돼 있었다는 보도와 함께 TV 화면에 흙더미에서 비죽 나온 여자아이의 손이 흐릿하게 비쳤을 때 평숙은 몸서리쳤다. 게다가 이번 피해자는 겨우 14살짜리 여중생이었다. 대체 그 살인범은 어떻게 생겨먹은 자이기에 저런 악마 같은 짓을 계속한단 말인가? 그것도 십 년이 넘도록 같은 마을에서! 그런 인간이 존재한다는 사실 자체가 도무지 이해되질 않는데 그때 곁에서 함께 뉴스를 보고 있던 남편이 혀를 끌끌 찼다.

"쯧쯧. 그러게 왜 한밤중에 혼자 싸다녀? 어린 게 겁도 없이."

사건의 책임이 다소 피해자에게도 있다는 듯한 그 말투에 평숙은 불쑥 화가 치밀었다.

"남의 사정 잘 알지도 못하면서 그렇게 말하면 안 되지."

하지만 남편은 냉소적으로 응수했다.

"사정은 무슨! 동일한 사건이 한두 번 벌어진 곳도 아닌데 지나다니는 사람이 평소에 조심했었어야지."

어처구니없지만 저게 사람들이, 특히 남자들이 이런 경우 보이는 보편적인 반응인 거다. 자신은 절대 그런 사건에 억울한 희생자가 될 리 없다 생각하니 보일 수 있는 저 냉정함. 평숙은 더 이상 말을 섞고 싶지 않았다.

"누가 장담해요? 그자가 아니라는 걸. 그리고 다음번 비극의 주인공이 누가 될지 누가 알겠냐구요?"

203호 여자는 이번 사건도 그 끔찍한 살인마의 소행일지 모른다고 거듭 강조했다. 그 말에 예민하게 반응한 건 평숙만이 아니다.

"아, 말도 안 되는 소리 그만해."

옆집여자가 더 이상 듣고 싶지 않다는 듯 더럭 짜증을 냈다. 하지만 수지엄마는 물러서지 않았다.

"왜 말이 안 돼요?"

"아, 몰라. 아무튼 그 사건하고 연결시키지 말라니까!"

옆집여자가 언성을 높였고 1층 새댁도 진저리쳤다.

"그러게요. 그건 생각만 해도 끔찍해요!"

수지엄마가 사람들에게 공포심을 조장하는 속셈이 뭐건 평숙은 동요하지 않을 수 없었다.

*

"그런 일이 있었어? 근데 그걸 왜 이제야 얘기해? 당신 안 놀랐어?"

주말에야 사건의 전말을 알게 된 남편은 평숙이 그 사건에 대해 짐짓 대수롭지 않은 듯 전하자 의외라는 듯 물었다.

"그래서 말인데 우리도 자바라 설치할까?"

평숙이 슬쩍 남편 의중을 떠봤다.

"임시반상회에서 결정된 건데 설치 원하는 세대는 반장한테 신청하면 아주 저렴한 가격에 해준다는데……."

"얼마나 드는데?"

웬일로 남편이 순순히 넘어오는가 싶더니 평숙이 금액을 말하자 금세 표정이 달라진다.

"우리 형편엔 가당치도 않은 물건이로군."

한마디로 일축해 버리는 그.

"무조건 안 된다고만 하지 말고 잘 생각해 봐."

"생각은 무슨……. 이런 서민아파트에 가져갈 게 뭐 있다구 도둑이 들어? 그놈이 미친놈이지."

"글쎄 그런 미친놈이 들어왔다잖아. 게다가 그냥 도둑도 아니고 강도가."

"아무튼 우리가 집주인도 아니고. 주인이 달아준다면 또 모를까. 난 반대야. 이런 같잖은 연립주택에, 그것도 세입자 주제에 무슨 그런 걸 달아?"

"치사하게. 자기는 가족 안전보다 그까짓 돈 몇 푼이 더 중요하다 이거지?"

자신도 모르는 사이에 평숙의 어조에 감정이 실렸다.

"그렇게 무서우면 이사 가면 되잖아? 방법은 간단한데 뭘 그래?"

그렇지. 또 그 말 나올 줄 알았다.

"아, 알았어. 그만둬."

더 이상 왈가왈부해 봤자 소용없는 일이었다.

남편에겐 이사 가자는 말이 그만큼 큰 무기였다. 3년 전 그가 C시로 발령이 났을 때 당장 이사 가자고 하는 걸 평숙이 버텼던 거다. 내 집 마련이라는 목표와 아이 교육비 문제를 명분으로 내세워서 말이다.

"당신 혼자 벌어서 언제 내 집 마련해? 언제 돈 모아 집 사고, 은수 교육은 또 어떻게 시켜?"

표면상 명분은 그랬지만 실상 그녀에겐 자기 일에 대한 욕심과 애착 또한 그 못잖게 컸다.

내가 어떻게 얻은 직장인데? 요즘 번듯한 대학 나와도 취업이 하늘에 별 따긴데 그만두면 누가 나 같은 고졸아줌마를 어디 또 취직시켜 준대? 나도 직장에서 내 능력 인정받으며 당당한 커리어우먼으로 살고 싶다고.

하지만 평숙은 그런 속내까진 남편에게 당당하게 주장할 수 없었다.

어쨌건 이사 문제로 티격태격하던 두 사람은 결국 C시에서 30평대 아파트 한 채라도 분양받을 수 있는 자금이 마련될 때까지만이란 단서를 붙여 잠시 이사를 보류하기로 했었다. 하지만 주말부부 생활 자체가 불만이었던 남편은 하숙 생활에 금세 진력을 냈고, 그 때문에 집에만 오면 툭하면 짜증을 부렸다. 별것도 아닌 일로 사사건건 트집을 잡았고 하다못해 반찬 투정이라도 해서 그녀 속을 긁어놓곤 했다.

"반찬이 이게 뭐야? 일주일 내내 구역질나는 하숙집 밥상에 질려서 돌아온 사람한테 한 숟갈이라도 뭐 먹을 거 좀 챙겨주면 안 돼? 손 갈 데가 있어야 한술이라도 뜨지."

그 말에 평숙이 어쩌다 볼멘소리로, "왜 또 그래? 조금만 참기로 약속해 놓고?"라고 한마디 대꾸라도 하면 남편은 펄쩍 뛰었다.

"약속을 내가 언제 했어? 네가 일방적으로 그래야겠다며 주저앉은 거지."

남편은 평숙의 욕심 때문에 자기가 일방적으로 희생하고 있다고 주장했고 그런 남편 앞에서 평숙은 더 이상 할 말이 없었다.

그런데 이제 남편이 또 이사란 무기를 쳐들었으니 자바라 설치는 이미 틀려 버린 거다.

그렇다고 가만히 손 놓고 있을 건가?

그럴 순 없었다. 평숙은 다른 대안이라도 찾아야 했다. 자바라를 설치할 수 없다면 하다못해 베란다 유리창에 잔뜩 기름칠이라도 해 둬야 할 것 같았다. 송충이도 미끄러져 떨어질 정도로 번들번들하게 기름칠이라도 해놓으면 누구도 쉽게 저 창문을 열진 못할 거 아닌가. 유리창에 손대는 즉시 끔찍한 일이 벌어지고 말 테니까.

어쨌건 놈이 들어왔을 경우를 대비해 뭔가 강력한 보안장치를 설치해 둘 필요가 있다는 생각이 들었고 궁리 끝에 찾아낸 아이디어가 바로 위장정원이었다. 베란다에 겉보기엔 화단이지만 실은 일종의 지뢰밭 같은 위장 덫을 깔아 보자는 생각이었다.

그녀는 베란다 창틀을 따라 작은 화단을 만든 뒤 그 바닥을 온통 쥐덫으로 도배해 버렸다. 그리고 그 위에 인조잔디를 깔고 조화를 잔뜩 심은 뒤 화단 경계선을 따라 무거운 화분들을 죽 늘어놓는 걸로 위장정원을 완성했다. 이 정도면 누구든 이 문턱을 쉽게 넘진 못할 거다.

이제 남은 일은 식구들이 그 화단을 절대 건드리지 못하도록 단단히 주의시켜 놓는 일뿐이었다. 무엇보다 남편이 그 실체를 눈치채게 해선 안 될 것이다. 그녀가 터무니없는 무섬증 때문에 그런 괴상한 걸 만들어 놨다는 걸 그가 알게 되면 그 입에서 무슨 말이 나올지는 뻔하니 말이다.

그런데 과연 그 정도 대비로 안심해도 될까?

이웃집에서 자바라 공사가 신속히 진행되자 평숙은 다시 초조해졌다. 공사가 마무리되자 자기 집만 큰 위험에 노출되어 있는 것 같아 몹시 불안했다. 자바라 설치가 끝나자 아파트는 베란다마다 철창으로 무장한 게 마치 철통감옥 같았다. 그 속에서 유독 무방비 상태의 평숙의 집 베란다만 휑하니 드러나 보였다.

그러나 그녀로선 더 이상 뾰족한 대안을 찾지 못한 채 전전긍긍하며 지내고 있는데 마침내 102호 사람들이 돌아왔다. 단지 내 모든 귀와 눈이 그 집으로 집중됐다. 그런데 그동안 떠돌아다녔던 소문을 뒷받침해 주기라도 하듯 그들 거동이 심상치가 않았다. 그 집 남자는 이웃들과 마주치지 않으려고 작정이라도 한 듯 새벽에 출근해 한밤중 귀가하는 것 같았고 여자는 두문불출했다. 어찌 된 건지 그 집 애들조차 밖에 나와 노는 모습을 볼 수가 없었다.

"밥이나 해 먹고 사는지 몰라."

"그러게. 밤새안녕이라더니 어떻게 한순간 인생이 저렇게 꼬여 버리나 몰라."

"맞아. 누구도 내일 일 장담할 일 아냐."

이웃여자들의 술렁거림 속에서 평숙은 다시 동요했다.

아무래도 마음이 놓이질 않았다. 분명 저 우스꽝스러운 덫이나 믿고 있을 일이 아니었다.

뭔가 더 적극적인 대책이 필요했다. 정말 믿을 만한 호신용 무기라도 하나 마련해야 하는 게 아닌가 싶었다.

망설이던 끝에 평숙은 마침내 결단을 내렸다. 그녀는 그동안 남편 몰래 모아온 비자금을 털어 가스총 하나를 구입했다. 어렵사리 그걸 구해 장롱 서랍 속에 은밀히 감춰두고 나니 비로소 마음이 조금은 놓였다. 내친김에 호신술 서적도 한 권 샀다. 도장까지 다니진 못해도 기초적인 호신술 몇 가지는 독학으로라도 익혀둬야 할 것 같았던 거다. 그리하여 그녀는 밤마다 아이를 재워놓고 책 내용을 참조해 가며 호신술 기본기도 하나씩 익혀 갔다. 문자 그대로 달밤의 체조였다.

2

사악.

한밤중 적막을 날카롭게 가르는 소리.

보름째 이 시각이면 어김없이 들리는 저 소리. 밤마다 그녀의 신경을 갉아대는 저 소리가 절대 환청일 리 없었다. 오늘은 무슨 일이 있어도 끝장을 보리라.

"누구야?!"

그녀는 부엌을 향해 가차 없이 가스총을 처들었다.

그러나 적막. 환하게 불 켜진 거실. 텅 빈 무대. 부엌창 너머로 입을 벌리고 있는 어둠. 거기서 누군가 그녀를 들여다보고 있는 것 같은 느낌.

나와. 나오라구!

평숙은 부엌을 향해 가스총을 겨눈 채 두 눈을 부릅떴다.

숨 막히는 정적. 긴장감 속에서 그렇게 얼마나 버티고 서 있었을까?

갑자기 뻐꾸기시계가 울림과 동시에 그녀 앞으로 뭔가가 휙 지나갔다.

"엄마야!"

그녀는 비명을 지르며 그 자리에 털썩 주저앉고 말았다. 순간 가스총이 떨어졌다. 얼른 그것을 다시 주워 들고 방아쇠를 당기려는 순간 맞은편 싱크대 쪽에서 뭔가 눈에 들어왔다.

뭐야?

작은 생명체 하나가 싱크대 구석에 몸을 움츠린 채 그녀를 빤히 쳐다보고 있는 게 아닌가.

설마? 쥐?!

보름째 그녀를 자극해 온 그 소리의 정체가 고작 저거였단 말인가. 말도 안 돼!

"이놈의 쥐새끼가!"

그녀는 냉장고 옆 귀퉁이에 숨겨뒀던 야구방망이를 집어 들고 쥐새끼를 향해 휘둘렀다.

으름장에 녀석은 쏜살같이 달아나 버렸다.

대체 놈이 어디로 들어온 걸까.

다음 날 아침 평숙은 일어나자마자 쥐구멍을 찾느라 집 안을 온통 헤집어 봤다. 그러나 놈이 들어올 만한 구멍이라곤 어느 곳에서도 눈에 띄지 않았다. 전날 그녀가 본 게 분명 쥐였을까 의구심조차 들었다.

"쥐라니? 아파트에 무슨 쥐야?"

혹시 집에 쥐 안 나오냐는 평숙의 물음에 옆집여자가 미간을 찡그렸다.

"대체 관리를 어떻게 하기에 아파트에 쥐가 들어와?"

이웃이 자신을 한심하게 보는 것 같아 평숙은 낯을 붉혔다.

"들어왔다는 게 아니라…… 혹시나 싶어 그냥 물어본 거예요."

평숙은 얼버무렸지만 내내 찜찜했다.

그런데 놀랍게도 그날 밤 놈이 또 나타난 거다. 그것도 전날과 같은 시각, 같은 장소에 말이다. 새벽 2시 10분쯤 놈은 싱크대 아래

쪽에 다시 나타났고 밤새 그 주변에서 사각사각 소리를 내며 그녀를 자극하더니 동이 트기 전 사라졌다.

그런데 그건 단지 시작일 뿐이었다.

놈은 다음 날도 또 그다음 날도 같은 시각, 같은 장소에 계속 나타났다. 마치 그녀와 약속이라도 한 듯 그 시간쯤이면 어김없이 부엌에 나타나 놈은 그녀를 자극했고 도발했다.

어떻게든 놈을 빨리 잡아야 했다. 남편이 이 사실을 알면 얼마나 살림을 엉망으로 하기에 아파트에 쥐가 들어왔냐며 또 펄쩍 뛸 게 분명하므로 그가 눈치채기 전에 빨리 뭔가 조치를 취해야 했다. 놈을 잡기 위해 그녀는 밤마다 놈과 신경전을 벌이며 별별 방법을 다 동원해 봤다. 놈의 출몰 장소에 여러 개의 쥐덫을 깔아놓고 놈의 후각을 자극할 만한 온갖 먹이를 듬뿍 매달아 유혹해 보기도 했고 야구방망이 따위를 휘두르며 무섭게 으름장을 놔 보기도 했다.

그러나 다 소용없는 짓이었다. 놈은 미끼 따윈 거들떠보지도 않았고 헛방망이질 같은 건 조금도 두려워하지 않았다. 놈은 갈수록 더 대담해져서 결국 그녀의 위협 같은 건 아랑곳하지 않았고 마치 보란 듯 그녀 주위를 맘대로 헤집고 다녔다. 찬장 위로, 벽으로, 쥐덫 사이로 흡사 무슨 무술영화의 날렵한 무사 주인공처럼 사방으로 획획 날아다녔다.

"너 거기 안 서?! 거기 안 서?!"

그녀가 악을 쓰며 날뛸수록 놈은 우습다는 듯 까만 눈알을 데굴거리며 더 날쌔게 도망 다녔다. 흥분한 그녀는 놈을 쫓아다니며 매번 헛방망이질을 했고 매번 제 풀에 지쳐 주저앉곤 했다. 그런데 또 이상한 건 남편이 집에 돌아오는 날이면 어찌 된 영문인지 놈이 나타나지 않는다는 거였다. 꼭 그녀 혼자 집에 있을 때만 귀신같이 알고 나타나 그녀의 신경을 갉아대니 아무리 생각해도 이건 예사로운 일이 아니었다.

*

대체 놈이 원하는 게 뭘까?

먹이 따위엔 아무 관심도 보이지 않으면서 매일 밤 터귀신처럼 나타나 그녀를 괴롭히는 저놈. 그녀가 발견하지 못한 그 어떤 통로를 통해 매일 밤 그녀의 보금자리로 스며들어 그녀를 농락하며 피를 말리고 있는 저놈. 놈은 분명 그냥 보통 쥐새끼가 아니었다. 알수 없는 곳에서 불가사의하게 쑥 나타났다가 흔적도 없이 사라져버리는 방식으로 보나, 쥐덫들과 쥐약 따위의 장애물 사이로 줄타기 곡예 하듯 넘나드는 솜씨로 보나, 맛난 먹이 앞에서 도 닦는 수도승처럼 절제심을 보이는 태도로 보나 놈은 분명 예사로운 놈이 아니었다. 뭐랄까. 마치 다른 차원에서 온 외계 쥐라도 되는 것 같았다.

대체 놈이 원하는 게 뭐란 말인가.

몇 주째 평숙은 그렇게 밤마다 놈과 싸우고 있었다.

그로 인해 그녀는 매일 밤잠을 설쳤고 두 눈은 늘 벌겋게 충혈돼 있었다. 머릿속은 멍했고 몸은 무겁고 나른했다.

그 와중에 결국 회사에서 두 번이나 실수를 한 거다.

"이런 실수는 더 이상 용납 못 해. 알지?"

이 과장의 으름장이 단순한 위협만은 아니란 걸 그녀는 잘 알고 있었다. 또 졸다가 큰 실수를 범하지 않으려면 이제 각성제라도 삼켜야 할 형편이었다.

그러나 회사에선 어찌어찌 간신히 버티어 낸다 해도 집에 돌아오면 피곤이 쏟아져 아무것도 할 수 없었다. 몸이 피곤하니 살림이고 뭐고 만사가 귀찮았다. 그리하여 그녀는 아이와 단둘이 지내는 주중엔 반찬 가게에서 사온 반찬 한두 개로 연속 몇 끼를 때우는가 하면, 빨래는 쉰내가 날 때까지 세탁기 곁에 쌓아뒀고 어지르는 아이 뒤치다꺼리도 하기가 귀찮아 집 안은 늘 아수라장이었다.

*

어느 주말 초저녁이었다.

남편이 돌아오기 전 주중에 미뤄뒀던 집안일을 서둘러 해치워야 했지만 그날따라 몸살기를 느낀 평숙은 꼼짝하기가 싫었다. 일주일 동안 불면에 시달린 터라 머리는 지끈거렸고 몸은 한기가 돌면서도 땅 속으로 꺼져 들어가는 것처럼 무거웠다. 그래서 간신히 아이 저녁만 일찌감치 챙겨주고 그림자처럼 늘어져 있는데 남편이 여느 때보다 이른 시각에 불쑥 집 안으로 들어섰다.

"이게 뭐야?"

어지러운 집 안 꼴을 그냥 봐 넘길 그가 아니었다.

"보자 보자 하니 정말 가관이군. 이게 살림하는 집 꼬락서니야?"

거실로 들어서자마자 그가 언성을 높였다. 평소의 그녀라면 뭐라 변명이라도 할 텐데 몸이 고달프니 만사가 성가셨다.

"회사에서 일이 좀 많아 피곤해서 그래. 좀 봐줘."

그러나 아내의 고집 때문에 자신이 희생하고 있다는 생각이 강한 그는 아내의 컨디션 따윈 안중에도 없었다.

"당신만 피곤해? 누군 일주일 내내 회사에서 일하고 냄새나는 하숙집 방구석에서 웅크리고 지내다가 주말에나 겨우 하루 집에 쉬러오는데 기운이 펄펄 날 거 같아? 남편을 먹다 남긴 개떡같이 여기는 여자가 아니라면 이러는 거 아니지!"

그러나 남편이 뭐라건 평숙은 길게 대꾸할 힘조차 없었다.

"알았으니 식사나 해요."

하지만 그의 잔소리는 밥상 앞에서도 계속됐다.

"밥상 차린 거 하고! 뭐 삼킬 게 있어야 밥을 먹지."

남편이 본격적으로 트집을 잡기 시작했다.

"대체 이게 뭐야? 당신 이거 다 반찬 가게에서 사온 거지?"

평숙은 아니라고 대답하지 못했다.

"잘한다, 잘해! 당신 이래 놓고도 살림한다고 큰소리칠 수 있는 거야? 일 핑계 대고 자꾸 이런 식으로 나올 거면 차라리 회사 그만 둬!"

급기야 그가 단골메뉴를 입에 올렸다.

"당신이 벌면 얼마나 번다고 그래? 내가 혼자 벌어도 우리 세 식구 충분히 먹고살아. 은수 교육도 내가 충분히 다 시켜. 당신이 대체 뭘, 얼마나 대단한 일을 한다고 이 난리야? 일 핑계로 살림은 뒷전이고 집 안은 귀신소굴처럼 만들어놓고. 일주일 만에 남편이 와도 시체처럼 늘어져 있기나 하고! 대체 뭐 하자는 거야?"

남편이 뭐라건 평숙은 들은 척도 하지 않았다. 그저 얼른 침대로 가 드러눕고 싶을 뿐이었다.

저녁 설거지를 대충 끝낸 뒤 그녀는 무너지듯 잠자리에 들었다. 그러나 이제 남편이 있어도 그녀는 깊은 잠을 잘 수가 없었다. 설핏 잠이 들었다가도 새벽녘 놈이 나타날 그 시각이면 절로 눈이 떠졌던 거다. 어이없는 놈과의 싸움으로 인해 그녀는 점점 더 신경이 예민해져 갔고, 점점 더 깊은 불면의 고통에 시달리게 된 거다.

"은수엄마, 아직도 집에 쥐 나와?"

층계참에서 마주친 옆집여자가 느닷없이 물어왔다. 평숙은 멈칫했다.

"네? 왜요?"

그녀가 밤마다 쥐를 잡겠다고 소란 떠는 소리가 결국 옆집까지 들린 걸까?

"내가 일전에 은수엄마한테 들은 말이 갑자기 생각나서 부녀회장에게 한번 물어봤거든. 그런데 부녀회장 말이, 다른 집에선 쥐 나온단 얘기 들어본 적 없는데 102호에선 그 말 한 번 들은 적이 있다는 것 같아서."

"102호에서요?"

"그래. 그 집 여자가 자기 집에 쥐가 들어온다고 부녀회장에게 항의한 적이 있었대."

"언제요?"

"사고 나기 전에."

평숙은 그 말에 소스라쳤다.

"정말요?"

"뭐. 사람 사는 곳이니 관리 잘못하면 아파트라도 쥐가 들어올 수도 있겠지. 1층은 더 안 그렇겠어? 그래서 부녀회장이 주의를 줬었대. 문단속 잘하라고. 그 수밖에 없다고. 그런데 그 말 소홀히 하다가 결국 그런 일 당한 거 아니겠어? 그러니 미리미리 조심했어야지. 안 그래?"

그 말을 듣는 순간 갑자기 가슴이 쿵 소릴 냈다. 문득 쥐의 출현과 강도의 출현 사이에 뭔가 연관이 있는 건 아닐까 의구심이 든 거다. 놈은 그냥 우연히 나타난 쥐새끼가 아닐지도 모른다는……

그렇다면? 만일 누군가 그 어떤 목적을 가지고 놈을 훈련시켜 투입시키는 거라면? 그러니까 누군가 그녀의 동태를 살피기 위해 매일 같은 시각에 그녀 집으로 놈을 투입시키고 있는 거라면……?

맙소사! 온몸에 소름이 돋았다.

불현듯 떠오른 의혹이 터무니없이 불길한 상상에 불을 붙이고만 거다.

누군가가 당신을 노리고 있다. 어두컴컴한 구석에 숨어 누군가 당신의 일거수일투족을 관찰하고 있다. 까만 눈동자를 음험하게 굴리며 당신의 일상을 체크하고 있다. 당신이 아침 몇 시에 일어나는지. 몇 시에 아침식사를 하고 몇 시에 출근하는지. 몇 시에 귀가해 몇 시에 저녁밥을 먹고 몇 시까지 TV를 보는지. 몇 시쯤 최후로 출입문 체크를 하고 몇 시쯤 거실 불을 끄고 잠자리에 드는지. 그 모든 것을 누군가가 체크하고 있다. 자신이 노리고 있는 바의 그 무엇을 당신으로부터 앗아가고자 당신을 정체 모를 불안의 함정으로 몰아넣고 피를 말리면서 말이다.

그자가 바라는 게 뭘까?

필경 당신이 제 풀에 지쳐 쓰러지는 걸 거다. 당신이 그놈의 쥐새끼와 씨름하느라 불면에 시달리다가 결국 더 이상 버티지 못하고 쓰러지고 말 그때를 그는 분명 노리고 있는 것이리라.

3

"그 쥐새끼 같은 놈 아직도 못 잡았다지?"

"잡긴커녕…… 진즉 물 건너간 얘기지."

"이제 와서 잡은들 어쩔 거야? 이미 풍비박산한 집인데……."

사건 발생 후 몇 달이 지나도록 102호 사건은 미해결인 채로 남아 있었다. 그런데 그 집 사람들이 이삿짐을 싸고 있었다. 두 개의 트럭에 부부가 따로따로 짐을 싣는 걸 보며 이웃들은 숙덕거렸다.

"그 일 있고 나서부턴 툭하면 싸움질하더니 결국 저렇게 되는군. 한밤중 동네사람들 다 깨울 정도로 고함지르고 울고불고하더니."

"그러게, 쯧쯧."

"꼭 저렇게밖엔 할 수 없었을까요?"

평숙은 누구보다 안타까웠다.

"별수 있었겠어? 남편과 어린 자식들 뻔히 보는 앞에서 그 흉측한 꼴을 당했으니."

"당하고 싶어 당한 일도 아닐 텐데. 남편이 좀 보듬어줄 일이지. 너무한 거 아녜요?"

1층 새댁이 볼멘소리를 했다.

"피차 힘들었겠지. 쉽게 잊히는 일도 아닐 테고."

102호 사람들은 그렇게 황황히 아파트를 떠나갔다.

그러나 평숙을 감시하는 그놈은 여전히 사라지지 않고 있었다. 사라지긴커녕 오히려 더 강력히 자신의 존재를 알려왔다. 이제 놈은 꿈속까지 그녀를 쫓아다녔다. 꿈속에서조차 그녀는 자유롭지 못했다. 한밤중 흉악범의 기습에 대비해 그녀는 온갖 종류의 무기들을 집 안 곳곳에 숨겨놨지만 그녀 내부엔 그 어떤 무기로도 물리칠 수 없는 위험한 적이 도사리고 있었던 거다.

그까짓 쥐새끼 한 마리 때문에 대체 왜 그래? 염탐을 하긴 누가 염탐한다구 그래?

그녀는 스스로 마음을 다스려 보고자 애썼지만 휘저어진 마음은 좀처럼 통제되질 않았다. 놈은 한낱 쥐새끼가 아니라 자신을 염탐하고 있는 누군가의 스파이 쥐일지도 모른다는 생각이, 놈 뒤에서 필경 누군가가 자신을 노리고 있을지도 모른다는 망상이 좀처럼 그녀를 놓아주지 않았던 거다.

시간이 갈수록 그녀는 밤이 오는 게 무서웠다. 어스름이 내리기 시작하면 대책 없이 가슴이 졸아들었고 실체도 없는 두려움 때문에 그녀는 나날이 병들어 가고 있었다.

불행하게도 상황은 갈수록 악화되어 이제 밤만 되면 그녀 주변의 모든 사물들이 쥐 소리를 내는 것 같았다. 잠을 청하려고 자리에 누우면 베개 속에서 그 소리가 들렸고, 이불 속에서도 침대 매트리스 속에서도 그 망할 놈의 쥐 소리가 귀를 갉아댔다. 어둠 속에서 정적을 갉아대는 모든 소리들이 그녀에겐 찍찍거리는 소리로 들렸다. 찍찍거리는 시계, 찍찍거리는 변기, 찍찍거리는 TV, 찍찍거리는 냉장고, 찍찍거리는 라디오…….

소리뿐만이 아니었다. 어스름이 내리면 시야에 들어오는 모든 사물들이 쥐의 눈을 갖고 그녀를 노려보는 것 같았다. 그녀가 아무리 집 안 전체를 쥐덫으로 도배하고 곳곳에 쥐약을 놓고 어느 구석에 개미 구멍 틈새 하나 허용하지 않는다 한들 소용없는 일이었다. 놈들은 결코 그녀 집에서 사라지지 않을 것이다. 사라지긴커녕 오히려 그 숫자가 늘어만 갈 것이다. 놈들은 이미 그녀의 집을 장악했고 그녀는 거대한 쥐덫으로 변한 자신의 집에 포로로 잡혀 있는 꼴이었다.

그리하여 밤만 되면 그녀는 쥐벼룩의 먹이가 돼 버린 자신의 몸을 벅벅 긁어대며 가스총을 움켜쥐고 침대에 누워, 아니, 쥐덫에 누워 어둠 속을 감시했다. 마치 자신의 종말이 다가왔음을 예감한 사형수가 자신이 잠든 사이 집행관이 기습해 자기 목을 가져갈까 봐 불안에 떨며 잠을 거부하듯, 그녀는 밤새 생쥐처럼 두 눈을 데굴거리며 불침번을 섰다.

*

새벽 3시.

웬일인가. 놈이 예정된 시간이 지났는데도 아직 나타나지 않고 있었다. 폭풍전야처럼 수상한 침묵이었다. 평숙은 긴장의 끈을 늦출 수가 없었다.

두 눈을 부릅뜬 채 어둠 속을 응시하고 있는데 한순간 눈앞에 뭔가 번쩍한 것 같았다.

뭐지? 신경을 곤두세우고 있는데 다시 번쩍, 어둠을 뚫는 두 줄기 붉은빛!

섬뜩한 짐승의 안광에 화들짝 놀라 몸을 일으키려는 순간 뭔가 바윗덩이 무게로 그녀를 덮쳤다.

"아악, 뭐야?"

"가만있어."

발버둥질 치는 그녀를 향해 낮게 으르렁대는 짐승.

"사람 살! 읍…….."

그녀의 숨통을 틀어막으며 입속으로 파고드는, 물컹하고 소름 끼치는 살덩이!

으윽. 몸부림치는 그녀의 손끝에 한순간 와 닿는 낯익은 감촉의 쇠붙이. 순간 반사적으로 방아쇠가 당겨졌다.

"으악!"

놈은 비명을 지르며 나동그라졌고 평숙은 자신의 입을 틀어막고 놈을 향해 미친 듯 가스총을 휘둘렀다.

"으헉. 흡! 콜록! 콜록!"

매캐한 연기에 놈은 발작적으로 기침을 하며 거실로 몸을 피했다. 자신도 눈을 뜰 수가 없고 숨이 막혔지만 평숙은 놈을 따라가며 가스분사를 멈추지 않았다.

"흡! 콜록! 콜록! 그, 그만! ……콜록! 콜록! 제, 제발 그만! 그만!"

놈은 뿌연 연기 속에서 거실 바닥을 나뒹굴며 살려달라는 듯 손사래를 쳤다.

"그, 그만! 콜록! ……여, 여보! 나야, 나! 콜록! 나라구! 나!"

콜록대며 손사래 치는 그가 남편임을 확인하는 순간 평숙은 그만 그 자리에 털썩 주저앉고 말았다.

"도대체 말이 돼?"

가스총 오발 사고로 큰 충격을 받은 남편은 부들부들 떨고 있었다.

"그깟 쥐 한 마리 잡으려고 가스총을 샀다니? 게다가 남편을 강도로 오인하고 가스총으로 잡으려 하다니?"

회사 동료 상가에 문상 갔다가 새벽녘 집에 들른 그였다. 술김에 잠든 아내에게 몰래 키스 한번 하려다가 강간범으로 몰려 날벼락을 맞았으니 그가 흥분하는 건 당연한 일이었다.

"제정신이야? 그러다 정말 사람 다쳤으면 어쩔 뻔했어? 어쩔 뻔했냐구? 엉?"

남편은 펄펄 뛰는데 평숙은 아무 말도 할 수가 없었다.

"내가 더 이상은 못 참아! 이놈의 집구석을 그냥!"

씨근덕거리며 그가 갑자기 베란다로 달려갔다.

"이게 다 뭐야? 엉? 이게 다 뭐냐구?! 에잇!"

그가 갑자기 화분을 엎어 버리고 위장정원을 마구 뜯어내기 시작했다.

"여보! 왜 그래? 뭐 하는 짓이야?"

평숙은 기겁했다.

"뭐 하는 짓이야? 몰라 물어? 여기다 당신이 무슨 짓을 해놨는지 내가 모를 줄 알았어?! 대체 이게 다 뭐야? 이게 다 뭐냐구? 엉?

엉?!"

그는 신들린 무당처럼 펄쩍펄쩍 뛰며 단숨에 평숙의 화단을 해체시켜 버리고 말았다.

그런데 이게 어찌 된 일인가.

해체된 위장정원 바닥엔 그녀가 깔아놓은 쥐덫 같은 건 단 한 개도 보이지 않았다. 그가 그걸 진즉 걷어 버렸다는 사실을 평숙은 까맣게 모르고 있었던 거다.

"당신은 미쳤어. 미친 게 아니라면 어떻게 이런 짓을 해? 엉?"

남편은 무섭게 그녀를 몰아붙였다.

"내가 그 끔찍한 걸 일찌감치 발견하고 다 걷어냈기에 망정이지. 그대로 모르고 지냈더라면 어쩔 뻔했어? 나든 은수든 아마 둘 중 하나는 영락없이 병신이 되고 말았을걸. 발가락이 잘리든 손가락이 잘리든 뭔가 절단이 났을 거라구! 알아?"

평숙은 갑자기 정신이 번쩍 들었다. 자신이 정말 그렇게 위험한 짓을 했단 말인가?

"대체 무슨 생각으로 그런 짓을 한 거야? 어떻게 애 키우는 사람이 그런 생각을 할 수가 있어, 엉?"

남편은 언제부터 그 사실을 알고 있었던 걸까?

"아무리 노이로제가 심하다 해도 그렇지. 말이 돼?"

진즉 알고 있었다면 그는 왜 지금까지 모른 체하고 있었던 걸까?

"이걸 뭐라고 해석해야 돼? 피해망상? 과대망상? 당신 알아? 나

이거 처음 발견했을 때 당신 당장 정신병원으로 끌고 가려고 했어. 하지만 인생이 불쌍해서 봐준 거라구. 알아? 혼자 지내는 게 오죽 겁나면 그랬을까 안쓰럽기도 해서 봐준 거라구. 그런 걸 설치해 놔야 당신이 심리적 안정감을 느낀다면 그래, 그런 게 거기 있거니 믿고 지내라 했던 거지. 그런데 갈수록 태산도 유분수지. 남편을 강간범 취급해? 가스총까지 들이대? 내가 어떻게 더 이상 참아? 어떻게 더 참고 더 봐줘? 엉? 당장 이삿짐 싸! 당장 이사 가!"

속사포처럼 퍼부어대는 남편 앞에서 평숙은 그저 해체된 위장정원만 멍하니 바라보고 있을 뿐이었다.

"사람이 웬만해야 그냥 넘어가지. 생각해 봐. 당신이 그동안 얼마나 해괴한 짓거릴 해왔는지. 강도를 잡겠다고 침대 밑에 칼을 숨겨 놓질 않나, 유리창에 기름 떡칠을 해놓질 않나, 베란다 바닥에 쥐덫으로 도배를 해놓질 않나. 그 위험한 것들로 아예 박음질을 해놨더군! 대체 뭐야? 그걸로 누굴 잡으려고 했던 거야?"

그는 그렇게 그녀를 코너로 몰아넣곤 마지막으로 결정타를 날렸다.

"모르겠어? 당신이 깔아놓은 그 덫에 결국 누가 걸려들었는지?"

순간 그녀의 머릿속에선 딩- 벨소리 같은 게 들린 듯했고 눈앞에 커다란 쥐 한 마리가 대자로 뻗은 모습이 어른거렸다.

*

이게 뭐야?

이삿짐이 다 빠져나간 뒤 마지막 확인 차 베란다 창고 안을 들여다보는 순간 평숙은 소스라치게 놀랐다. 죽은 쥐 한 마리가 거기서 나온 거다.

그놈일까? 밤마다 그녀를 괴롭혀 왔던 그놈이 드디어 죽은 걸까?

사실을 확인할 방법은 없었다. 그러나 다시 살펴보니 창고 안쪽 벽 하단에 작은 구멍이 하나 보였다.

저게 놈의 비상구였을까? 저 구멍이 싱크대로 통하는 걸까?

평숙은 문득 그 구멍을 파 보고 싶은 충동이 일었다. 그곳을 계속 파고들어 가 보면 그 끝에서 누군가가 여전히 그녀를 노리고 있을 것만 같았다.

"뭐 해? 빨리 나오지 않고!"

밖에서 남편이 소리쳤다.

평숙은 고무장갑을 끼고 놈의 뻣뻣한 시체를 집어 들었다.

그녀가 그걸 밖으로 들고 나가자 남편은 기겁했다.

"당신 지금 뭐 하는 거야?"

그녀는 시위라도 하듯 말없이 쥐의 시체를 쳐들어 보였다.

"더럽게! 정말 집에 쥐가 있었단 말야?"

미간을 찡그리는 남편. 평숙은 무표정으로 응대했다.

"빨리 갖다 버리지 않고 뭐 해?"

진저리치는 그.

평숙은 죽은 쥐를 일단 쓰레기처리장까지 들고 갔다. 그런데 막상 어디에 버려야 할지 알 수가 없었다. 분리수거할 물건은 아니었다. 평숙은 우물쭈물하다가 그걸 일반 쓰레기봉투 옆에 고무장갑과 함께 그냥 내려놓고 뒤돌아섰다.

그곳을 뜨기 전 그녀는 지난 5년간 자신이 살았던 집, '행복드림아파트' 1동 404호를 마지막으로 한번 더 올려다봤다. 지은 지 20년 가까이 되는 허름한 연립아파트. 페인트칠이 벗겨지고 금이 간 외벽이 오늘따라 유난히 을씨년스러워 보였다. 혹시 놈이 드나들던 통로가 보일까 싶어 그녀는 404호 주변 외벽을 찬찬히 훑어봤다. 그러나 육안으론 아무것도 포착되지 않았다.

하지만 저 안, 아파트 내벽 어딘가에 놈이 혹은 놈들이 뚫어 놓은 수많은 미로가 모세혈관들처럼 얽혀 있을지도 모를 일이다. 그 속에 놈들이 낳은 쥐새끼들과 놈들이 물어다 놓은 먹이들, 배출해 낸 배설물 따위가 쥐벼룩이나 바퀴벌레, 노래기 같은 벌레들과 함께 오글거리고 있을지도 모를 일이다.

상상만으로도 소름이 끼쳤다. 왠지 그 징그러운 것들이 기생충 처럼 자기 몸속에 들어 있는 것 같아 헛구역질이 나오려는 걸 그녀 는 간신히 참았다. 그러자 목 안 가득 신물이 돌며 눈가에 찔끔 눈 물 한 방울이 매달렸다.

대체 무슨 일이 일어난 건지.

그녀는 지난 몇 달 동안 자신이 겪은 일이 그저 불가해할 뿐이었 다. 마치 긴 악몽을 꾼 기분이었다. 그런데 이제 이곳을 떠나면 과 연 그동안의 악몽에서 벗어날 수는 있는 걸까?

알 수 없는 일이었다.

평숙은 악몽을 털어내기라도 하듯 거세게 고개를 흔들었다. 순 간 목덜미에 으스스 찬 기운이 돌았다.

하늘을 올려다보니 쪽빛 하늘이 서늘했다.

어느새 가을이 가고 있었다.

한바탕 소용돌이에서 빠져나온 사람처럼 몽롱한 나른함이 그녀 의 온몸에 서서히 퍼져 가고 있었다.

03 당신의 습작

1

할머니가 돌아가셨다. 예상대로 조문객은 거의 없었다. 삼십 년이 넘도록 우린 세상 사람들과 별로 교류란 걸 하지 않고 살아왔다. 썩는 거 생각만 해도 끔찍하다. 화장해서 재는 뒷산 아무 나무나 하나 골라서 그 아래 뿌려다오. 절대 저 성냥갑 같은 곳에 날 처넣을 생각도 말고. 돌아가시기 얼마 전 할머닌 아마도 그 시각이 다가온 걸 느끼셨는지 뜬금없이 내게 그런 유언을 하셨다. 당신을 땅에 묻지도, 납골당에 안치하지도 말라고 하셨던 할머니. 난 그 뜻을 받들어 동네 뒷산 야생 감나무 하나를 골라 그 밑에 할머닐 모셨다. 그러나 산을 내려오면서 마음이 편치 않았다. 언제까지 저 나무가 그 자릴 지키고 있을지 알 수 없는 일이었다. 부디 누가 베어가지 않길 바랄 뿐.

일 년 내 손님 하나 찾아오지 않아 평소에도 고즈넉하기만 했던 할머니 집. 주인이 뜨자 벌써부터 귀기가 감도는 것 같았다.

유품을 정리하기 위해 할머니 방에 들어서는 순간 달력에 표시된 동그라미 하나가 눈에 들어왔다. 할머니가 표시해 둔 그날은 바로 할머니가 돌아가신 날이었다. 가만 생각해 보니 엄마 기일이기도 했다. 내가 무슨 죄를 지었기에 이 꼴을 당하고 살아야 하니? 망할 년……. 할머니가 엄마 제사상 앞에서 일 년에 딱 한 번 알 수 없는 분노의 한마디를 내뱉는 날이기도 했다. 경황 중에 난 그 사실을 까맣게 잊고 있었다. 하긴 지금껏 난 할머니에 의존해 그날을 챙겼을 뿐, 나 스스로 어머니 기일을 기억해 낸 적은 없었다. 엄마가 너무 일찍 내 곁을 떠나 버려서일까? 내게 엄만 그냥 처음부터 세상에 없는 존재였다.

엄만 내가 다섯 살 때 돌아가셨다. 그 후 유일한 혈육인 외할머니가 날 거두셨으니 내게 할머닌 엄마나 다름없는 존재였다. 그래도 어린 시절 또래동무들이 엄마와 살가운 애정 표현을 나누는 걸 보면 가끔 가슴 한구석이 허전하긴 했다. 그럴 때면 할머니에게 엄마가 왜 죽었냐고 묻기도 했지만 할머니 대답은 늘 짧았다. 그냥 아파서. 생전에 다정한 모녀 사이는 아니었나 보다. 할머니가 엄마에 대해 길게 말씀하시는 걸 난 들어본 적이 없었다. 엄만 어떤 사람이었냐고 내가 물으면 할머닌 늘 심드렁하게 대꾸하셨다. 글쎄다. 내

108

속으로 낳았지만 도무지 속을 알 수 없는 년이었지. 도무지 말이 없
으니 무슨 생각을 하는지……. 그건 모녀간에 닮은 점이었나 보다.
할머니야말로 본래 속내를 잘 드러내지 않는 분이셨다. 그래서일
까? 할머니와 삼십 년이 넘도록 함께 살았지만 난 늘 할머니 집에
얹혀사는 손님 같은 느낌을 갖고 살았다. 그런 할머니마저 돌아가
신 지금 난 완벽하게 혼자가 됐다.

할머닐 산에 모셔놓고 내려온 날 밤, 난 악몽을 꿨다. 똬리 튼 커
다란 뱀 한 마리가 날 삼키는 꿈. 꿈속 가위눌림에서 벗어나려고 버
둥거리다가 간신히 깼을 땐 온몸이 마치 물에 빠졌다 나온 사람처
럼 흠뻑 젖어 있었다.
처음 꾸는 꿈은 아니었다. 어릴 때부터 심신이 고단할 때면 자주
꾸는, 익숙한 꿈이었다. 대체 왜 그런 꿈을 그렇게 자꾸 꾸게 되는
건지 알 수 없는 일이었다.

*

이게 뭐지?
할머니 유품을 정리하다가 뜻밖의 공책 하나를 발견했다. 잡기
장쯤 되려니 생각하고 들춰 보다가 난 깜짝 놀랐다. 노트 첫 장에
의외의 제목이 붙어 있었던 거다.

'업 이야기'

의미심장한 제목이었다. 얼핏 보아하니 일기는 아닌 것 같은데 그렇다면 이건 할머니의 습작노트일까? 할머니가 글을 쓰고 계셨다니. 놀라운 사실이었다.

그런데 그 글 첫 대목을 조금 읽어 보니 이건 내가 어린 시절 할머니로부터 들은 적이 있는 이야기들 중 하나인 것 같았다. 순간 이상한 생각이 들었다. 할머니가 이 이야기를 굳이 글로 남기신 까닭이 뭘까. 그 속내가 자못 궁금해져 난 그 글을 찬찬히 읽어 보기로 했다.

이야기는 이렇게 시작되고 있었다.

*

'업 이야기'

누구에게나 어린 시절에 대한 기억은 신비한 기억으로 남아 있을까? 어른의 시각으로 돌이켜 보면 이따금 황당하기도 하고 또 불가사의하기도 한 사건들이 그 시절엔 가끔 일어나곤 한다. 내겐 지금까지도 생생하게 기억나는 유년시절 이야기 몇 개가 있는데 지금부터 난 그중 하나를 이야기해 보고자 한다. 그건 어린 시절 한때 내 단짝 친구였던 영지네 이야기다.

영지네 집은 마을 어귀 언덕에 있었다. 동네사람들은 그 집을 고목나무집이라 불렀다. 그 집 마당엔 정확한 나이를 알 순 없지만 엄청나게 크고 늙은 배나무 한 그루가 서 있었기 때문이다. 영지네는 마을에 하나뿐인 돌배 과수원을 갖고 있었는데 배꽃이 하얗게 피는 봄날이면 언덕 위 영지네 집은 마치 천국 같았다. 그 분위기로만 보면 그 집 사람들도 하얀 날개옷을 입고 당장이라도 승천할 것 같은 모습을 띠고 있어야 했을 텐데, 미안하게도 그 집 식구들은 하나도 안 예뻤다. 하나같이 좀 이상하게 생겼다고 말하는 게 솔직한 표현일 거다. 왕방울만 한 눈까진 봐줄 만한데 두 눈 사이가 십 리 길이었다. 게다가 맷돌로 눌러놓은 것 같은 들창코에 새까만 피부, 제멋대로 난 누런 이빨……. 그게 영지와 그 집안 사람들의 판박이 모습이었다. 모친 쪽이나 부친 쪽이나 어느 혈통이 그래도 좀 더 낫다고 말하기 어려울 정도로 하나같이 희한하게 생긴 사람들이었다. 때문에 영지는 친구들 사이에서도 늘 못난이라고 놀림받곤 했다. 그런데 크면 인물값 좀 하겠다는 평을 듣던 내가 그처럼 불가해한 외모를 가진 영지와 어떻게 친구가 될 수 있었을까?

그야 물론 그 애가 평소에 내 말이라면 끔뻑 죽는시늉을 할 정도로 내게 순종적이었기 때문이다. 영지는 못생겼을 뿐 아니라 순하고 눈물도 많아서 친구들에게 여러모로 놀림감이 되곤 했다. 하지만 억척스런 나와 붙어 다니면 웬만해선 아무도 자길 안 건드리니까 늘 내 뒤를 강아지처럼 졸졸 따라다녔다. 반면 난 그 앨 보호해 주는 대가로 그 애로부터 내가 원하는 건 뭐든 얻어낼 수 있었다. 하지만 내게 그렇게 순종적인 영지도 절대로 가르쳐 주지 않는 비밀이 딱 하나 있었다. 그건 바로 그 집 고목 밑동에 감춰져 있는 수상쩍은 그 뭔가였다.

그 집 식구들은 마당 한복판에 더 이상 과실을 맺지 못하는 배나무 고목 하나를 신줏단지 모시듯 떠받들고 있었다. 영지 말에 의하면, 그들의 일과는 매일 새벽 그 고목 앞에 정화수 한 사발을 떠놓고 경건히 절을 올리는 걸로 시작된다고 했다. 그들은 그 나무 주변에 돌담까지 쳐놓고 누구도 범접하지 못하도록 고목을 극진히 보살폈는데 나무 밑둥치엔 자물쇠로 채워진 작은 문 하나가 달려 있었다. 고목의 수문장격인 영지할아버지는 언제나 툇마루에 우두커니 걸터앉아 그 고목을 지키고 계셨다. 그러다 행여 아이들이 그 앞에 얼씬하기라도 하면 무섭게 호통을 치셨다. 이놈들! 당장 거기서 비켜서지 못하니?!

대체 거기 뭐가 감춰져 있기에 그러는 건지 난 몹시 궁금했다. 그런데 마침내 그 비밀을 캐 볼 수 있는 기회가 왔다.

어느 날 영지네 집에 놀러갔더니 수문장 할아버지가 출타 중이셨다. 난 기회가 왔다고 생각하고 영지를 꼬드겨 그 문을 열어 보자고 했다. 내 제안에 영지는 펄쩍 뛰었다.

"안 돼. 그런 소리 하면 부정 탄댔어."

"왜? 거기 뭐가 있게 부정 타?"

"몰라. 그냥 그런댔어."

"저기 귀신이라도 들어 있대? 그래서 그런 거야?"

"아냐! 몰라! 그런 말도 하면 안 된댔어."

영지의 반응으로 보아 그 속에 뭔가 있는 게 분명했다. 그렇다면 내가 좀 더 세게 나갈 필요가 있었다.

"별것도 아닌 것 갖고 웃기고 있네. 배도 안 열리고 말라 비틀어 빠진 순 썩은 나무토막 갖고 무슨!"

내 말에 영지가 소스라쳤다.

"그러지 마! 그런 소리 하면 절대 안 돼! 그럼 부정 타!"

"부정은 무슨 부정을 타? 에잇 썩은 나무귀신!"

난 영지를 자극하려고 짐짓 고목에 세게 발길질하는 시늉까지 했다. 예상은 적중했다.

"알았어. 알았어. 내가 말해줄 테니 제발 그러지 마."

영지가 울먹였다.

"그래, 뭔데? 빨리 말해 봐."

"실은……."

영지는 뭔가 말하려다가 다시 망설였다.

"이런 얘긴 절대 다른 사람들한테 하면 안 된다고 했는데…….
우리 집 망한다구……."

다시 울먹이는 영지.

"너네 집이 망해? 왜? 어떻게?"

"그건……."

영지는 수심이 가득한 표정으로 주위를 살폈다.

"걱정 마. 내가 다른 사람들한텐 절대로 말 안 할게. 그러니 빨리
말해 봐."

"약속하지?"

"약속한다니까."

난 손가락을 걸었다.

"그러니까 저 속엔…… 우리 집 조상신이 들어 있대."

영지가 마침내 비밀 하나를 털어놨다.

"조상신? 그게 뭔데? 어떻게 생겼는데?"

"그건 나도 몰라. 눈에 잘 안 보이니까. 어쨌건 우리 집 지켜주시
는 조상신이래."

"영지야, 그러니까 우리 함께 저 문 열어 보자. 너도 궁금하잖
니?"

"안 돼. 그건 절대 안 돼!"

영지는 거세게 도리질을 했다.

"보고 싶어도 할아버지가 열쇠 갖고 다녀서 못 연다니까."

"바보야, 할아버지 낮잠 주무실 때 열쇠 몰래 빼내오면 되잖아?"

"난 못해. 그러다 들키면 난 죽어!"

"겁쟁이! 그럼 너희 집에 귀신 있다고 사람들한테 소문낸다?"

내가 으름장을 놓자 왕방울만 한 영지 눈이 송아지 눈만큼 커졌다.

"뭐? 안 돼! 그럼 우리 집 망해! 너 우리 집 망하는 거 좋아? 좋단 말야?!"

내가 뭘 어쨌다고 영지는 발까지 동동 구르며 울부짖었다. 그때였다.

"뭐냐? 왜 그래?"

영지할아버지였다.

"이놈들! 거기서 뭐 하는 거냐?"

저승사자 같은 수문장할아버지가 날 무섭게 쏘아보고 있었다.

"아무것도 아녜요."

난 슬그머니 꽁무니를 뺐다.

하지만 그로부터 얼마 후 정말 이상한 일이 벌어졌다. 그날도 나는 방과 후 영지와 함께 그 집에서 놀고 있었는데 고목 앞에 멍하니 앉아 있던 영지할아버지가 갑자기 소리쳤다.

"에구구! 업이 온다! 업이 온다!"

"에?"

그 소리에 영지도 놀라 일어섰다.

"아이고, 이걸 어쩌누? 업이…… 업이……."

무슨 일인지 할아버지는 몹시 당황한 모습으로 고목 앞에 깔려 있던 돗자릴 부리나케 걷더니 허둥지둥 집을 빠져나갔다. 영지도 촛대를 챙겨 들고 그 뒤를 쫓아갔다.

"영지야, 왜 그래? 어디 가?!"

내가 따라가며 소리쳤지만 영지는 뒤도 돌아보지 않고 할아버지를 따라 단숨에 비탈길을 뛰어 내려갔다. 두 사람은 쏜살같이 밭을 가로질러 강까지 달려갔고 강가에 이르자 황급히 의식을 준비하기 시작했다. 할아버지가 돗자릴 깔고 정화수를 준비하자 영지가 촛대를 내려놓고 촛불을 밝혔다. 할아버지가 이상한 주문 같은 걸 외며 절을 하기 시작하자 영지도 따라 했다. 두 사람은 마치 오랫동안 그런 의식을 되풀이해 온 사람들처럼 손발이 척척 맞았다.

"영지야, 뭐 하는 거니? 왜 그래? 응?"

내가 물어도 영지는 안 들리는지 그저 알아들을 수 없는 주문만 중얼거릴 뿐이었다.

그런데 그 사건이 장차 그 집안에 불어닥칠 재앙의 전조였을까? 그로부터 며칠 후 영지네 식구들이 까닭 모르게 하나둘 쓰러지기 시작했던 거다.

*

　나중에 영지로부터 전해들은 말에 의하면 사건의 발단은 바로 업이었다. 업은 그 집을 지키는 수호신 같은 존재로 터구렁이였는데 그걸 믿지 않는 영지아버지가 그걸 때려죽였다는 거다.

　그날 저녁 영지네 식구들은 부엌에 모여 앉아 저녁식사를 하고 있었다. 할아버진 출타 중이셨고 나머지 식구들끼리만 식사를 하고 있는데 갑자기 막내 영철이가 중얼거렸다. 어? 업이다. 그 말에 놀라 녀석의 시선을 따라가 보니 과연 커다란 구렁이 한 마리가 부엌 찬장 위 큰 함지박 속에 떡하니 앉아 있더란 거다. 다들 그걸 보고 깜짝 놀랐지만 업을 믿지 않는 아버지 때문에 못 본 척 계속 밥만 먹고 있는데 영철이가 기어이 산통을 깨뜨리고 말았다. 아버지, 업이 들어왔어요. 녀석 말에 영지아버지가 반사적으로 몸을 일으켰다. 뭐? 업이 들어왔다구? 어디? 그놈의 귀신이 어디 있다는 거냐? 저기 찬장 위에요. 영철이 말이 떨어지기 무섭게 영지아버지는 부엌 구석에 놓여 있던 방망이를 집어 들었다. 내 이놈의 귀신을 당장! 미처 말릴 틈도 없었다. 에잇, 이놈의 귀신! 썩 물러가라! 썩 물러가지 못해?! 그는 자기 눈에는 보이지도 않을 구렁이를 향해 마구 방망이를 휘둘렀다. 그 바람에 찬장 위 함지박이 부서졌고 찬장 속 그릇들이 와장창 떨어져 깨졌다. 식구들은 너무 놀란 나머지

속수무책으로 그 광경을 바라만 보고 있었다. 무슨 일이냐? 마침내 할아버지가 나타나셨지만 상황은 이미 돌이킬 수 없었다. 아악! 피! 피! 갑자기 찬장 위에서 검붉은 피가 주르륵 쏟아져 내린 것이다. 그걸 본 아이들은 집 안이 떠내려갈 정도로 비명을 질렀고 충격받은 할아버진 그만 그 자리에 정신을 잃고 쓰러지고 말았다. 할아버진 그날 이후 다신 일어나지 못하셨다. 더욱 이상한 건 그 후 다른 식구들마저 까닭 모르게 하나둘 쓰러지기 시작하더니 결국 시름시름 앓고 있다는 거다.

"이제 우리 집은 망했다. 아버지 때문에 우리 집은 망했어!"
영지는 아버지가 업을 죽였기 때문에 자기네 집은 망할 거라며 펑펑 눈물을 쏟았다.

*

영지할아버진 그로부터 얼마 지나지 않아 결국 숨을 거두었다. 그리고 그 집안의 비극은 그때부터 본격적으로 시작된 셈이었다. 할아버지가 그렇게 떠난 후 사나흘 간격을 두고 그 집안에 줄초상이 나고만 거다. 먼저 영지엄마와 영지언니 영순이가 할아버지 뒤를 따라갔고 뒤이어 영지 큰오빠 영식과 동생 영철이가 차례차례 그 뒤를 따라갔다. 그리고 내 친구 영지마저 마침내 숨을 거두고만 것이다.

영지가 죽다니. 어제까지 곁에 있던 동무가 그렇게 쉽게 사라져 버릴 수 있다는 사실이 난 도무지 믿어지지가 않았다.

하지만 안타깝게도 영지네 집을 덮친 재앙의 불씨는 거기서 꺼지지 않았다. 오히려 불길은 점점 더 번져만 갔다. 이번엔 뒤늦게 소식을 듣고 달려온 영지네 친척들이 하나씩 영문 모르게 쓰러져 갔고, 그들도 결국 며칠 못 가 하나같이 피를 토하고 숨이 끊어지고만 것이다.

참으로 불가해한 사건이었다. 결국 온 마을이 술렁였고 불안에 휩싸였다.

대체 무슨 일이래? 어떻게 한 집안 사람들이 갑자기 떼죽음을 당해? 그러게 말야. 무슨 귀신이 씌운 것도 아니고. 내 말이! 가만?! 이거 혹시 염병 아냐? 염병? 그래! 그게 아니라면 어떻게 이런 일이 일어나? 아이고! 그럼 큰일 아냐? 우리가 이러고 있을 때가 아니네! 어디로 피신을 가던가 해야 되는 거 아냐?

*

영지네 집안을 휩쓴 재앙이 염병일 거라는 견해가 강력히 부상

되자 마침내 마을엔 방역반이 출동했다.

방역반은 영지네 집 주변에 금줄을 쳤고, 그 집을 소독한 뒤 온 마을에 소독약을 뿌렸다. 그런 뒤 동네사람들을 모아놓고 경고했다.

"위생상태가 불량하니까 이런 전염병이 도는 겁니다. 이제부터 물은 아무거나 마시지 말고 꼭 끓여 먹도록 하세요. 그리고 집 안팎을 청결하게 관리하도록 하고, 특히 노약자들은 당분간 바깥출입을 자제하도록 하세요. 고열 증세가 있거나 설사병 앓는 사람들이 또 발생하면 즉시 격리조치하고 보건소로 곧장 연락하시고, 만일의 사태를 대비해 외부 여행은 삼가도록 하세요!"

다음 날 학교엔 조기방학 조치가 내려졌고 집집마다 아이들에겐 문밖 출입금지 명령이 내려졌다. 우리 집에서는 만일의 경우를 대비해 아이들만이라도 보다 안전한 다른 지역으로 잠시 피신시키는 게 좋겠다는 아버지 의견에 따라 나와 동생을 할아버지 집으로 보냈다.

우리만 할아버지 댁으로 피신 간다는 게 우리로서도 즐거울 리 없었다. 정말 전염병이 돌아 영지네 식구들이 희생된 거라면 마을에 남아 있는 나머지 가족은 과연 무사할지 걱정이 되지 않을 수 없었다.

그처럼 걱정 속에서 지낸 탓일까. 할아버지 댁에서 지내는 동안 꿈자리도 영 뒤숭숭했다. 죽은 영지가 자꾸 꿈에 보였는데 꿈속 영지는 살아 있을 때의 그 아이와는 전혀 다른 모습이었다. 영지는 매우 창백한 모습으로 어두컴컴한 구석에 서서 아무 말 없이 나를 가만히 쳐다보고만 있었다. 꿈속의 나는 그 애가 죽었다는 걸 알지 못했다. 그러나 왠지 섬뜩한 기운 때문에 난 평소처럼 그 애한테 가까이 다가가지 못했다. 영지야. 너 왜 그래? 어디 아파? 왜 그렇게 기운이 하나도 없어? 그러나 내가 아무리 물어도 영지는 대답이 없었다. 분위기로 보아 뭔가 할 말이 있는 것 같긴 한데 침묵만 지키고 있는 영지가 영 이상했다.

그런데 더욱 불가해한 건 그 후로도 내가 똑같은 꿈을 반복적으로 꿨다는 거다. 나중에 그 사실을 할아버지께 말씀드렸더니 할아버지께선 심상찮은 표정으로 내게 주의를 주셨다.

"너 정신 바짝 차려라. 꿈에라도 절대 그 애 따라가면 안 돼."

그로부터 한 달쯤 후 드디어 어머니가 우릴 데리러오셨다. 어머니가 전해준 소식에 의하면 온 마을을 떨게 만들었던 재앙의 불씨는 마침내 진화된 것 같았다.

엄마 이야기에 따르면 그동안 영지네 집은 마을로부터 철저히 고립 격리돼 있었다. 다소 의외였던 건 그 집 식구 중 맨 마지막까지 살아 있었던 사람이 바로 영지아버지였다는 사실이다. 마을사람들은 그가 먼저 떠난 가족의 시신들을 수습하느라고 자기 집 과수원을 왔다 갔다 하는 모습을 먼발치에서나마 간간 볼 수 있었는데, 어느 날부턴가 그 그림자 역시 보이지 않게 되자 다시 방역반을 불렀다. 그리고 출동한 방역반이 그 집에 올라가 봤을 땐 새파랗게 독 오른 배들만 과수원을 지키고 있을 뿐 이제 그 집에 살아남은 사람은 하나도 없었다. 영지아버지는 먼저 간 피붙이들을 위해 그가 과수원 한 모퉁이에 만들어온 가족 묘지 맨 끝에 아마도 그 자신을 위해 파다만 듯한 구덩이에 쓰러져 있었다.

"그래서 마을에서 그 사람들 말고 또 누가 죽었다니?"

엄마의 이야기가 끝나자 할아버지께서 물으셨다.

"아뇨. 그 집 사람들 말고는 죽은 사람 없어요. 아버님."

다른 집에선 동일한 환자가 단 한 명도 발생하지 않았다는 거다.

"그렇다면 돌림병이 아니구먼. 필경 터구렁이를 죽여서 그런 걸 거다."

할아버지 어조는 확신에 차 있었다.

"그런 말도 잠시 돌긴 했는데 정말 그럴까요?"

엄마가 고개를 갸웃했다.

"다른 이유가 또 있겠니? 봐라. 옛말에 죄지은 놈이 제일 나중에 죽는다더니 그 말이 딱 맞지 않냐? 죄지은 장본인이 그 죗값 다 치르고 가라고 귀신이 그자를 맨 나중에 데려간 거지."

할아버지 주장에 의하면 액운이 낀 그 집안에서 영지아버지가 맨 마지막까지 살아 있었던 건 바로 그 죗값을 치르기 위해서였다는 거였다. 어린 나로선 이해할 수 없는 말이었다.

영지네 집안에 대체 왜 그런 일이 일어난 건지 그 정확한 원인은 끝내 규명되지 못한 채 시간은 흘러갔다. 결국 그 집은 그 근처에 아무도 얼씬하지 않아 점점 더 을씨년스런 폐가로 변해 갔다. 날이 갈수록 집 앞엔 잡초만 무성하게 자랐고 이제 봄이 돼도 그 집 과수원엔 더 이상 배꽃이 피지 않게 됐다. 터구렁이가 살았다던 배나무 고목도 오래잖아 새까맣게 타죽고 말았고, 주인 잃은 과수원은 누가 사가는 사람조차 없어 오랫동안 황량하게 버려져 있었다. 머지 않아 영지네 집에 대해 얘기하는 사람은 아무도 없게 됐다.

그러나 내 기억 속에서는 투명한 하늘 아래 화사한 봄볕을 튕겨 내며 반짝거리던 영지네 집 배꽃 과수원 풍경도, 그 한복판에 똬리 틀고 있는 비단구렁이의 환상도, 왕방울 눈을 더욱 크게 치켜뜨고 그 문을 열면 큰일 난다고 안타까워하던 내 친구 영지의 얼굴도 오래도록 지워지지 않았다.

내가 할머니로부터 이 이야기를 처음 들은 건 아마도 10살 무렵이었을 거다. 다시 읽어 봐도 다소 황당한 이야기였다.

그런데 할머니 글을 읽고 나니 새삼 궁금해졌다.

당시 어린 나로선 전혀 이해할 수 없었던 이 불가해한 이야기를 할머닌 왜 내게 들려주신 걸까? 게다가 이제 와 군이 그걸 글로까지 남기신 까닭이 뭘까?

그때 문득 그런 생각이 들었다.

혹 할머니가 당신 생전에 직접 말씀하시지 못한 뭔가를 이 이야길 통해 내게 전하고 싶으셨던 걸까? 만일 그런 거라면……?

어딘가 그 실마리가 될 만한 내용이 또 있을지도 모른다는 생각이 순간 스쳐 갔다.

그때부터 난 할머니의 글을 끝까지 찬찬히 읽어 내려가 봤다. 그리고 마침내 할머니의 습작노트 마지막 장에서 내가 찾고 있던 그 이야기의 퍼즐 조각을 발견해낸 거다.

그건 할머니 당신의 결혼 이야기였다.

2

폐가가 된 영지네 집은 십여 년이 지났어도 마을사람들에겐 출입금지 구역이었다.

아무도 돌보지 않아 잡초 덤불숲으로 변해 버린 과수원과 칡넝쿨 먹이가 되어 폭삭 갈앉은 폐가가 언제부턴가 조금씩 형체를 드러내기 시작한 걸 제일 먼저 눈치챈 사람은 아마도 그 집에 대해 가장 많은 추억을 간직하고 있던 나였을까?

폐가에서 갑자기 사람 손길이 느껴지는 게 이상해 내가 어느 날 그 집에 올라가 봤더니 웬 낯선 청년 하나가 과수원에서 잡초를 뽑고 있었다. 그가 한쪽 다리를 살짝 절고 있는 걸 발견했을 때 난 직감적으로 그가 영수오빠란 걸 알았다.

그는 영지의 둘째오빠 영수였다. 그 집안의 종손이 죽자 열두 살 되던 해에 큰댁 양자로 입적이 돼 집을 떠났었던 그는 유년시절 내가 가장 따랐던 사람이다. 그가 다리를 절게 된 것도 어찌 보면 나 때문이었다. 영지와 내가 학교에 입학하기 전 여름 어느 날 뒷산에 산딸기를 따 먹으러 올라갔다가 뱀에 물릴 뻔했던 적이 있었는데, 그때 그가 날 구하려다 그만 실족해 가파막에서 굴러 발목을 크게 다친 거다.

그를 알아본 순간 난 죽은 영지가 살아 돌아온 것처럼 반가웠다. 영수오빠 맞죠? 나 모르겠어요? 경옥이에요. 영지 친구……. 오, 그래? 그렇구나! 이게 얼마만이냐? 너 그새 많이 컸구나. 몰라보게 이뻐졌구나. 그도 날 다시 만난 게 반가운 듯 보였다. 어떻게 된 거예요? 그동안 어디서 지냈어요? 어, 그게……. 말하자면 복잡해. 아주 돌아온 거예요? 뭐 그런 셈이지. 그런데 왜 그동안……? 난 그에게 궁금한 것이 많았지만 그는 나를 조심스럽게 대했다. 나중에 기회가 되면 차차 얘기해 줄게.

영수오빠의 존재는 곧 마을사람들에게 알려졌다. 그러나 그가 영지네 집안에서 유일한 생존자란 사실을 알게 된 사람들은 그의 귀향을 달갑게 여기지 않았다. 그러긴커녕 대놓고 그를 따돌렸다. 어떤 이들은 그를 마치 귀신 쳐다보듯 했다. 마을사람들의 무의식 속에서 그는 일가붙이 모두가 이유를 알 수 없는 재앙의 희생양이 돼 버린 집안, 저주받은 집안의 화신이었던 거다. 그래선지 다들 그가 왜 본가로 돌아온 건지, 돌아와 뭘 하려는 건지 내심 궁금했을 테지만 그에게 선뜻 다가가 속내를 묻는 사람은 나 말곤 없었다. 사람들은 마치 그가 마을에 또 다른 재앙을 불러올 수도 있는 위험한 불씨라도 되는 듯 가까이하기를 꺼려 했다. 그 역시 그걸 느꼈는지 다른 사람들과 어울리는 일 없이 혼자 묵묵히 폐가에 칩거하며 허물어져 가던 집을 재건하고 과수원에 새로운 농사를 지으며 조용히 지낼 뿐이었다. 나는 마을에서 그와 은밀하게 소통하는 유일한 사람이었다.

그는 고향에 돌아오기까지 오랫동안 망설였다고 내게 말했다.

우리 가족이 모두 죽었다는 사실을 난 나중에 알게 됐어. 내가 큰댁으로 입양되어 그 집에 가서 산 지 일 년쯤 됐을 때 할아버지께서 위독하시다는 소식을 듣게 됐지. 큰아버지께서, 그러니까 우리 양부께서 먼저 다녀오마, 하고 집을 나섰는데 어찌 된 영문인지 그 후 며칠이 지나도록 아무 연락이 없으신 거야. 어찌 된 일인지 알아보러 간다고 뒤이어 누이들이 떠났지만 누이들도 돌아오지 않았어. 뭔가 심상찮은 일이 일어나고 있는 게 분명했어. 그러나 대체 무슨 일이냐고 물어도 어머닌 내겐 아무 대답이 없으셨지. 그런데 노환을 앓고 계시던 큰할아버지께서 당신께도 마지막 순간이 다가온 걸 느끼셨는지 나를 불러 유언처럼 당부하시는 거야. 절대로 본가에 가면 안 된다고. 너까지 거기 가서 죽으면 우리 집안 대는 끊기는 거라고. 그러곤 큰어머니께 나를 잘 지켜야 한다고 신신당부를 하시고 얼마 못 가 할아버지께서도 세상을 뜨셨지. 그제야 난 우리 집안에 내린 불가해한 저주에 대해 알게 된 거야. 큰어머닌 내가 집안에서 살아남은 유일한 사내라며 나마저 잘못되면 우리 집안은 정말 끝장이니 제발 탈 없이 잘 자라서 집안을 다시 일으켜야 한다고 강조하셨지. 난 마음이 무거웠고 두려웠어. 한 집안이 한번에 풍비박산 난다는 게 어떤 건지를 그 짧은 시간 동안 경험하게 된 나는 아직 뭔가를 혼자 할 수 있기엔 너무 어렸어. 큰어머니 손에 내 모든 걸 위탁해야 하는 처지였으니까. 그런 내가 대체 혼자 살아남아 어떻게 집안을 일으키란 건지 난 막막했지.

큰어머닌 혼자 농사를 짓고 살림을 책임지고 나까지 보살펴야 하는 상황이라 많이 힘드셨을 거야. 일손이 부족해 농사도 잘되지 않았고 가세는 급격하게 기울어 갔지. 내가 중학교를 졸업할 때까지 큰어머닌 내 뒷바라지를 해주시느라고 전답도 팔고 집도 팔고, 나중엔 날품팔이 장사까지 하셨는데 그때 사춘기로 접어든 난 배은 망덕하게도 당신을 차츰 멀리하기 시작했지. 공부에도 관심이 없었고 인생에 대해 염세적이 돼서 매사 엇나가기 시작했어. 껄렁한 녀석들과 어울려 다니며 패싸움이나 하고 툭하면 큰어머니를 학교에 불려 가게 했지. 그런 내게 큰어머니께선 아마 크게 실망하셨을 거야. 엄격하게 말하면 당신과는 피 한 방울 섞이지 않은 조카 녀석인데. 싹수가 노란 녀석 하나 때문에 당신이 희생하고 사는 게 더 이상 무의미하다고 느끼셨을지도 모르지. 어느 날 내가 친구 녀석들과 어울리다가 술까지 처먹고 비틀거리며 늦게 귀가해 보니 집안이 텅 비어 있었어. 다음 날 아침이 돼도 어머닌 돌아오지 않으셨지. 아무 말 없이 어디론가 홀연히 떠나 버리신 거야. 비로소 난 완벽하게 혼자 남겨진 거지. 그제야 내가 얼마나 잘못했는지 깨달았지만 뒤늦은 후회였어.

난 한동안 큰어머니를 찾아다니느라고 학교까지 중퇴하고 여기저기 떠돌아다녔지. 하지만 결국 포기할 수밖에 없었어. 세상에 의지할 곳 하나 없이 살아간다는 게 얼마나 곽곽한 일인지 네가 알까? 어느 날 문득 그런 생각이 들었어. 더 이상 내가 뭘 지켜야 하는지도 모르겠고, 어떻게 살아내야 하는지도 모르겠다는. 그런데 언제까지 이렇게 떠돌이로 살아갈 건지. 순간 내 자신이 너무 한심했어. 그러면서 무의미하게 방황하던 시간들에 이제 그만 종지부를 찍고 고향으로 돌아가야 하지 않겠나 싶었어. 그동안 두려움 때문에 돌아오지 못했던 고향이지만 그래도 내가 돌아갈 곳은 거기가 아니겠는가라는 생각이 결국 날 이곳으로 오게 만든 거야.

그런데 막상 돌아와 보니 집은 예상했던 것보다 훨씬 더 비참한 모습으로 허물어져 있더군. 그걸 보곤 다시 한번 가슴이 무너져 내렸지. 하지만 한편으론 그런 모습으로라도 집이 내가 돌아오길 기다려 준 것 같아 고맙기도 했어. 그래서 난 결심했지. 이제부터 난 저주받는 운명 같은 건 더 이상 생각하지 않을 거라고. 그리고 어떻게든 여기서 내 삶의 뿌리를 내리고 우리 집안을 일으켜 볼 거라고. 잘될지는 모르겠지만 지금도 그 생각엔 변함이 없어.

*

그의 이야기를 들으면서 난 가슴이 뭉클했다. 그의 기구한 운명이 안쓰럽기도 했지만 그럼에도 불구하고 희망을 잃지 않고 자기 몫의 삶을 어떻게든 살아내고자 하는 그의 용기가 대단해 보이기도 했다. 무엇보다 그가 누구에게도 고백하지 않은 자신의 속내 이야기를 내게 들려줬다는 사실에 마음이 크게 움직였다. 난 어떻게든 그를 위로해 주고 싶었다. 잘될 거야. 나라도 오빠를 도와줄 수 있는 길이 있다면 뭐든 할게. 그렇게 말하면서 나는 정말 그를 위해서라면 뭐든 할 수 있을 것 같다는 생각이 들었다.

그에 대한 내 감정의 뿌리는 연민이었을까?

동기가 무엇이건 그와 나 사이는 이후 급속히 가까워졌고 난 어느덧 그와 장래를 약속한 사이가 돼 버렸다. 어쩌면 어른들이 막무가내로 그를 배척하는 것이 부당하다는 생각에서 그에 대한 내 감정이 반비례했을지도 모르겠다. 어머닌 내가 그와 혼인하겠다고 하자 예상대로 펄쩍 뛰었다. 내 핏줄만 생각하는 부모 마음에서였을 것이다. 너 미쳤니? 왜 하필 그런 기구한 인물하고 엮이겠다는 거야? 그 집안 사람들 어찌 됐는지 몰라? 어머니가 뭘 걱정하는지 난 잘 알고 있었다. 그러나 난 말도 안 되는 그런 불행은 내 몫이 아니라고 생각했다. 그 사람 혼자 살아남은 게 그 사람 잘못은 아니죠. 또 그 집안 사람들 죽은 게 그 사람 잘못도 아니잖아요. 그러나 내가 뭐라건 어머닌 요지부동이었다. 시끄럽다. 왜 하필 네가 그런 저주받은 집안 사람이 되겠다는 거냐? 네가 뭐가 모자라서? 절대 안 돼. 차라리 처녀귀신이 돼라. 그편이 나을지도 몰라. 어머니의 반대는 억지에 가까웠고 그런 어머닐 설득할 방법은 전혀 없어 보였다. 어머니뿐만이 아니었다. 집안에서 우리 두 사람의 결합을 지지해 주는 사람은 단 한 사람도 없었다. 내가 무슨 일을 벌이기 전에 어머닌 서둘러 나를 다른 사람과 강제로라도 결혼시킬 계획까지 세웠다.

결국 내가 선택할 수 있는 방법은 하나밖에 없었다. 야반도주. 급기야 난 그에게 함께 도망치자고 했다. 그는 머뭇거렸다. 자신을 위해 나까지 희생시킬 수는 없다며. 그리고 자신은 어떻게든 고향에 정착하고 싶다는 거였다. 그의 뜻을 모르는 바 아니지만 그처럼 극단적인 방법이 아니면 우리 두 사람이 맺어질 수 있는 방법은 없다고 난 생각했다. 그래서 난 집요하게 그를 설득했다. 오빠, 내가 다른 사람한테 가도 좋아? 그런 거 아니라면 일단은 여길 떠나. 함께 어디로든 가서 우리 악착같이 잘살아 보자. 그래서 부모님 생각이 잘못됐다는 걸 보여주자구. 예쁜 아기도 낳고 오래오래 행복하게 살면서 성공해서 다시 고향으로 돌아오면 그땐 우리 부모님도 우릴 기꺼이 받아주실 거야.

대체 내 안 어디에서 그처럼 거침없는 용기가 나왔는지 나 자신도 알 수 없는 일이었지만 그 간절한 마음이 그를 움직였을까. 결국 그는 나를 데리고 야반도주를 감행했다.

그러나 그 선택이 얼마나 무모했는지 내게 입증이라도 해 보이려는 것이었을까. 두 사람이 어렵사리 타지에 둥지를 틀자마자 그는 허망하게 세상을 뜨고 말았다. 풍랑이 삼켜 버린 그를 난 끝내 찾지 못했다. 어찌 짐작이나 했겠는가. 그가 그렇게 어이없이 사라져 버릴 줄이야. 그리고 그 아비에 이어 이십 몇 년 후 그 딸년마저 그렇게 가 버릴 줄이야.

만일 그런 일만 일어나지 않았더라면 난 끝까지 믿었을 것이다. 저주받은 운명 같은 건 나와 상관없는 일이라고. 업 같은 건 없다고. 그런 건 호랑이 담배 먹던 시절 이야기라고. 정희가 가기 전날 지붕에서 나온 그놈이 내 눈앞에서 꿈틀거리며 우물 쪽으로 사라지는 걸 봤다 해도 그건 그냥 환영일 뿐이라고, 내가 헛것을 본 거라고 난 무시해 버리고 말았을 것이다. 그런데 사춘기 시절부터 죽자고 엇나가던 딸년이, 대가리에 피도 안 마른 그년이 사낼 알아가지고 가출해 내 속을 태우더니, 기어이 어떤 후레자식과 동거란 걸 하며 제멋대로 살더니, 그래도 새끼까지 낳고 잘사나 싶었는데 년과 함께 살던 그놈한테서 6년 만에 전화가 온 거다. 그년이 놈과 말다툼 끝에 집을 나갔는데 며칠 후 물에서 나왔다고. 그 시신을 물에서 건져냈노라고. 그 순간 한줄기 의혹이 심장을 관통했다. 그 모든 게 처음부터 예정돼 있었던 건 아닐까?

만일 영지가 죽은 후 내가 쓸데없이 그 폐가 근처를 배회하지만 않았더라면, 타지에 나가 떠돌이 생활을 하던 그가 몇 년 후 마을에 다시 나타나지만 않았더라면, 내 삶은 지금과는 달라졌을까?

*

할머니의 마지막 글은 그렇게 끝나고 있었다.

난 크게 충격 받았다. 둔기로 뒤통수라도 한 대 얻어맞은 것처럼 머릿속이 멍했다. 글 말미에 언급된 내용 때문이었다.

정희라면 엄마 이름이 아닌가. 그런데 그 시신을 물에서 건져냈다는 게 무슨 뜻인가? 엄마가 투신자살이라도 했단 말인가?

왜 난 진즉 의문을 품어 보지 못했을까?

할머닌 내게 엄마 죽음뿐 아니라 엄마에 대해 그 어떤 얘기도 해 준 적이 없었다. 그 침묵의 의미가 뭔지 왜 난 좀 더 깊게 생각해 보지 못했을까?

엄만 물에 빠져 죽었다. 그게 자살이건 사고건 남편마저 물에서 잃은 할머니가 그 죽음을 어떻게 받아들일 수 있었겠는가. 그래서였던 거다. 할머니가 어린 시절 내게 물가에 가는 것만은 절대 허락하지 않았던 건.

그때 문득 떠오른 기억 하나가 있었다.

내가 중학교 2학년 때 일이다. 장마철이 시작될 무렵 어느 주말,

난 친구들과 계곡에 놀러 간 적이 있었다. 그날 물가에서 텐트를 치고 친구들과 한참 즐겁게 떠들고 놀다가 잠시 혼자 바람을 쐬고 싶어 계곡 반대편 쪽으로 건너갔는데 갑자기 불어난 물에 난 그만 고립될 위기에 처했다. 난 다급히 친구들이 있는 곳으로 돌아가려 했지만 물에 발을 들여놓는 순간 급류에 몸이 휩쓸려 버리고 말았다. 순간 누군가 내 팔을 잡아당기는 것 같았으나 난 의식을 잃고 말았다. 그런데 정신을 차리고 보니 이상하게도 날 살려냈다는 사람은 아무도 없었다.

어찌 된 영문인지 알 수 없는 일이었다.

물에 빠진 그날 밤 난 악몽을 꿨다. 커다란 뱀 한 마리가 나를 통째로 삼켜 버리는 악몽을. 버둥거리다가 내가 간신히 잠에서 깼을 땐 온몸이 땀에 흠뻑 젖어 있었다.

생전에 할머니가 그 사실을 아셨더라면 뭐라 하셨을까?

난 이제까지 그 악몽을 내가 물에 빠졌던 그 날부터 꾸게 된 거라고 생각하고 있었다. 그런데 할머니의 글을 읽고 나니 어쩌면 그 악몽의 시작이 보다 더 오래된 뿌리를 갖고 있었을지도 모르겠다는 생각이 들었다.

엄마가 가기 전날 업이 나오는 걸 봤다는 할머니. 당신으로서도 끝내 풀리지 않은 그 수수께끼 같은 이야기를 할머닌 글로라도 풀어내고 싶으셨던 걸까? 그래서 당신 가슴에 오랫동안 담아왔던 그 아픈 기억의 상처를 내게 간접적으로라도 말해주고 싶으셨던 걸까?

그래서 이 낡은 공책을 내게 남기신 걸까?

04 산사로 가는 길

눈 산. 눈 바다. 눈 구릉.

흔들리는 바다……. 흔들리는 구릉…….

산사로 들어가는 버스는 아무런 예고도 없이 중도리란 곳에 그를 내려놓았다. 그곳이 본래 예정된 종착점이 아니란 것은 초행인 그도 대번에 알 수 있었다. 그러나 그를 포함해 여섯 명뿐인 승객들은 아무 항의 없이 버스에서 내려섰고 그 역시 그렇게 할 수밖에 없었다. 막상 차에서 내려서고 보니 그 혼자만 타지인인 듯 다른 이들은 재빨리 시야에서 사라졌다.

─그 길로 쭈욱 올라가시오. 종점까진 버스로 한 오 분 거리밖에 안 되니까.

버스기사가 마지막으로 버스에서 내려서며 그에게 턱짓으로 앞쪽 길을 가리켜 보였다. 버스 한 대가 간신히 올라갈 수 있을 정도로 좁은 그 길은 바닥이 흰 대리석처럼 반들거렸다. 그 단단하고 미끄러운 길이 차량통행을 거부하고 있었던 거다. 그러나 그 때문에 종점이 잠정적으로 변경됐다는 사실을 아무도 그에게 말해준 바 없었다. 하긴 그걸 미리 알았던들 달리 무슨 뾰족한 방법이 있었으랴. 그는 체념하며 조심스럽게 발걸음을 옮긴다. 저기 100미터쯤 앞에서 비구승 하나가 날렵하게 빙판 위를 날아가고 있었다. 좀 전에 같은 버스에 타고 있던 비구가 분명했다. 그는 부지런히 그 비구승을 따라가고자 한다. 그러나 몸이 맘대로 움직여 주지 않는다. 얼음바닥은 나무토막처럼 굳은 몸뚱이를 자꾸만 밀쳐 냈고 그는 어금니를 꽉 물고 뒤뚱거려야 했다. 머리 위로 피가 솟구치며 마치 천장에 거꾸로 매달려 있는 듯한 느낌. 발밑의 땅이 무겁게 짓누르는 듯한 느낌. 그는 몸의 균형을 잡고자 줄타기 곡예사처럼 양팔을 쳐들고 가능한 보폭을 짧게 하여 미끄러지듯 조금씩 앞으로 나아간다. 그 움직임이 어느 정도 몸에 붙자 고개를 들어 예의 그 비구승을 찾아본다. 그러나 산중엔 침묵만 괴괴할 뿐 흰빛 대기 속에 이미 사람의 형체라곤 없다.

딱딱딱-

규칙적이고도 신경질적인 리듬으로 숲의 정적을 쪼아대는 딱따구리 소리. 눈 덮인 얼음 계곡 건너편에선 동면에 빠진 숲이 어수선한 꿈을 떨쳐 내려는 듯 이따금 바람결에 희끗한 모발을 흔들어

댄다. 저 멀리 산 겨드랑이 사이로 흐르다 얼어 버린 작은 폭포들이 굳은 고름처럼 드러났다 사라지자 마침내 산사 입구가 보였다. "버스로 한 오 분 거리."라던 길을 그는 한 시간 반 이상 걸어야 했다.

*

눈 산. 눈 바다. 눈 구릉. 흔들리는 풍경…….

이봐요, 청년! ……청녀-언! 짜증 섞인 여자의 목소리가 귓전을 할퀸다. 이봐요! 세차게 그의 어깨를 흔드는 누군가의 손. 게슴츠레 눈을 뜬 그의 동공 속으로 크고 까무잡잡한 얼굴 하나가 파고든다.

"아니, 웬 잠을 그렇게……!"

장마철 곰팡 핀 벽처럼 얼룩덜룩한 얼굴. 세파에 찌든 잔주름투성이 얼굴 하나가 뚱하게 그를 내려다보고 있었다.

썰렁한 가게 안. 그는 간이음식점 겸 구멍가게 안의 유일한 손님이었다. 유리문 밖으론 그새 어둠이 짙게 깔려 있었다.

"문 닫아야 돼요. 그만 일어나요."

여자가 거칠고 투박한 손으로 거춤거춤 그 앞에 놓인 술병과 묵 접시를 치우기 시작했다. 다가온 여자의 몸에서 역한 냄새가 콧속으로 파고든다. 개숫물 냄새. 비릿 시큼한 피 냄새. 목구멍에서 울컥, 시큼털털한 막걸리 여운이 솟구치는 걸 간신히 참으며 그는 자리에서 일어선다.

'손님이 통 없는 철이라' 마을은 두어 개의 여관과 술집, 식당 두 군데를 제외하곤 휴면상태에 들어가 있었다. 괴괴한 정적 속에서 두툼한 눈밭 위로 어둠이 푸른빛을 띠며 스멀스멀 기어 다니고 있었다. 여자는 그새 덧문을 모두 닫고 다시 가게 안으로 들어가 버렸다.

요의를 느낀 그는 으슥한 공간을 찾아 오줌을 눈다. 버서석, 눈밭에 작은 구멍이 생기며 미지근한 기운이 발밑에 느껴진다. 부르르 몸을 터는 그.

매표소엔 더 이상 인기척이 없었다.

—저기요.

행인의 발자국이라곤 거의 보이지 않는 사찰 입구에서 뜻밖의 사람 소리가 들렸을 때 그는 멈칫했다.

—입장권을 사서야 합니다.

소리가 나는 쪽은 매표소 창구였다. 파란색 선팅이 돼 있는 유리창 앞으로 다가간 그가 창구 안을 들여다보는 순간 마주친 기이한 눈빛. 가슴이 철렁했다.

안광 때문이었을까? 그는 그를 암자로 안내하는 젊은 비구 곁에서 자신이 무척 왜소하다고 느꼈다.

암자는 며칠 동안 그 누구의 발길도 닿지 않은 듯 눈 속에 폭 파묻혀 있었다.

—보살님, 안에 계시지요?

비구승의 기척에 방문이 열렸다.

—예. 스님. 무슨 일로……?

열린 문 너머로 늙은 보살 하나가 재봉틀 돌리던 손을 멈추고 무뚝뚝한 눈길로 그를 건너다봤다. 그 곁에선 열 살 남짓 돼 보이는 동자승 하나가 아랫목 이불 속에 발을 파묻고 백설기를 뜯어 먹으며 만화책을 보고 있었다.

—여행 오신 분이랍니다. 며칠 편히 모시지요.

비구승이 합장하고 돌아서자 보살은 그를 위아래로 한번 스윽 훑어보더니 끙, 거구를 일으켰다.

—글쎄……. 방에 오랫동안 불을 안 때서 어쩔까 몰라.

혼잣말처럼 중얼거리며 보살은 그를 뒤채 골방으로 안내했고, 그는 보살이 방에 불을 지피는 동안 저녁 요기를 할 겸 마을로 내려갔던 거다.

이제 다들 잠들었을까?

안채엔 아무 기척이 없다. 조용히 뒤채로 향하는 그. 아궁이에서 피어오르는 장작불 연기가 매캐하다. 재채기가 나오려는 걸 간신히 참으며 그가 방 문고리를 잡아당기려는 순간 정수리가 근질거렸다. 고개를 들어보니 밤하늘 가득 찬 별들이 금방이라도 쏟아져 내릴 것만 같았다. 순간 온몸에 소름이 돋았다.

방은 그동안 알맞게 덥혀져 있었다. 아랫목에 등을 대는 순간 온몸이 흐물흐물 무너져 내린다.

*

달리고 있는 열차……. 삼도를 가로질러 달리고 있는 야간열차. 얼어붙은 사지를 감싸 안고 잠을 청하고자 뒤척이는 사람들…….

열차가 숨을 고르며 작은 역으로 들어선다. 서리 낀 차창 밖 어둠 속으로 빛줄기가 비집고 들어온다. 문이 열리고 찬바람이 밀치고 들어온다. 탑승객들의 몸에 묻어온 추위 냄새. 선잠 깬 사람들이 몸을 한껏 움츠린다. 그들 속에 낯설지 않은 얼굴 하나가 보인다.

여기야! 그녀를 향해 반갑게 손을 흔드는 그. 그러나 상대는 그를 보고 있지 않다. 여자의 얼굴이 창백하다…….

다시 달리는 열차……. 다시 나른한 공기 속으로 빨려 들어가는 사람들…….

문득 폭포처럼 쏟아져 내리는 음악 소리. 회오리치듯 몰아치는 음악 소리……. 빙글빙글 돌아가는…… 울긋불긋한 활옷 자락들의 원무…….

문이 열리고 낡고 큰 대문 뒤에 여자 하나가 서 있다……. 그녀

의 손에 뭔가 들려 있다. 끔찍한…… 이봐요…… 끔찍한…… 이봐
요…… .

흔들거리는 문. 코끝에 느껴지는 찬 기운.

"아침 공양 안 드시오?"

어둠을 걷어가 버리는 선명한 목소리.

눈을 떠보니 늙은 보살이 방문 앞에서 뚱한 표정으로 그를 내려
다보고 있었다. 그 뒤로 푸르스름한 새벽 기운이 감돌고 있었다.

*

파도 소리.

낯선 파도 소리에 그는 잠에서 깨어났다.

아침 햇살이 깊숙이 파고드는 밝고 널찍한 호텔 방. 살짝 열린
유리문 사이로 미풍과 짠물 내가 스며들고 있었다.

누군가 호텔 방문을 열쇠로 여는 소리.

"일어났어요?"

정미다. 어젯밤과는 달리 생기발랄한 모습이다.

"어디 갔다 오는 거야?"

"아침밥 먹구 왔지. 아저씨 깨날 때까지 기다릴 수가 있어야지.
알잖아? 나 배고픈 건 못 참는 거."

"그럼 날 깨우지."

그러나 그의 말 같은 건 무시하고 침대에 벌렁 드러눕는 정미.

"날 깨우지? 자기 혼자 코까지 드르렁드르렁 골면서 누가 업어 가도 모르게 자 놓구? 남은 한잠도 못 자게 하고!"

"내가?"

"미워 죽겠어 정말. 또 그럴 거야? 응? 응?"

눈을 흘기며 갑자기 달려드는 계집애 몸에서 비릿한 피 냄새가 난다.

"또 그럴 거야? 응? 응?"

계집애가 그의 얼굴 전체에 제 입술을 마구 비벼대며 자근자근 씹어대는 시늉을 한다.

"왜 이래…… 아침부터?"

사뭇 점잖게 몸을 밀어내는 척하는 그. 그럴수록 더 짓궂게 달려드는 계집애.

"정말 또 그럴 거야? 응? 응?"

"안 되잖아……. 아프다며?"

"아프지. 아프구 말구."

키득거리는 정미.

"그런데 어쩌려구……."

그러나 이미 자제할 수 없는 상태로 들어서고만 두 사람. 금세 달아오른 두 사람 몸에서 열기가 뿜어져 나오며 시큼한 땀내와 피

냄새가 함께 섞여 진동한다. 냄새에 흥분한 하이에나처럼 격정적
으로 반응하는 그.

　마침내 절정을 맛본 그가 그녀에게서 떨어져 나온다. 속이 울렁
거린다. 그가 담배를 피워 물며 일어나 앉는다. 먼저 샤워를 하겠
다며 일어선 계집애는 정액과 피로 엉망이 된 시트를 화려한 드레
스라도 되는 듯 몸에 휘감고 교태를 부린다.
　"어때? 끝내줬지?"
　그는 마지못해 웃는다. 계집애는 그 기회를 놓치지 않는다.
　"새 자동차 약속한 거다?"
　"어? ……그래…….”
　영악한 계집애의 계산속에 다시 한번 놀아난 것 같아 그는 기분
이 씁쓸하다.
　정미가 욕실로 들어가자 그는 담배를 마저 피우려고 베란다로
나가려다 문득 화장대 거울에 비친 자신의 모습을 발견한다. 거울
속에서 한 사내가 성기와 살, 거웃에 정액과 피 얼룩을 묻힌 채 그
를 쳐다보고 있다. 미간을 찡그리며 얼른 거울에서 비켜서는 그.
　찜찜한 기분 끝에 문득 아내와 치른 초야의 기억이 따라 나온다.

　선을 보고 나서 보름 만에 결혼한 여자와 치른 정사.
　정액과 피로 얼룩진 시트. 그에겐 이전에 경험한 숱한 정사와 조

금도 다르지 않았지만 그녀는 의외로 처녀였다. 그 사실을 깨닫자 그는 어쩐지 남의 여자를 겁탈한 것처럼 좀 꺼림칙했다. 미안하기도 하고 솔직히 부담스러웠다.

그래서였을까? 자신의 성기에 묻은 피를 휴지로 슬그머니 닦아내며 그가 여자에게 물었다. 많이 아프지 않았어? 여자는 부끄러운 듯 정액과 피로 얼룩진 시트를 가만히 끌어내 자신의 몸을 가리며 미소로 답했다. 괜찮아요. 하지만 그 표정엔 자신의 처녀성을 입증해 보였다는 사실에 대한 뿌듯한 자부심 같은 게 담겨 있었다.

보지 마세요. 그녀가 시트를 뭉쳐 들고 욕실로 들어가자 그는 담배를 피워 물고 침대에서 일어났다. 순간 화장대 거울 속에 벌거벗은 자신의 모습이 눈에 들어왔다. 피로 얼룩진 하체를 드러낸 채 물끄러미 자신을 바라다보고 있는 거울 속 사내.

그 모습이 왠지 다른 놈이 공들여 잡아놓은 먹이를 슬쩍 가로채 실컷 뜯어 먹곤 비열한 포만감을 드러내고 있는 하이에나처럼 느껴졌다. 그는 문득 공허하고 역한 느낌에 사로잡혀 샤워실로 들어가 자신의 하체에 묻은 그녀의 핏자국들을 소리 나게 벅벅 씻어냈다.

*

"왜 길도 모르는 데서 굳이 네가 운전을 하겠다고 그래?"

주차장으로 나오자 정미는 기어이 자기가 운전을 하겠다며 자동차 키를 달라고 고집을 부렸다.

"네비가 있는데 무슨 걱정이에요? 그리고 이런저런 차도 운전해 봐야 실력이 더 느는 거라며?"

그는 전혀 그런 말을 한 기억이 없다. 하지만 계집애와 말다툼하기 싫어 결국 키를 내주고 만다.

"조심해."

"알았다니까! 암튼 이제부턴 토 달지 말고 내가 하자는 대로 하기다. 알았죠?"

계집애는 시동을 걸자마자 새삼 그에게 다짐을 받으려 든다.

"언제는 네 맘대로 안 했냐?"

"그 말투는 뭐야? 왜? 벌써부터 뭐가 맘에 안 들어요?"

사실 그는 이 여행이 출발부터 마뜩치가 않았다.

"아냐. 그런 거. 어서 가기나 해."

"자 그럼, 우리의 3주년 기념 여행을 멋지게 보내기 위하여 출발!"

정미는 해벽 위에 서 있는 호텔을 빠져나오자 해안도로를 따라 차를 몰기 시작했다.

"이 향수 어때요?"

운전하다 말고 자신의 오른팔을 그의 코끝에 들이미는 정미.

"글쎄⋯⋯. 너한텐 좀 너무 강한 거 아냐?"

"이럴 땐 강한 향이 더 좋아."

"이럴 때……?"

"모르겠어요?"

"아……."

계집애 입에서 무슨 말이 나올지 궁금하지 않았지만 그는 그저 알아들은 척했다.

"새 남자친구가 사준 거예요."

묻지도 않았는데 자진신고하는 계집애.

"그래……?"

그는 떨떠름한 표정을 감추지 못한다.

"잤는지 궁금하죠?"

도발하는 계집애의 의도는 뻔하다. 그는 대꾸하지 않는다.

"네. 네댓 번 같이 잤어요."

기어이 그에게까지 오물을 끼얹고야 마는 계집애. 순간 그가 미간을 찡그리는 걸 계집애는 놓치지 않는다.

"왜요? 질투해요?"

생글거리는 정미.

"또 쓸데없는 소리 한다."

그러나 불쾌한 기색을 감추지 못하는 그를 빤히 쳐다보는 계집애.

"얼굴 벌게진 거 보니까 질투하는 거 맞네, 뭐!"

아버지뻘 되는 그를 늘 이렇게 제멋대로 쥐락펴락하는 계집애다.

"그만 좀 하지?"

"화났어요?"

"아니라니까."

정색하는 그.

순간 그는 자신이 한심스럽다 못해 울컥 염증마저 솟구친다.

이 앙큼한 계집애에게 대체 무엇이 있어 세상이 인정해 주는 일류사진작가라는 자가 이 꼬락서닌가?

*

아침 해가 산등성이 위로 서서히 그 모습을 드러낼 때쯤 그는 암자를 빠져나와 산을 오르기 시작했다. 기기묘묘한 형상의 산봉우리들이 햇빛을 반사하며 반짝이기 시작하자 그는 멀리서 그 풍경을 한 컷 렌즈에 담아 본다.

눈이 허벅지까지 푹푹 빠지며 산길이 점점 가팔라진다. 갑작스런 눈 수렁이 그의 다리를 허벅지까지 빨아들인다. 아찔함에 잠시 허우적거리던 그가 간신히 균형을 잡는다. 무릎을 꿇고 몸의 중심을 앞쪽에 둔 채 그는 눈 비탈을 기어오른다. 어디까지 올라가자는 계획 같은 건 없다. 그저 무엇에 끌리듯 이곳에 왔듯이 향방 없이 몸이 가는 대로 움직여 볼 뿐이다. 마치 꿈속을 걷듯 그림자처럼 움직이는 그.

예전에도 이런 적이 있었던가. 처음 와 보는 공간임에도 이 낯설지 않은 느낌은 뭔가.

산중엔 깊은 정적만이 깔려 있을 뿐 아무도 보이지 않는다. 이제 그에겐 자신의 숨소리 외엔 아무 소리도 들리지 않는다. 거세어지는 숨소리. 먼 길을 달려온 짐승처럼 헐떡거리는 그. 눈밭으로 변해 버린 언 계곡에서 새파란 댓잎들이 칼날처럼 튀어나온다. 순간 마치 폐부를 찔린 듯 명치께 까닭 모를 통증이 느껴진다. 목에 건 카메라의 반동 때문만은 아닐 것이다.

며칠 전부터 그의 가슴속을 움패는 이 느낌. 뭔가가 시작될 것 같은 조짐이다. 명치끝에서부터 조금씩 따끔거리며 그를 갉아먹기 시작하는 그 뭔가. 아버지의 죽음 이후 시작된 불안 증세다. 그 증세가 심할 때면 그는 무작정 집에서 뛰쳐나와 이곳저곳을 쏘다니는 습관이 있었다. 이번에도 학보에 실을 새해아침 풍경 사진을 찍으러 왔다는 건 사실 표면상의 이유일 뿐이었다.

하늘이 갑자기 계란 흰자위를 풀어놓은 듯 뿌예지더니 눈발이 비듬처럼 흩날리기 시작한다. 어느 지점쯤에서부터 시작되는 건지 가늠할 수 없는 눈은 이내 아우성으로 변한다. 그가 걸음을 멈추자 산의 정적이 와르르, 그 앞으로 쏟아진다.

사방으로 휘몰아치는 눈. 눈의 난무에 현기증이 인다. 문득 전신의 감각을 억누르고 있던 족쇄들이 한꺼번에 풀려 버리는 듯한 느낌. 순간 마구 소리 지르고 싶은 충동이 솟구친다.

그때 코끝에 퍼지는 비릿한 피 냄새. 콧속에 싸한 느낌이 감돌며 투두둑 핏방울 몇 개가 눈밭에 떨어진다. 진저리치는 그.

결벽증환자처럼 늘 집 안을 깔끔하게 가꾸던 모친의 몸에서 비릿한 피 냄새가 날 때마다 한밤중 어머니 방에서 들려오던 이상한 신음소리. 그 소리의 정체가 뭔지 알게 된 이후로 그는 어머니 몸에서 그 피 냄새가 날 때마다 진저리를 쳤고 알 수 없는 충동에 휩싸여 자신의 방문을 걸어 잠그고 미친 듯 자위행위를 하곤 했다. 그러고 나선 욕실로 들어가 오랫동안 샤워기를 틀어놓고 창자가 뽑히는 느낌으로 헛구역질을 해댔다.

미안하다 얘야. 아버지의 죽음으로 인한 충격이 채 가시기도 전에 발정기 암캐처럼 피를 흘리며 그가 삼촌이라 부르던 사내와 재혼해 버린 어머니. 그는 배신감과 혐오감에 몸을 떨었다. 용서해다오 얘야. 어쩔 수가 없었어. 하지만 네 아빠에 대한 미움 때문에 너를 사랑하지 않았던 건 아냐. 그건 믿어줘 제발……. 눈물로 호소했던 모친은 얼마 전 그와 24살이나 차이가 나는 늦둥이까지 낳았다.

얘가 어디서 이렇게 술이 취해 갖고 이제야 들어오니? 제대했으면 얼른 집에 들어와 가족부터 봐야지. 그가 비틀거리며 안방으로 들어서자 어머니는 갓난아기를 품에 안고 살짝 미간을 찡그렸다. 50을 바라보는 나이에 늦둥이를 낳은 어머니 몸에선 또 비릿한 피 냄새가 났다.

이번에도 널 꼭 닮았구나. 그렇지? 어머닌 대체 무슨 생각으로 이복동생이 둘 다 자신을 닮았다는 사실을 환기시키는 건가. 시간이 그만큼 흘렀으니 이젠 당당해도 된다는 걸까.

피 냄새의 여운이 남은 코를 틀어막은 채 그는 휘몰아치는 눈보라 속에 망연히 서 있었다.

갑자기 누군가의 기침소리가 들려 돌아보니 비구승 하나가 길을 비켜달라는 듯 그 앞에 서 있었다. 멋쩍은 얼굴로 비켜서는 그.

비구승은 장삼 자락을 펄럭이며 미끄럽고 가파른 산길을 조금도 비틀거리지 않고 단숨에 내려갔다. 그리고 곧 흩어지는 눈발 속으로 사라졌다.

*

산 중턱쯤 이르자 허름한 휴게소 하나가 나타났다.

함석지붕의 낡은 판잣집. 그 앞에 놓인 나무간판엔 '도토리묵. 막걸리'라는 단어가 조잡한 검은색 페인트 글씨로 쓰여 있다.

그가 그 앞을 지나갈 때 가게 안에서 중년사내 하나가 나온다.

텁수룩한 수염, 무성한 머리털, 짧은 목. 구부정하지만 다부져 보이는 어깨. 음흉한 시선. 먹이가 걸려들기를 기다리고 있는 왕거미 같은 인상이다.

사내의 시선을 피하며 그는 짐짓 무표정한 얼굴로 휴게소 옆 오르막길로 향한다.

잠시 후 눈발이 뜸해지며 깎아지른 듯한 절벽과 협곡이 눈앞에 나타난다.

구름다리 하나가 거기 걸려 있고 다리가 시작되는 지점에 초소 하나가 보인다. 그 앞에서 절벽과 협곡과 구름다리를 렌즈에 담아볼까 하다가 잠시 망설이는 그. 무심히 카메라를 들이대기엔 저 아래 아스라한 풍경이 너무 가슴 서늘하다.

심연. 내려다보는 순간 추락할 것 같은 두려움.

*

사람들을 공중에 매단 채 아스라한 절벽 끝에서 출렁거리는 구름다리.

저 멀리 마침내 그 다리가 보이자 그는 자기도 모르게 주춤했다.

수차례 왔던 곳인데 새삼 고소공포증이라도 느끼는가. 갑자기 속이 울렁거렸다.

"아저씨, 빨리 안 가고 뭐 해?"

앞서 걷던 정미가 긴 머리를 묶어 크고 화려한 핀으로 틀어 올리며 그를 돌아봤다.

정미의 고집 때문에 마지못해 따라오긴 했지만 그는 이번 여정이 영 내키질 않았다.

"꼭 저기까지 올라가야 되겠니?"

"당연하지! 우리가 처음 만난 장손데 거길 안 가면 어딜 가요?"

3년 전 그들의 첫 만남을 새삼 환기시키는 정미.

—아저씨, 우리도 한 장 찍어주세요.

구름다리 입구에서 갑자기 그의 렌즈 속으로 튀어 들어온 대여섯 명의 계집애들은 척 봐도 발라당 까진 십대였다.

—예쁘게 부탁해요. 야! 흔들지 마!

야구모자, 선글라스, 배꼽이 드러나는 밝은색 티셔츠, 반바지 혹은 대담하게 짧은 핫팬츠 차림으로 요란스럽게 포즈를 취했던 계집애들 속에 정미가 끼어 있었다.

"하여튼 남자들이란! 난 그때 이미 다 알아봤어."

또 무슨 시답지 않은 말을 하려고 저러나. 그는 경계하는데,

"아저씨가 그날 밤 틀림없이 우리 방으로 전화를 걸어올 거라는 것도. 그리고 결국 우리가 이렇게 될 거라는 것도 그때 이미 다 알

아봤다니까."

"또 쓸데없는 소리한다."

그는 혹시라도 지나가던 사람이 들었을까 봐 조바심을 내는데 계집애는 그 반응이 재미있다는 듯 생글거린다.

"왜? 내가 뭐 없는 말 했어?"

되바라진 계집애 같으니. 갓 스물 넘은 계집애 입에서 툭하면 저렇게 산전수전 다 겪은 중년여자 같은 말투가 튀어나올 때마다 그는 소름이 끼친다.

후에 알게 된 사실이지만 당시 열여덟 살 나이에 정미는 이미 '원조교제'의 경험이 있었다. 그는 그때 ㄱ시에 사는 화가 친구들과 동행하고 있었는데 호텔 바에서 양주를 홀짝거리고 있던 그들이 갑자기 장난기가 동한 듯, 구름다리에서 사진 한 장 찍어줬다고 자기들 숙소와 방 번호까지 알려준 그 당돌한 '영계들'을 불러내자고 했다. 나중에 알고 보니 계집애들은 학교 수학여행 기간 동안 저희들끼리만 따로 '화끈하게 즐기기 위해' 그곳에 놀러 왔고, '후원자낚시'에 '내기'를 걸고 있던 참이었다. 그래서였는지 냉큼 그들 제의에 응해 왔다. 그리고 그날 밤 그들 모두는 계집애들 표현대로 '화끈하게 즐겼다'.

그 계집애들 보통이 아니더군. 기교가 장난이 아냐. 전날 밤 취기를 빌어 각자 딸뻘 되는 계집애들과 '즐긴' 두 친구는 그의 옆구리를 툭 치며 은밀한 어조로 속삭였다.

그가 아직도 정미를 데리고 다니는 걸 알면 두 친구는 적잖이 놀랄 것이다. 그를 몹시 뻔뻔하면서도 순진한 놈이라고 비아냥거릴지도 모른다.

"다 왔다! 우리도 빨리 찍어야죠?"

구름다리는 입구부터 사진을 찍으려는 관광객들로 바글거렸다. 정미는 기어이 그 틈으로 비집고 들어가 흰색 핫팬츠에 오렌지색 쫄티 차림으로 늘씬한 몸매를 과시하듯 다리 입구에 포즈를 잡고 섰다.

"여기 서면 되죠? 빨리 찍어요."

지나가던 사내들이 흘끔거리는 걸 의식하며 계집애가 생글거렸다. 그러나 그는 그 자릴 빨리 벗어나고 싶을 뿐 사진 찍을 생각 같은 건 추호도 없었다. 그런데 그때다. 갑자기 와! 소리와 함께 다리 한복판에서 저 아래로 뭔가 휙 날아가는 게 보였다. 순간 영상 하나가 뇌리를 스치며 명치끝이 서늘해지는 느낌에 그는 멈칫했다.

여행 떠나기 며칠 전 우연히 옛 사물함에서 발견한 한 통의 필름, 거기서 인화된 사진 한 장이 다시 떠오른 거다. 그는 알 수 없는 불안감에 사로잡혀 그 자리에 못 박힌 듯 서 있었다.

"야 이놈들아! 위험하게 거기서 뭐 하는 짓이야?! 장난치지 말고 조심해서들 빨리 건너가!"

아마도 방금 전 다리 한복판에서 아이들 몇이 장난삼아 돌멩이 같은 것이라도 던진 모양이다. 인솔교사인 듯한 사내가 호통을 치며 아이들을 건너편으로 몰고 갔다.

"뭐 해요? 빨리 안 찍고!"

정미가 잔뜩 짜증 어린 표정으로 곁으로 다가왔다. 그는 눈앞에 어른거리는 사진의 잔영을 털어내기라도 하듯 세차게 고개를 흔들었다.

"그냥 내려가자."

그는 더 이상 거기 머물고 싶지 않았다.

"왜 그래?"

"사람들이 너무 많잖아."

물론 진짜 이유는 그게 아니었다.

"아저씬 왜 이런 사진 찍는 걸 그렇게 싫어해? 증명사진도 기념사진도 다 사진이야. 작품 사진이라고 밤낮 이상한 것만 찍으면서!"

속도 모르고 계집애가 그의 자존심을 건드렸다.

"뭐?"

무식한 계집애가 가당찮게 그의 작품에 대해 토를 달다니.

"사실이잖아. 내가 뭐 없는 말 했어?"

언제나 그렇듯 계집애는 그의 기분 같은 건 아랑곳하지 않는다.

그러나 그는 지금 계집애와 말다툼할 기분이 아니다.

"아, 알았으니 그만하고 내려가자."

"뭐야? 새 차 뽑아주겠다고 해놓고 아까워서 그래?"

계집애가 눈을 동그랗게 뜬다.

"글쎄, 그런 거 아니라니까……."

그는 울컥 치미는 짜증을 간신히 참는다.

"그런데 왜 표정이 계속 그래?"

"그냥 좀 피곤해서 그래."

얼버무리는 그.

"뭘 했다고 그렇게 피곤해? 난 아저씨 즐겁게 해주려고 오늘 밤 서프라이즈까지 준비하고 있는데 재미없게 정말 이러기야?"

"미안하다. 내려가서 조금만 쉬면 괜찮아질 거야."

"정말이지? 그럼 이제부터라도 딴말하기 없기다?"

"알았어."

그렇다. 시간이 좀 지나면 괜찮아질 것이다. 사실 아무 일도 아니잖은가. 그까짓 사진 한 장이 뭐 어쨌다는 건가.

"이제부턴 정말 내가 하자는 대로 하기다? 약속한 거다?"

"그래. 알았어."

"좋아. 그럼 가요. 내가 아저씨 빨리 기운 차리게 만땅 충전시켜 줄 테니까."

의미심장하게 생글거리는 정미.

대체 저 계집애의 무엇이 그를 붙들고 있어 결코 즐겁지만은 않은 이 관계를 여태 끊어내지 못하고 있는 건가.

　우연히 그의 렌즈 속으로 뛰어 들어온 풋풋한 계집애의 저 당돌한 눈빛에서 묘한 매력을 느꼈던가. 그래서 그 아이에게 모델이 돼 주겠냐고 제안했던가.

　하지만 영악한 계집애는 대뜸 거래부터 하자고 들었다. 그럼 나한테 원룸 아파트 하나 정도는 얻어줄 수 있어요? 왜? 넌 집도 없니? 그런 건 묻지 말구요. 그만한 능력도 없으면 아예 말도 붙이지 말라던 계집애. 알았어. 그건 좀 두고 보자. 그럼 조건부 계약 성사예요. 무슨 조건? 내 앞에서 어른행세하려 들지 말 것. 내가 어리다고 내 사생활에 함부로 참견하려 들지 말 것. 알았어. 그렇게 하지. 하지만 기념일마다 선물 같은 건 해도 돼요. 기념일? 그럼요! 생일, 크리스마스 같은 날 말고도 기념할 날이 얼마나 많은데요. 계약기념 일주일, 계약기념 한 달, 백 일, 이백 일, 삼백 일!

　황당했다. 계집애는 처음부터 그냥 자기한테 필요한 만만한 물주 하나쯤 잡은 걸로 생각한 거였다. 하지만 그때 그에겐 신선한 자극을 줄 새 모델이 필요했고 이 당돌한 계집애한테서 어쩌면 뭔가 독특한 게 나올지도 모른다는 기대를 조금은 품었는지도 모르겠다.

　어쨌건 그가 어린 계집애를 상대로 처음부터 누드 사진을 찍을 생각을 한 건 아니었다. 그런데 막상 인물사진을 찍고 보니 사진 속에 나타난 정미는 그냥 그 나이 또래의 되바라진 계집애에 불과했다. 실망스런 결과에도 불구하고 그들 관계가 지금까지 이어져 온 건 아마도 계집애가 나이에 비해 조숙한 몸을 갖고 있었기 때문이리라.

*

힘겹게 기어오른 바위엔 뜻밖의 방문객이 있었다.

그의 렌즈에 잡힌 뜻밖의 피사체는 바위 끝에 혼자 쪼그리고 앉은 여자였다. 심상찮은 예감에 그는 숨죽인 채 잠시 여자의 뒷모습을 살폈다. 빨간색 털스웨터 차림의 여자는 차림으로 보아 명백히 등산객은 아니었다. 그가 다가온 것을 눈치 못 챈 걸까. 부동자세로 바위 밑을 내려다보고 있는 여자. 그는 왠지 심장박동이 빨라지며 꼼짝할 수가 없었다.

눈발이 다시 거세지며 그와 여자 사이에 뿌연 유리막 같은 공기층이 감돌았다. 흩어지는 눈보라. 팔랑거리는 여자의 생머리. 모든 움직임이 정지된 화면 같은 풍경 속에서 저 아래 어디쯤인가를 내려다보며 꼼짝 않고 앉아 있는 여자.

대체 무슨 생각을 하고 있는 걸까.

뭔가 불길한 예감이 드는 순간 갑자기 여자가 일어서더니 휘우

뚱했다!

안 돼! 그는 재빨리 몸을 날려 여자를 끌어안고 바위 아래쪽으로 힘껏 굴렀다. 다음 순간 뭔가에 머리가 부딪치며 순간의 암전!

"뇌! 뇌!"

날카로운 여자의 비명소리. 살았다는 증거였다. 순간 거꾸로 치솟았던 전신의 피가 싸늘하게 식어 내리는 느낌. 온몸에 소름이 돋았다.

"놓으라구! 뇌!"

산중에 메아리치는 여자의 비명소리.

그 자신도 알 수 없는 일이었다. 미친 듯 발버둥질치는 저 여자를 끌고 대체 어떻게 저 눈 수렁 산비탈을 무사히 내려올 수 있었던 건지.

'도토리묵, 막걸리'

예의 그 간판과 휴게소의 사내가 눈앞에 보이자 그는 자기도 모르게 안도의 한숨을 내쉬었다.

"쯧쯧. 내 그럴 줄 알았다. 그럴 줄 알았다니까!"

휴게소의 사내가 눈덩이와 땀이 범벅이 된 꼴로 내려온 두 사람을 보고 혀를 끌끌 찼다.

"뇌! 놓으라구!"

다시 발버둥 치기 시작하는 여자.

"저기요! 좀……!"

힘에 부친 그가 도움을 청하자 사내는 의외로 대뜸 달려왔다.

"파드득거리는 걸 보니 아직 힘이 남았구만."

이기죽거리더니 여자를 덥석 잡아채는 사내.

"놔! 놔!"

버둥거리는 여자를 사내는 한 번에 번쩍 들어 올리더니 마치 막 잡은 사냥감처럼 어깨에 턱 걸치곤 의기양양 가게 안으로 들어갔다.

"놔! 놔! 놔!"

"그래. 옜다!"

사내는 여자를 자신의 침상인 듯한 군용침대 위로 거칠게 내팽개쳤다. 그러자 용수철처럼 다시 튕겨져 나오는 여자.

"어쭈?! 이게 어디서?!"

다시 낚아채려는 사내의 손을 피해 비명을 지르며 달아나는 여자.

"이게 어딜 가겠다고! 너 이리 안 와?!"

낮은 천장의 가건물 안 닭장처럼 비좁고 음습한 공간에서 벌어지는 느닷없는 추격전을 그는 얼빠진 표정으로 바라만 보고 있었다.

"네가 뛰어봤자 벼룩이지! 가긴 어딜 가? 에잇!"

결국 여자를 다시 붙잡아 침상에 메다꽂는 사내.

"자, 또 도망쳐 봐! 어디까지 가나 보게!"

그런데 지쳤는지 여자가 갑자기 순순해진다. 한순간 모든 걸 포기한 듯 침대에 거꾸러진 채 미동도 보이지 않는 여자. 휘저어진 매캐한 공기 속에서 닭털 같은 왕 먼지 몇 개가 천천히 가라앉고 있었다.

"에이! 미친 기집애 하나 때문에 이게 뭔 난리냐? 으이, 칵!"

땅바닥에 카악 가래침을 뱉는 사내.

"대체 저 미친 계집앨 어떻게 여기까지 끌고 온 거야? 조그만 게 힘이 보통이 아니구면."

사내가 난리통에 쓰러진 탁자와 긴 의자를 바로 세우며 그를 쳐다봤다.

"좀 앉지그래? 멀뚱하게 서 있지만 말구."

어느새 그에게 하대를 하고 있는 사내.

"한잔해야지?"

그의 대답은 듣지도 않고 제멋대로 술과 안주를 준비하기 시작하는 사내.

"참, 혹시 서로 아는 사이 아니지?"

그가 시커먼 손을 씻지도 않고 묵을 꺼내 썰기 시작하더니 갑자기 의뭉스러운 눈빛으로 그를 쳐다본다.

"아, 아닙니다."

당황하며 고개를 내젓는 그.

"그렇지? 자넨 처음 보는 얼굴이거든. 자. 한 잔 쭉 들지."

사내가 묵 한 접시와 막걸리 두 병을 식탁으로 가져오더니 사발 한가득 막걸리를 따라 그에게 내밀었다.

"마셔. 졸지에 더럽고 불쌍한 인생 하나 구하느라고 기운 다 빠졌을 텐데."

사내는 자기 몫으로 역시 한 대접 그득 술을 채우더니 단숨에 죽
마셨다. 그러곤 다시 여자를 향해 이기죽거렸다.

"내 그럴 줄 알았다니까. 저 계집애가 이른 아침부터 병든 병아
리 새끼처럼 모가질 축 늘어뜨리고 저 위로 기어오르는 꼬락서닐
보고 그때 이미 알아봤다니까. 내가 어디 그런 꼴 한두 번 봤나? 척
하면 삼천리지. 그런데 뭐 하는 거야? 왜 안 마셔?"

그의 술이 그대로 있는 걸 보고 강권하는 사내.

"예……."

"쭉 들이켜. 그리고 나한테도 한 잔 따라줘 봐. 참. 이 묵도 먹어
봐. 이게 모양새는 이래도 내가 직접 만든 건데 백퍼센트 순 도토리
묵이라구. 맛이 아주 끝내준다니까. 한번 먹어 봐."

"예……."

그러나 아무것도 먹을 생각이 없는 그는 묵을 한두 번 휘젓는 척
하다가 여자 쪽을 쳐다본다. 여자는 사내의 침대에서 여전히 미동
도 없다.

"미친 것들. 사람 성가시게 왜 하필 꼭 거기까지 기어 올라가서
뒈지려 드냐구. 안 그래? 끔찍하게 박살난 꼴로 발견돼서 여러 사
람 인상 찌푸리게 만들 게 뭐가 있냐구. 안 그래?"

동의를 구하듯 사내는 그를 쳐다봤지만 그는 어색하게 시선을
피했다. 그러자 본격적으로 여자를 씹어대기 시작하는 사내.

"야! 너 대답 좀 해 봐라. 뒈지고 싶으면 네 집 안방에서 조용히 쥐약이나 처먹고 뒈지든가 할 일이지. 그래 쥐약 살 돈 한 푼도 없디? 왜 하필 이 엄동설한에 거기까지 기어 올라가서 뒈지겠다고 해 민폐 끼치고 지랄들이냐? 엉?"

그 말에 드디어 여자가 반응을 보였다. 적의에 가득 찬 시선으로 사내를 쏘아보는 여자.

"어이구, 무섭네. 사람 물어뜯을 기세네. 그래. 어디 한번 물어봐라. 네 서방 그것 물어뜯듯이."

사내의 말이 너무 거칠어 그는 그 자리에 계속 앉아 있기가 불편하다. 분위기로 보아 아무래도 두 사람은 초면이 아닌 것 같다. 게다가 사내의 불량한 태도로 보아 언제 그에게 불똥이 튈지 모를 일이다. 그는 더 봉변을 당하기 전에 어서 자릴 피해야겠다고 생각한다.

"왜? 벌써 가려구?"

그가 만 원짜리 한 장을 꺼내놓고 슬그머니 자리에서 일어서자 사내가 그를 쳐다봤다.

"예, 좀…… 가볼 데가 있어서……."

"그래?"

사내는 오랜만에 말상대를 만났는데 몹시 아쉽다는 듯 입맛을 쩝 다셨다.

"그럼 저건 어쩌지?"

"예?"

불량한 표정으로 여자를 가리켜 보이는 사내. 여자를 저대로 그냥 두고 갈 거냐고 묻는 거였다.

어쩌란 건가.

그는 난감했다. 그런데 그때다.

"같이 가요."

여자가 갑자기 자리에서 일어서더니 그의 곁으로 다가왔다.

"예?"

여자의 뜻밖의 태도에 당황한 그는 어찌해야 할지 몰라 잠시 우물쭈물하는데 사내가 의뭉스러운 표정으로 흐흐 웃었다.

"그럼 그렇지. 뭐 해? 기다리고 있구만."

그가 나오기를 기다리는 듯 여자는 먼저 가게 입구에 나가 서 있었다. 그가 어쩔 수 없이 불편한 마음으로 걸음을 옮기는데 사내가 그의 등 뒤에 대고 다시 이기죽거렸다.

"조심해! 그거 보통내기 아냐. 잘못하다간 더 큰 봉변 당한다구!"

*

어쩌자는 건가.

서너 발짝 뒤에서 그를 따라오고 있는 여자. 이제 그녀에게선 바위에서부터 휴게소까지 끌려 내려오며 광란하던 모습도, 휴게소 사내를 향해 증오와 분노를 폭발시키던 모습도 더 이상 보이지 않았다. 빨갛게 달아오른 뺨을 맨손으로 싹싹 문지르며 정강이까지 빠지는 눈밭에서 부지런히 그를 따라오느라 여념이 없어 보일 뿐. 이 사람이 조금 전까지 자살하겠다고 울부짖던 그 사람이 맞나 싶을 정도로 그 표정이 이제 천연덕스러워 보이기까지 했다.

대체 어쩌자는 건가. 어디까지 따라오겠다는 건지. 여자의 그림자가 그에겐 갈수록 버겁게 느껴지는데 여자는 말없이 계속 따라오고 있었다. 그는 그게 뭐든 이제 더 이상 저 여자 때문에 곤경에 처하고 싶지 않았다. 그런데 이상하게 상황은 자꾸 꼬여만 갔다.

그들이 암자에 도착했을 때 보살은 그가 여자와 함께 온 걸 보고 오해를 했는지 그의 생각은 물어보지도 않고 방에서 그의 배낭을 꺼내 가지고 와 그에게 내밀었다.

"가시려우? 잘 가시우."

"저, 그게 아니라⋯⋯."

그는 해명하려 했지만 소용없었다.

"여긴 절간이라⋯⋯. 그럼."

보살은 합장하고 차갑게 돌아섰다. 여긴 여관이 아니란 뜻이었다. 어이없는 상황에 그가 잠시 어찌할 바를 몰라 멍하니 서 있는데 여자가 입을 떼었다.

"안 가요?"

그를 빤히 쳐다보는 여자.

"좀 쉬었다 갈까요?"

그는 어리둥절했다. 그들이 함께 어디라도 가고 있었단 말인가? 일방적으로 뒤따라오던 여자가 쉬었다 가자니. 어떻든 더 이상 말려들고 싶지 않다는 생각에 그가 마침내 단호한 표정을 지었다.

"이젠 혼자 가실 수 있겠죠? 그럼……."

"실은 부탁드릴 게 있는데……."

목례를 하고 돌아서려는 그를 여자가 다시 붙잡아 세웠다.

"들어주실래요?"

그를 시험에 빠뜨리려는 듯한 저 눈빛. 그는 아무 대꾸도 하지 않았다. 조심해. 그거 보통내기 아니라구. 휴게소 사내의 경고가 새삼 떠올랐다.

"안 되겠어요?"

이제 갓 스물이나 되었을까? 여자의 까무잡잡하고 동그란 얼굴이 그에게로 향한 채 눈빛에 간절함을 담았다.

그만해. 더 이상 말려들고 싶지 않다니까.

하지만 그의 입은 또다시 그의 의지를 거역하고 만다.

"뭡니까? 부탁이란 게?"

여자의 표정이 금세 밝아진다.

"가요."

긴 머리를 팔랑 하며 앞장서는 여자.

"빨리 와요! 버스 곧 떠난대요!"

여자가 먼저 버스에 올라 그에게 손짓했다.

"이리 오세요. 여기가 따듯해요. 밑에 스팀이 있거든요."

승객이라곤 그들 둘뿐인데 기어이 자기 곁에 앉으라는 여자.

"어디로 가는 겁니까?"

그가 마지못해 곁에 앉으며 어색하게 물었다.

"가보면 알아요. 미리 알면 재미없잖아요?"

재미라구? 너무 표변해 있는 여자에게서 그는 배신감조차 느꼈
다. 귀신한테라도 홀린 기분이었다.

그런데 뜻밖의 말로 다시 뒤통수를 치는 여자.

"날 구해줬으니 끝까지 책임질 거죠?"

"예?"

그는 혹시 기사가 그 말을 들었을까 봐 운전석을 쳐다봤다. 다행
히 그는 못 들은 듯했다.

"지금 날 놀리는 겁니까?"

그가 불쾌한 표정을 드러내자 고개를 떨어뜨리는 여자.

"미안해요."

놀랍게도 여자의 뺨 위로 눈물 한 방울이 툭 떨어졌다. 도무지
종잡을 수 없는 여자였다.

*

　도시는 나흘 전 아침 그가 기차에서 내려섰을 때에 비하면 써늘하고 황량한 느낌이 다소 덜했다. 그러나 도로변으로 쓸어 모아둔 눈덩이들과 마구 뿌려댄 염화칼슘이 차륜에의 마찰과 햇볕에 녹아내리며 차도가 몹시 지저분했다. 질척하고 미끄러운 도로에서 자동차들은 조심스럽게 기어 다니고 있었고 행인들은 외투 속에 자라처럼 목을 집어넣은 채 종종걸음치고 있었다.

　이 부근이었던가? 이곳에 처음 도착한 날 역 부근에서 라면 한 그릇으로 허기를 메우고 한 시간쯤 헤매다가 들렀던 그 음악카페가 있는 곳이?

　기차에서 꼬박 밤을 새운 탓에 그는 거리로 나서자 몹시 피곤했었다. 어디든 따뜻한 곳에 들어가 잠시라도 눈을 붙이고 싶었다. 그러다가 우연히 음악카페 하나를 발견했고 그는 거기서 두 시간쯤 비몽사몽 간에 헤매다가 나왔다. 거기서 꿈결에 탄호이저 서곡의 피날레 부분을 들었던 것 같기도 하고 반가수상태에서 완전히 깨어났을 때는 실내 공기가 몹시 후덥지근했던 게 기억났다.

　"다 왔어요."
　여자는 어느 골목 허름한 이층 건물 앞에서 걸음을 멈췄다.

172

"저기예요……."

그녀가 가리켜 보인 2층 간판을 보는 순간 그는 깜짝 놀랐다.

2F. 김이영 산부인과.

"이게 무슨……?"

당황하는 그를 보고 여자가 시선을 떨구었다.

"미안해요. 도저히 혼자 올 수가 없었어요."

"……."

"정 내키시지 않으면…… 그냥 가셔도 돼요."

말과는 정반대되는 표정으로 그를 붙잡는 여자.

날 구했으니 끝까지 책임질 거죠? 그를 시험에 빠뜨리고자 하는
저 눈빛, 누군가를 떠올린다.

―나 병원 갔다 왔어.

그가 입대 후 편지 한 통 없던 혜원이 예고도 없이 면회 와서 툭
던진 한마디가 그거였다.

―병원?

그가 무심한 표정으로 되묻자 혜원이 자조와 비난이 뒤섞인 눈
빛으로 그를 쏘아봤다.

―정말 몰라 물어? 나 임신했던 거?

혜원이 냉소적으로 덧붙인 말에 그는 뒤늦게 상황을 파악했지만
아무 말도 할 수 없었다.

―그래, 넌 아무 할 말이 없어?

그건 아마도 자신의 아픔을 알아달라는 뜻이었을 테지만 그는 왠지 씁쓸했다.

―혼자 다 알아서 처리했으면서 뭐…….

그게 비아냥거림으로 들렸을까. 혜원의 입술이 파르르 떨렸다.

―비겁한 자식! 너 같은 건 다신 보고 싶지 않아!

"보호자 되세요?"

간호사가 퉁명스레 물었다.

"네?"

그는 결국 덫에 걸리고만 거다.

"여기다 성명하고 주소 쓰세요."

"……?"

"주세요. 그런 건 내가 쓸게요."

여자가 재빨리 그에게서 차트를 빼앗아갔다.

"어떻게 이 지경이 될 때까지 내버려 뒀어요?"

여의사가 경멸에 가득 찬 시선으로 그를 쏘아봤다. 그러곤 어리둥절해 하는 그에게 무책임과 파렴치함을 비난하듯 다시 쏘아붙였다.

"속이 다 헐었잖아! 게다가 애가 벌써 상당히 컸다구요. 어쩔 거예요? 그래도 할 거예요?"

대체 이게 무슨 꼴이람. 얼굴이 화끈 달아올라 그는 여자를 쳐다봤다.

"부탁이에요. 해주세요. 꼭 해야만 해요!"

여자는 의사에게 매달려 애원했다.

"뭐 하는 거예요?"

간호사가 신경질적으로 회복실 문을 열어젖뜨리며 여자에게 소리쳤다.

"왜 그래요?"

가위눌림이라도 당하는지 여자는 마취에서 깨어나며 무섭게 비명을 질러대고 있었다.

*

—아저씨, 내가 오늘 밤 아저씨를 위해서 근사한 선물을 준비했어.

클럽에서 그를 끌어안고 춤을 추던 정미가 그의 귀에 대고 속삭였다. 자신이 원하는 대로 계약갱신기념 새 자동차까지 약속받았으니 그 보상을 하겠다는 걸 거다.

—자, 기대하시고 나만 따라와 봐요.

그는 못 이기는 척 따라갔다.

컴컴한 숲으로 그를 끌고 들어간 정미는 주위를 잠시 살피더니 다시 속삭였다.

—아무도 없지? 하긴 누가 있으면 또 어때? 상관없어. 자, 파티 시작!

계집애가 어둠 속에서 단숨에 옷을 벗어 던지더니 그를 쳐다봤다.

—아저씨, 뭐 해?

예상 못 했던 건 아니지만 그는 망설였다. 보통 사람들은 멀쩡한 정신으론 감히 생각지도 못할 발칙한 짓도 야비할 정도로 당당하게 해치우는 게 정미였다.

—이거야? 선물이라는 게?

—왜? 실망이야? 멋지잖아요? 이보다 더 근사한 선물이 어디 있어? 봐, 이 향기로운 숲 냄새. 이 촉촉한 감촉. 그리고 봐요. 하늘에 저 별들! 답답한 호텔 방보다 얼마나 상쾌해?

—그래. 그렇긴 하지만…….

—영광인 줄 알아요. 실은 나 이다음에 결혼하면 첫날밤을 남편과 이런 식으로 보낼까 했거든. 그런데 그 기회를 아저씨한테 먼저 주는 거야. 어때? 영광이지?

—그래. 하지만 너 지금 상태가……. 괜찮겠어?

—이 아저씨가 갑자기 왜 이렇게 점잔을 떨어? 어젯밤엔 아주 날 잡아먹을 듯하더니! 괜찮아. 이건 축하파티야.

정미가 그의 귓불을 잘근잘근 깨물며 속삭였다.

—축하파티……?

그가 그녀와 몸을 포개며 되물었다.

─응. 실은 나 그동안 임신한 줄 알고 기분이 좀 더러웠거든. 그런데 봐. 아니잖아.

계집애는 그동안 잠시 끊겼던 생리가 어젯밤 다시 시작돼 자신이 임신한 게 아니라는 사실을 확인했고 그걸 축하하기 위해 이 파티를 생각해 낸 모양이다. 어처구니없는 발상이었다. 그런데 그 어처구니없는 파티에 그가 축하객으로 초대된 거였고, 계집애 입장에선 그 축하객이 그가 아닌 누구라도 상관없을 터였다. 필경 이 계집애는 지금 이 자리에 그가 아닌 다른 사내가 있었더라도 상관없이 똑같이 행동했을 거다.

─그래서 그걸 축하하는 거야, 이게……?

─그렇다니까.

─그놈이 누구야?

문득 심사가 뒤틀려 그는 그만 하지 말아야 할 말을 내뱉고 말았다.

─누구 말예요?

─그러니까 널 임신시킬 뻔한 그놈 말이다. 한 달 전에 헤어졌다는 그 자식이냐?

"뭐예요? 이 아저씨가?! 비켜! 내려와!"

정미가 발끈하며 그를 밀쳐내려 했다. 하지만 그는 계집애를 놓아줄 생각이 추호도 없었다.

"까불지 마."

"이런 비열한 인간! 정말 안 비켜?! 좋아, 그럼! 사람 살려!"

갑자기 고함치기 시작하는 정미.

"얘가?! 야! 조용히 안 해?"

당황한 그가 계집애의 입을 틀어막으려는데 갑자기 그들 알몸을 비추는 전지불빛! 둘은 화들짝 놀라 알몸을 가렸다.

"거기 뭐, 뭐요……?"

불빛 뒤에서 웬 낯선 사내의 당황한 듯한 목소리가 날아왔다.

"아 뭐야?! 저리 비켜요?!"

그를 밀쳐내며 불빛을 향해 앙칼지게 소리치는 정미.

"이거 뭐야……? 어이쿠야!"

사내는 얼른 불을 끄고 허둥지둥 사라졌다.

"아! 재수 없어! 이게 대체 뭐야?"

벌떡 일어나 앉더니 신경질적으로 옷을 챙겨 입기 시작하는 정미.

"아저씨 때문에 다 망쳤잖아! 아, 짜증나! 나 갈래!"

*

그런데 두 사람이 막 숲에서 빠져나올 때다.

"잠깐 신분증 좀 봅시다."

별안간 경찰이 나타나 그들 앞을 막아섰다.

"무슨 일입니까?"

긴장한 그의 목소리가 떨렸다.

"신고가 들어와서 그럽니다. 두 분 어떤 사입니까?"

"신고라뇨? 무슨……?"

그들은 그더러 '성폭력 용의자'라고 했다. 말도 안 되는 소리라고 그는 펄쩍 뛰었지만 정미는 앙큼하게도 침묵을 지켰다.

"정미야, 그게 아니잖아? 뭐라고 말 좀 해 봐."

그는 다급한 나머지 체면이고 뭐고 차릴 겨를이 없었다. 뭐야, 왜 그래? 사람들이 호기심을 표하며 그들 주위로 우 몰려들었다.

"정미야 제발……."

그제야 회심의 미소를 짓는 정미.

"왜들 그러세요. 뭔가 오해가 있었나 봐요. 이분 우리 아빠예요."

하지만 경찰은 그렇게 호락호락 넘어가지 않았다.

"그래요? 뭐 오해가 있었는지 어쩐지는 일단 서로 가서 조사해 보면 알겠죠."

"아니, 대체 뭘 조사한다는 거예요!?"

결국 두 사람은 파출소까지 끌려오고 말았다.

"딸 맞다니깐요! 이분 우리 아빠라고 했잖아요."

속이 훤히 들여다보이는 그런 거짓말이 노회해 보이는 형사에게 통할 리 없었다.

"부녀지간이라면서 신분증도 제시하지 못하면서 거 말도 안 되는 소리 자꾸 할 거요?"

형사가 언성을 높였다.

이게 무슨 꼴이람. 그는 정말 쥐구멍이라도 찾아들고 싶은 심정이었다.

"나이도 지긋해 뵈는 분이 그러시면 됩니까? 딸 같은 여자하고 그런 데서 말야……."

형사가 한심하다는 듯 그를 쳐다봤다. 그는 얼굴이 벌게져 어쩔 줄 몰라 하는데 계속 맹랑하게 구는 정미.

"대체 누구래요, 그 증인이? 어디 그 사람 여기로 데려와 보세요."

"증거를 원하신다? 원하신다면 보여드릴까?"

형사가 책상에 놓여 있던 누군가의 핸드폰을 흔들어 보였다. 그는 가슴이 철렁했다. 아마도 아까 그 사내가 벌거벗은 그들 사진을 찍은 게 아닌가 싶었다.

"그래요. 그 증거란 게 뭔지 어디 한번 보죠. 보여줘 봐요!"

겁날 것도 없다는 듯 응수하는 정미. 그는 속이 탔다.

"정미야, 제발 좀 가만히 있어……."

그러나 아랑곳하지 않는 정미.

"아빠, 대체 왜 그래요? 아빠가 그렇게 애매하게 구니까 이 사람들이 우릴 우습게 보고 말을 만들어내는 거 아니냐구요! 아빤 억울하지도 않아요?"

앙큼한 계집애. 그는 정미의 당돌한 연기에 소름이 끼쳤다.

"정말 계속 이렇게 나올 거요?"

미간을 찡그리는 형사.

"좋아요. 그럼 나도 사정 봐줄 수가 없지."

형사의 말에 그는 마음이 다급해졌다.

"저 형사님……."

그가 목소리를 낮추었다.

"뭐요? 말씀하세요."

"전후 사정 다 말씀드리겠습니다. 그러니……."

그가 주위를 살피며 목소리를 더 낮췄다.

"잠깐 저리로 가서 좀……."

그러나 그의 속셈을 알아차리고 면박부터 주는 형사.

"가긴 어딜 가요? 그냥 여기서 말씀하세요."

"제발 사정 좀 봐주시죠……. 자식 같은 애들이 득시글거리는 데……."

그는 한없이 비굴한 표정으로 형사 앞에 머리를 조아렸다.

그제야 마지못한 척 자리에서 일어나는 형사.

"이거야 나 원 참! 어쩌란 건지……."

"얼마 줬어요?"

경찰서에서 나오자 계집애가 또 속없이 그를 건드렸다.

"알 거 없어."

그는 문자 그대로 폭발 직전이었다.

"화났어요?"

화가 났냐구? 그가 무섭게 정미를 쏘아보았다. 네 목을 비틀어 버리고 싶은 심정이다.

그런데 그를 다시 자극하는 계집애.

"뭐 그 정도 일 갖고 그렇게 속 좁게 화를 내고 그래요?"

"뭐? 그 정도 일?! 속 좁게?!"

그가 언성을 높였다.

"어머! 이 아저씨 진짜 화났나 보네? 그러지 마. 아저씨! 나 무서워!"

계속 깐죽거리는 계집애.

"아저씨?!"

그는 어금니를 질근 깨물었다.

"내가 왜 니 아저씨냐? 선생님이라구 해."

그러나 여지없이 비아냥거리는 정미.

"어머, 별꼴이야! 진짜 웃겨, 이 아저씨!"

"너 정말⋯⋯!"

그가 험악하게 눈을 부릅떴다.

"경고하는데 너, 지금부터 말 함부로 하지 마라!"

그러나 계집애는 눈썹 하나 까닥하지 않았다.

"유치하게 정말 왜 이래요? 별꼴이야, 정말!"

앙칼지게 쏘아붙이곤 휙 돌아서 가버리는 정미.

*

"지금 당장 떠나자는 거야? 이 한밤중에?"

호텔방으로 돌아오자마자 정미는 당장 서울로 돌아가겠다며 짐을 싸기 시작했다.

"그렇다니까! 벌써 몇 번을 말해요?"

"정미야, 이러지 말고 우리 얘기 좀 하자."

그새 전세가 역전돼 다시 계집애를 달래느라 전전긍긍하고 있는 그.

"난 더 이상 할 얘기 없다니까! 안 갈 거면 아저씨 혼자 천천히 쉬었다가 오든가 알아서 해요."

계집애한테서 찬바람이 쌩 불었다.

"글쎄, 지금 이 시각에 무슨 차편이 있다고 그래?"

그는 어떻게든 달래보려 했지만 계집애는 막무가내였다.

"없으면 택시라도 타고 갈 거야."

"그렇게 억지만 부리지 말고 제발 내 말 좀 들어. 이 밤만 자고 날 밝으면 떠나자니까."

"싫다니까. 우리들 계약은 여기서 끝이라니까!"

"인마, 이제 와서 너하고 나 사이에 뜬금없이 무슨 계약이야?"

"무슨 소리야? 그게 아니면 아저씨하고 나하고 엮일 일이 뭐가 있는데?"

"그래. 뭐 그건 그렇다 치고. 아무튼……. 그런데 지금 이 상황이 네가 화를 낼 상황이냐?"

"아니면? 누구 때문에 기념여행 다 망쳤는데? 뭐? 널 임신시킬 뻔한 놈이 누구냐구?"

계집애가 새삼 분이 안 풀린다는 듯 그가 숲에서 뱉은 말의 꼬투리를 잡고 늘어졌다.

"야, 그건 그때 네가……."

그는 다시 할 말이 궁해지는데 다시 앙칼지게 몰아붙이는 정미.

"내가 어떤 놈이랑 잤든 아저씨가 뭔데 참견이야? 아저씨가 무슨 권리로 그런 걸 간섭해? 내가 아저씨 마누라라도 돼?"

"여기서 그 얘기가 왜 나와?"

아내 얘기가 나오자 순간 욱하는 그.

내가 그 계집애하고 그만 정리하라 그랬죠? 정미와의 관계를 오래전부터 의심하고 있었던 아내는 그가 여행 가방을 꾸리자 벼르고 있었다는 듯 제동을 걸었다. 이 사람이 작품 하러 가는 사람한테 무슨 소릴 하는 거야? 그는 지난 며칠 까닭 모르게 잠을 설쳤고 무력감에 사로잡혀 일도 손에 잡히지 않던 터라 아내하고 언쟁을 벌

일 기분이 아니었다. 실은 이번 여행 일정도 취소시켜야 되지 않을까 망설일 정도로 심신이 편치 않은 상태였다. 그런데 아내는 그동안 단단히 별러왔다는 듯 핏대를 세웠다. 작품?! 도대체 그 작품이란 게 뭐야? 뻔뻔하게! 삼 년씩이나 둘이 붙어 다니면서 작품 사진 찍는다는 핑계로 무슨 짓을 하고 다녔는지 설마 내가 모를 줄 알아요? 아내의 말투가 막장드라마의 여주인공처럼 거칠어지자 그는 더 이상 들어 넘길 수가 없었다. 하긴 무슨 짓을 한다구 그래? 이러지 좀 마. 여자가 피곤하게 구는 거 나 딱 질색인 거 알지? 그러나 아내는 더 이상 못 참겠다는 듯 악을 썼다. 당신이 무슨 권리로 사람을 이렇게 비참하게 만들어?! 당신이 뭔데 내 인생을 이렇게 초라하게 만들어?! 엉?! 또 시작이군. 그는 반복되는 상황이 지겨웠다. 제발 그 밑도 끝도 없는 말 그만 좀 해. 자기 인생 자기 책임이지 누구 탓을 해? 하지만 그 말은 이미 타오른 불에 기름을 들이붓는 격이었다. 가증스런 인간! 위선자! 아내의 눈빛이 살벌하게 증오의 불길을 뿜어냈다. 예술 좋아하네! 그게 포르노지. 예술이야? 뭐야? 이 여자가 정말……! 순간 그는 아내에게 손찌검을 할 뻔했다. 그 자리에 더 있다간 스스로 무슨 짓을 할지 몰라 그는 사태가 더 심각해지기 전에 카메라 가방 하나만 들고 자리를 박차고 나왔는데 그때 아내가 뒤에서 소리쳤다. 그 길로 나가면 다신 날 못 볼 줄 알아!

그런데 이번엔 어린 계집애까지 그를 몰아붙이는 거다.

"잊었어? 우리 관계가 어떤 관계인지? 웃겨 정말. 꼴같잖은 원룸 하나 얻어주고 겨우 등록금에 용돈 몇 푼 대주면서 아저씨가 내 인생 다 사 버린 걸로 착각하는 거야, 뭐야? 그렇다면 여기서 끝내. 모델 좋아하네! 작품 사진 찍는다는 핑계로 지금까지 아저씨가 나한테 요구해 온 그런 추잡한 짓, 나도 더 이상은 못해!"

"뭐? 추잡한 짓? 너……!"

충격적인 표현에 그는 말문이 턱 막혔다. 그런데 그게 다가 아니었다.

"이제 아파트가 아니라 빌딩을 사준다고 해도 나도 그 변태 같은 짓 더 이상은 못해!"

그는 경악했다.

"예술가 좋아하네. 순 변태 노친네 주제에!"

이미 반쯤 얼이 나가 버린 그를 향해 계집애는 마지막 결정타를 날리곤 호텔방에서 휙 나가 버렸다. 그는 무지막지한 KO 펀치를 얻어맞은 사람처럼 머릿속이 띵했다.

이게 무슨 꼴이람. 울컥 치미는 구토와 자기혐오감에 그는 치를 떨었다. 조그만 계집애 하나한테 이렇게 농락당하다니.

견딜 수 없는 자괴감에 빠져 그는 호텔방에서 혼자 취하도록 술을 마셨다.

꼴좋다. 거울 속 사내가 냉소적인 눈빛으로 그를 쏘아보고 있었다. 그래. 어린것한테 그렇게 농락당하고 나니 이제 알겠니? 네가 얼마나 형편없는 인간이었는지?!

그래. 그게 바로 너야. 하이에나처럼 썩은 시체나 뒤지고 다니며 연명하는 주제에 예술가는 무슨! 영감도 무엇도 없는 공허한 사진만 찍어대며 그 허위의식이라니! 이기죽거리는 거울 속 사내. 상상력도 무엇도 없는 그 괴상한 변태적인 영상들이나 붙들고 앉아 그것도 예술이라고! 그 쓰레기들 같은 것들로 어찌어찌 운 좋게 이름을 얻었다고 그 허울로 자신까지 속일 셈이냐? 몰아붙이는 거울 속 사내. 그는 이를 앙다물었다. 지난 20년간 네가 찍어왔다는 사진들 한번 좀 돌아봐. 단 한 컷이라도 진짜라 부를 만한 것이 있었나. 네가 저 20년 전 그 사진과 맞닥뜨리는 순간 느낀 것도 바로 그거 아냐? 살아 있는, 절실한 그 아무것도 담아내지 못한 주제에 예술은 무슨! 경멸에 가득 찬 시선으로 그를 쳐다보는 거울 속 사내.

그래! 넌 가짜야. 설마 저 어린 계집애도 꿰뚫어 본 네 실체를 여태 너만 몰랐단 말이냐?

순간, 목구멍 끝까지 참을 수 없이 구토가 치밀었다. 그는 다급히 화장실로 뛰어 들어가 창자가 뽑히는 느낌으로 먹은 것을 다 토해냈다.

속을 다 비워내자 가슴속이 펑 뚫린 것 같은 느낌. 가슴에 난 구멍 속으로 바람이 숭숭 드나드는 느낌. 문득 견딜 수 없는 공허감이 파도처럼 밀려들었다.

*

　포효하는 밤바다. 허름하고 썰렁하고 너저분한 여인숙 방.
　'삶이 그대를 속일지라도…….' 상투적 시구와 함께 액자 속에서
기도하는 소녀. 기도의 내용과 어울리지 않게 텅 빈 소녀의 시선.
　무서웠어요……. 차디찬 방바닥에 쪼그려 앉아 떨고 있는 여자.
더 무서운 건 꿈이었어요. 자꾸만 꾸어지는 똑같은 꿈……. 돌아가
신 아버지가 꿈에 나타나서 내게 무슨 탈 같은 걸 주셨는데……. 그
르렁거리는 밤바다. 그걸 받으려고 하니까 탈이 진저리치며 소리
치는 거예요. 내 몸에 손대지 마! 놀라서 그걸 떨어뜨렸는데…….
악몽에서 깨어났는데도 자꾸만 들리는 거예요. 내 몸에 손대지 마!
내 몸에 손대지 마! 귓전을 할퀴는 파도소리.

　혼자 다 알아서 처리해? 가슴을 할퀴는 혜원의 목소리. 뭘 다 알
아서 처리해?! 이 나쁜 놈아! 네가 무슨 권리로 사람을 이렇게 비참
하게 만드니? 엉? 네가 뭔데?! 밤 골목에 쟁쟁 울려 퍼졌던 혜원의
절규. 혜원아, 제발……. 하룻밤 외박 허가를 받고 부대에서 나온
그는 행여 아는 사람이라도 마주칠까 봐 주위를 두리번거렸지만 혜
원은 아랑곳하지 않았다. 말해 봐. 왜 나 혼자만 이 고통을 당해야

하는데? 응? 왜 나 혼자만 이 고통을 당해야 하는 거냐구?!

결국 엄마가 눈치챘어요. 말해! 어떤 놈이냐? 귓전을 할퀴는 파도소리. 당장 가서 그놈의 새끼 모가지 끌고 와! 엄만 내 머리채를 휘어잡고 악을 썼죠. 모른다니? 그게 말이 되냐? 이 잡년! 너 정말 이 에미 네 앞에서 혀 깨물고 죽는 꼴 볼래? 엉? 포효하는 밤바다.

그 인간…… 고등학교 때 담임이었어요. 소녀의 텅 빈 시선. 차가운 방바닥에 나뒹구는 소주병. 울렁거리는 속. 등산 가는 데 따라나섰다가…… 당했어요. 진저리치는 여자. 하지만 사랑한다고 했어요. 난 그 말을 믿고 싶었어요……. 입술을 깨무는 여자. 그렇지 않으면 내가 너무 비참했으니까요……. 울컥 치미는 신물. '삶이 그대를 속일지라도' 액자 속에서 기도하는 소녀. 소녀의 텅 빈 시선.

뭐? 너한테 뭘 기대했냐구? 몸을 가누지 못할 정도로 취해 있던 혜원. 사랑 같은 건 안 믿는다면서 이제 와서 왜 그러냐구? 헤어지자고 했으면서 왜 갑자기 다시 찾아와 이러냐구? 이 나쁜 자식아! 그게 네가 나한테 할 말이니? 증오로 이글거리던 혜원의 눈빛. 난 대체 너한테 뭐였니? 말해 봐. 난 너한테 뭐였냐구? 응?

그런 나쁜 놈한테…… 그런 짐승 같은 놈한테 당해놓고도 바보같이! 자학하는 여자. 난 계속 산으로 불려갔어요. 병신같이! 자신도 모르게 자신의 손톱으로 제 팔을 쥐어뜯고 있는 여자. 여자의 팔뚝에 송송 맺히는 핏방울. 그랬는데 그 짐승 같은 인간이! 그 악마가……! 그르렁거리는 밤바다.

귀에 익은 광포한 신음소리에 이끌려 그녀가 다가간 곳에선 짐승이 한 소녀를 깔고 날뛰고 있었다. 살려달라고 발버둥 치는 어린 소녀의 입엔 재갈이 물려 있었고 악마는 신음소릴 내며 절정의 순간을 향해 달려가고 있었다. 순간 그녀는 온몸의 피가 거꾸로 치솟는 걸 느꼈다.

그때 죽였어야 했는데! 이를 앙다무는 여자. 그러긴커녕 난 비겁하게 도망치고 말았어요! 자학하는 여자. 자신의 몸에서 죄의 각질을 벗겨내기 위함인 듯 계속 자신의 팔등을 쥐어뜯고 있는 여자. 팔에 맺히는 핏방울. 진저리치는 그.

네가 알아? 그게 얼마나 끔찍한 일인지 네가 알기나 해? 자신의 아픔을 알아달라고 계속 호소했던 혜원. 그런 짓을 해놓고 사람이 어떻게 아무런 감정이 없을 수가 있어? 응? 어떻게 모른 척할 수가 있냐구?! 그에게 죄의식을 강요했던 혜원.

더 끔찍한 건…… 그런 사건을 겪고 나서도 달라진 건 없다는 거예요. 진저리치는 여자. 그 인간은 계속 날 거기로 불러냈고 난 그를 뿌리치지 못했어요. 포효하는 밤바다. 무섭기도 했고 도대체 어찌해야 할지 몰랐어요.

자포자기의 심정과 수치심, 두려움 사이에서 갈팡질팡하며 매일 밤 산으로 불려 갔다는 여자.

그 인간…… 절대로 날 풀어줄 인간이 아니었어요. 그 악마 같은 자가 꿈속까지 날 따라다녔어요. 목이 수없이 달린 뱀이 되어 내 몸을 친친 감고 목을 졸라대더니……!

급기야 그 뱃속까지 들어와 거기 똬리를 틀고 들어앉아 버렸다는 거다.

엄만 날 죽이고 말 거예요……. 울부짖는 여자. 자신의 팔을, 가슴을, 얼굴을 마구 쥐어뜯으며 자신의 몸에서 죄의 각질을 마구 뜯어내며 떨고 있는 여자.

하찮은 상처나 부여잡고 자기애에 빠져 응석이나 부리고 살아온 주제에 세상 사람들이 다 우습게 보여? 그래서 다른 사람 고통 같은 건 넌 알 바 아냐? 만취 상태에서 밤새 그에게 증오의 말을 퍼부었던 혜원. 그게 아니라면 뭐야? 엄마한테 버림받았다고 세상 모든 여자들한테 복수하고 싶어 그래? 그래서 나한테 이러는 거야? 응?

울컥, 그의 내면에 억눌려 있던 뭔가가 갑자기 똬리를 풀기 시작했다. 숫구쳐 오르는 비릿한 피 냄새. 그는 자리를 박차고 밖으로 뛰쳐나와 여인숙의 낮은 담벼락에 대고 창자가 뽑히는 느낌으로 토사물을 쏟아냈다. 혼란스런 영상들이 머릿속에서 세탁기 속 빨래처럼 뒤엉켜 빙빙 돌기 시작했다. 그 속에서 팽이처럼 돌아가는 몸뚱이들. 쏟아져 나오는 검붉은 핏덩이! 그리고 한순간 어둠 속에서 칼날처럼 번득이는 눈빛! 그의 가슴을 관통하는 빛의 칼! 너지? 가슴 한 귀퉁이가 펑 뚫린 듯한 느낌. 아녜요. 아니긴 뭐가 아냐?! 사람 살려! 어딜 도망치려구! 그를 덮치는 바윗덩이 어둠. 사람 살, 윽! 빠져나오려고 버둥거리는 그. 어림없는 소리! 숨통을 틀어막는, 징그러운 놈의 혓바닥. 넌 내 거야. 놈의 타액이 그의 목구멍 속에서 검붉은 용암덩이처럼 들끓기 시작한다. 그의 몸뚱이가 흐물흐물 녹아내리기 시작한다.

그르렁거리는 어둠. 형체 없는 짐승의 뱃속에 들어앉은 듯한 느낌.
이건 악몽이야. 눈떠. 눈뜨라구.
악몽에서 깨나려고 두 눈을 부릅뜨고자 안간힘을 써보지만 소용없는 짓.
넌 아무것도 못 봐. 넌 장님이야. 네 눈으론 아무도, 아무것도 못 봐.

파도소리. 목 위에 돌덩이 하나가 얹혀 있는 느낌.
촌스러운 벽지가 군데군데 들떠 있는 벽. 벽 한쪽에 걸린 액자.

액자 속에서 기도하는 소녀의 텅 빈 시선.

'삶이 그대를 속일지라도…….'

상투적인, 진저리쳐지게 상투적인, 텅 빈 삶.

그대를 속이는 삶.

고개 몇 번 흔들어 털어 버릴 수 있다면. 처음부터 없었던 걸로, 아무것도 없었던 걸로 되돌릴 수만 있다면.

저 액자 속 소녀도, 텅 빈 시선도, 상투적인 시구도 다 없었던 걸로. 없었던 걸로 모두 돌이킬 수만 있다면.

처음부터 아무도 태어나지 않았던 걸로 되돌릴 수만 있다면. 저 소녀도 당신도…….

밤바다의 포효. 으르렁대는 어둠.

출렁임. 뱃속 깊이 출렁임.

*

후덥지근한 밤공기.

울렁거리는 속. 귓전을 할퀴는 파도소리.

넌 장님이야. 마음속 깊이 감춰둔 분노 때문에 세상을 제대로 보지 못한 장님.

그게 20년 전 혜원이 한 말이었을까? 아니면 20년 동안 그의 내면에서 떠돌던 그 자신의 말이었을까?

누가 한 말이건 이제 와 그게 뭐 중요하랴. 넌 사람의 마음이란 걸 믿지 않았고 그걸 보고 싶어 하지도 않았지. 그것에 휘둘리고 싶지 않아 자신의 내면이건 그 누구의 내면이건 결코 깊이 들여다보려 하지 않았지.

삶 자체가 매 순간 혼란스러운 함정이라는 생각. 위태로운 줄타기 곡예 같다는 생각. 그 아래를 내려다보는 순간 뛰어내려 버리고 싶은 충동이 들까 봐 두려워 그렇게 자기최면을 걸며 비겁하고 소심하게 자기 방어적으로 살아왔을까?

삶이 곡예인 줄도 모르고 천방지축 날뛰는 정미 같은 계집애에게 그가 이끌렸던 건 어쩌면 그 겁 없음에 대한 선망 때문이었을까? 삶을 유희처럼 게임처럼 여기는 그 도발적인 경박함, 그 감각적인, 즉흥적인 삶의 태도. 무게 없는 삶, 그 단순명료함. 그런 것들을 내심 부러워했을까?

그래서 결국 얻어낸 게 뭔가?

순간적이고 표피적인 삶. 얄팍하고 권태로운 삶. 그 공허감뿐이 아닌가?

짠 냄새. 끈적끈적 몸에 달라붙는 밤 바닷가 공기.

이 근처 어디였던가?

한밤중인데도 대형 간판의 불빛이 화려한 모텔과 횟집들, 카페와 술집들이 즐비한 관광지로 변해 버린 곳에서 문득 옛 기억 속 공간을 떠올려 보려 애쓰는 그.

겨울밤 바다. 으르렁거리는 어둠 속에 잠들어 있던 포구. 작은 어촌. 담장도 없이 집채만 옹기종기 붙어 있던 민가들. 안에서 들리던 숨소리, 코 고는 소리. 별안간 주인 허락도 안 받고 남의 집 안마당에 들어선 것 같았던 느낌. 누구요? 인기척에 금세라도 방문이 열릴 것만 같아 숨죽이며 걸었던 그 골목길. 그 끝에 자리 잡은 여인숙. 그리고 변두리 이발관이나 싸구려 여인숙엔 항상 부적처럼 붙어 있던 그 사진. '삶이 그대를 속일지라도…….' 상투적 시구와 함께 액자 속에서 기도하는 소녀.

그 그림이 걸려 있던 그 여인숙이 있던 곳이 이 근처 어디였던가?

기억을 더듬던 그의 뇌리에 문득 스치는 목소리.

—듣고 있어요, 거기?

불현듯 떠오른 여자의 목소리.

─내 얘기만 했네요. 실은 아까부터 묻고 싶었는데……. 그쪽은 왜 거기 온 거예요? 그 시각에 거기서 우리 두 사람이 그렇게 만났다는 게 이상하지 않아요? 정말 사진을 찍으러 온 거였어요?

그녀에게 혜원 얘기를 했던가?
기억이 나지 않는다.

전역하는 날 형식으로부터 혜원이 교통사고로 죽었다는 소식을 들었을 때 그를 사로잡은 건, 정말 사고였을까, 라는 의혹이었다. 뭔가 더 전할 말이 있는 것 같았던 형식의 말을 그가 제지했던 건 바로 그 말을 듣게 될까 봐 두려워서였다.

─들리는 소문에 의하면 그게 단순한 사고가 아닐 수도 있다는 거야…….

그는 혜원이 자신 때문에 죽은 건 아닐 거라고 믿고 싶었다. 행여 그녀가 꿈에라도 나타나 너 때문이야, 네가 죽인 거 맞아, 저주의 말을 퍼부을까 봐 오랫동안 전전긍긍해 왔던 그.

그래서였을까? 이따금 뭔가 명치끝을 콕콕 찌르는 것 같은 느낌이 들며 가슴이 서늘해져도 애써 그 불안을 외면해 왔던 건? 그 불안이 그를 어디로 끌고 갈지 알고 있기에?

그러나 결국 여기까지 오고야 말았다.

20년이 넘도록 옛 사물함 속에 웅크리고 있던 그 낯선 여자가 다시 모습을 드러낸 그 순간부터 이건 이미 예견된 결말이 아니었던가.

그 겨울 눈보라 치는 바위 끝에 위태롭게 쪼그리고 앉아 저 아래 세상을 내려다보고 있던 여자. 한 점 핏덩이처럼 붉은 스웨터 속에 웅크리고 앉아 자신의 심연을 들여다보고 있던 그 여자. 오랫동안 방치해 뒀던 옛 필름에서 그 모습이 인화되어 나오는 순간 그는 갑자기 어둠 속에서 허방을 디딘 듯 발밑이 푹 꺼지는 것 같은 느낌이 들었다.

죽음을 생각하며 자신의 심연과 마주하고 있는 여자의 뒷모습엔 가슴 철렁한 뭔가가 있었다. 이제껏 그의 사진으론 단 한 번도 담아 본 적이 없는 그 뭔가.

그 쓸쓸하고 비장한 등 표정이 말하는 절실한 뭔가가 읽혀지는 순간 그의 내면 저 깊은 곳에서 불쑥 이해하기 어려운 감정이 솟구치며 가슴 한끝이 서늘해졌다. 송곳처럼 명치끝을 쑤시는, 깊은 공허감. 문득 자신이 발가벗긴 채 벼랑 끝에 서 있는 것 같은 느낌.

당혹감에 그는 여자의 사진을 황급히 서랍 속에 집어넣고 말았고, 어떻게든 그 잔영을 지워보려 애써봤으나 소용없는 일이었다. 온전한 모습으로 되살아난 여자의 기억은 결국 그를 20여 년 전 저

구름다리 벼랑 끝에 세워 버리고만 거다.

여자는 자신의 심연과 마주한 그 처연한 뒷모습으로 그에게 말하고 있었다. 그가 그토록 오랫동안 들여다보기를 거부해 왔던 그 심연을 기어이 들여다보라고. 더 이상 고개 돌리지 말라고. 삶에 대한 고소공포증 때문에 그가 외면해 온 것들, 그래서 놓친 것들이 뭔지 들여다보라고. 자신은 그 말을 전하기 위해 이제껏 거기서 기다려 왔노라고.

*

한결 순해진 파도소리. 마침내 수면 위로 다시 떠오른 방.
썰렁하고 너저분한, 싸구려 여인숙 방. 벽 한가운데 난 작은 창. 가는 철사에 걸린 천 조각. 본래 색이 무엇인지 알 수 없는 때 전 커튼 조각. 그 뒤로 스며드는 여명.
여기가 아랫목이래요. 개숫물 냄새 풍기던 여주인이 찍어 보이던 방 한 귀퉁이 새까맣게 탄 방바닥. 차디찬 아랫목에 걸레뭉치처럼 뭉쳐 있던 이불. 나뒹구는 빈 소주병들. 토막 난 오징어 다리. 바스러진 계란 껍질. 그런 잔해들만 남기고 소리 없이 사라져 버린 여자.
주인조차 보이지 않는 텅 빈 여인숙. 두리번거리다 방 입구에 지폐 몇 장 내려놓고 여인숙을 나섰던 그.

다들 어디로 간 걸까.

너를 향해 원망과 분노와 증오를 퍼붓던 그 눈빛만 기억 속에 남기고 사라진 혜원.

기억 속에 끊어진 구름다리 저편으로 한순간 사라져 버린 사람들. 한순간 심연 속으로 사라져 버린 네 삶의 흔적들. 지난 수십 년 동안 네가 눈 속에 욱여넣어 온 풍경들. 네 머릿속을 스쳐 지나간 숱한 망상들. 듬성듬성 기억나는 과거의 장면들.

그 모든 것이 과연 네가 살았던 시간들, 네 삶의 일부분들이었을까?

살을 스쳐 지나간 바람처럼 그 모든 것의 흔적은 그 어디에도 없는데?

아득한 느낌.

삶에 대해 냉소적인 척했지만 실은 아직 뭔가를 찾고 있던 그 청년, 그건 과연 너였을까?

허깨비 같은 삶.

욕망의 어둠 속에서 허우적거리다 빠져나온 순간 이미 몸이 빠져나간 매미껍질처럼 허깨비가 되어 버린 듯한 느낌.

과연 너는 어디에 있는가?

하늘이 계란 흰자위를 풀어놓은 듯 뿌옇다.

어딘가 숨어 버린 태양……. 수평선 끝에 머뭇거리는 창백한 빛줄기.

발아래 파도가 높다.

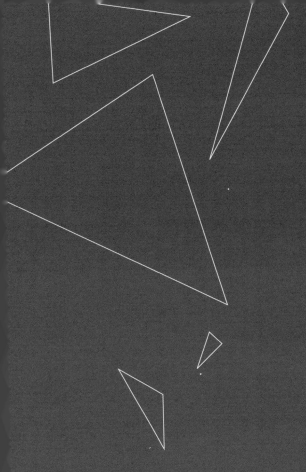

05 날 좀 보소

"있능가?"

벨을 누르려다가 말고 현관 손잡이를 한 번 돌려보는 박 영감. 그런데 문이 잠겨 있지 않다.

"임자…… 안에 있능가?"

은근한 목소리로 큰마누라를 불러 보는 박 영감.

"……누구여?"

찾는 사람은 안 보이고 대신 작은방에서 늙은 거북이 같은 주름 투성이 얼굴 하나가 빠져나온다. 으이구, 저 화상. 그 얼굴을 보자마자 반사적으로 고개를 돌리는 박 영감.

"누구여?"

"하이고오, 우리 장모님 안녕하신게라?"

짐짓 호기 있게 인사말을 챙기는 박 영감.

"누구여?"

노인은 문턱에 고개를 걸친 채 두 눈만 껌뻑인다.

"하이고오, 장모님! 나여 나, 박 서방. 한나빼끼 없는 장모님 사우, 박 서방도 모르요?"

그가 너스레를 떨며 노인 곁으로 다가간다.

"박 서방?"

"그려, 박 서방. 나요. 얼레, 우리 장모님 그간 겁나게 이뻐지셨네잉!"

"박 서방?"

"그려. 박 서방. 인자 알아보시겄지라잉?"

"······음."

노인은 잠시 두 눈을 껌뻑껌뻑하더니 곧 외면한다. 그를 알아본 건지 어쩐 건지 알 수 없다. 몇 년째 치매 때문에 정신이 들락날락 하는 노인네다.

"근디 장모, 요 사램은 어디 갔소? 안 보이누만."

"시장 갔어."

모처럼 똘망하게 대꾸하는 노인.

"시방도 시장에? 진직이 시장 문 닫을 시간 아니가니?"

"몰러."

"몰러? 허! 거참! 근디 장모, 밥은 자셨소?"

밥이라는 말을 듣자 노인이 갑자기 생기를 찾는다.

"밥? 나 밥 줘."

"얼레. 여태께 지녁밥도 못 자셨소? 시방 시간이 몇 신디!"

"배고파. 밥 줘."

갑자기 울먹거리는 노인. 그러나 방 한구석엔 언제 먹은 건지 빈 밥그릇과 국그릇이 밥상 위에 놓여 있다.

"아따! 그릇 봉게로 진직이 자셨구만. 뭘 그려?"

"배고파. 밥 줘! 배고파. 밥 줘!"

막무가내로 떼쓰기 시작하는 노인.

"얼레, 참말로 환장허겄네잉! 아, 요 사램은 시방 시간이 몇 신디 여태께 안 들으와? 뭣때미 이렇게 늦능겨?"

영감이 딴청을 피우자 다시 망연한 표정으로 돌아가 있는 노인.

"참말로 어째 이리 늦는디야? 늙은 엄니 혼자 집 지키게 허고잉!"

사뭇 장모를 걱정하는 체하며 슬그머니 자리에서 일어난 그가 거실을 한번 휘 둘러보더니 슬쩍 안방으로 들어간다. 안방에서는 재형이가 자고 있다.

요 망구가 그것을 어따 꼼쳐 놨으끄나잉?

그는 뭔가를 찾으며 문갑 서랍부터 열어 본다. 곧 빠른 손놀림으로 서랍 속을 뒤지기 시작하는데 핸드폰 벨소리가 요란스럽게 울린다. 날 좀 보소. 날 좀 보소. 또 창동 마누라다.

"아, 왜?"

"어디예요?"

"아, 나 시방 바뻐."

"마동 아네요?"

"글씨, 나 바쁘당게!"

일방적으로 전화를 끊어 버리는 박 영감.

밤낮 쓰잘데기 없이 전화질이여 전화질이.

"으으 아, 아부지!"

통화 소리에 재형이 녀석이 잠에서 깨났다. 녀석은 오랜만에 보는 아버지가 반가운지 온 얼굴에 주름을 만들며 몸을 꼬아댄다.

"아아아아부지!"

"어, 그려. 아가. 조용히 혼자 놀그라잉? 아부지 시방 바쁭게로 잉?"

"어어 아아아부지 바바아쁘다아아."

입을 좌우로 크게 벌려가며 힘겹게 아버지 말을 따라 하는 재형이.

"그려. 시방 아부지 바쁭게로 말 시키들 말고 혼자 테레비 보고 놀그라잉?"

영감이 녀석에게 티브이를 틀어준다. 마침 녀석이 좋아하는 프로그램, '동물농장'이 재방송되고 있다.

"테테에에비이?"

"그려. 테에에비 동물농장 보고 있그라잉? 아부지헌티 자꾸 말 시키들 말고잉!"

"어어엉 테테에에비이!"

금세 티브이 화면에 몰입하는 재형이.

영감은 다시 여기저기를 뒤져대기 시작한다. 그때 다시 울리는 핸드폰 벨소리.

"아따! 요 에펜네가 참말로!"

그는 받지 않으려는데 핸드폰은 계속 울린다. 날 좀 보소. 날 좀 보소.

아따! 참말로 송신나게! 어디서 벨소리도 요따구 걸로 맞차 놔갖고! 요놈으 소리를 칵 바까불등가 히야제. 영판 못 쓰겄구마잉!

오두방정 떠는 그 벨소리는 작은마누라가 자기 것과 동일한 걸로 영감 핸드폰에 저장해 준 거다.

"아아부지! 아아!"

왜 전화를 안 받느냐고 아비한테 묻는 듯 재형이가 수선을 핀다. 영감은 별수 없이 통화 버튼을 누른다. 그러자 작은마누라 목소리가 귀청을 뚫는다.

"왜 전화는 일방적으로 끊고 그래요?!"

"아따! 뭔 소릴 고러고 질러싸?"

"당신 어디예요?"

"어디긴! 시방 손님허고 집 보라 왔다잖여!"

"그럼 마동은? 아직도 안 갔어요?"

"아, 몰러. 끊어."

뭔 되도 안헐 일을 갖고 자꾸 사램을 달달 볶아댄다냐? 볶아대길!

하지만 다시 오두방정 떠는 핸드폰 벨소리.

아따! 요 에펜네가 참말로! 영감은 아예 전원을 꺼 버린다. 사램을 아조 들지름 볶디끼 달달 볶아대누마잉! 하이고오, 빙신새깽이 한나 여따 밀어처옇고 대처나 뭣을 어찌겠다고? 긍게로 백날을 뭉개보드라고. 뭔 돈이 나오나. 냉택없는 소리제잉!

창동여자가 영감을 닦달해 재형이를 마동으로 데려다놓은 건 한 달 전 일이다. 녀석 치료를 구실삼아 어떻게든 마동여자로부터 돈을 뜯어내겠다는 속셈에서다.

*

"아이고. 형님! 우리 재형이 좀 살려주세요! 우리 재형이가 죽게 생겼어요. 어흐흐."

마동아파트로 쳐들어간 창동여자는 현관으로 들어서자마자 호들갑을 떨었다.

"아, 애기가 아프먼 병원으로 데꼬 갈 일이제. 왜 요리로 데꼬 와?"

마동여자의 눈이 휘둥그레졌다.

"병원에야 당연히 갔다 왔지요, 형님."

"근디?"

"병원에서 해결될 일이 아니니까 여기로 데려왔지요. 형님."

"그것이 뭔 일인디?"

"아따! 야그는 난중에 허고 요 새깽이나 조께 받어. 뭔 놈으 새깽이가 독뎅이맹으로 무거서 사램 폴 떨어져 불겄구마잉!"

영감은 작은마누라 등쌀에 못 이겨 마지못해 연극에 동참하긴 했지만 영 심기가 불편했다.

"아, 언능 이불 안 내리고 뭣혀? 아, 안 보잉가? 새깽이가 발발 떨고 있는 거?"

삼례댁은 찜찜한 표정을 지으면서도 영감이 시키는 대로 했다.

"긍게로 야가 또 어째 이려?"

"걔가 또 천식이 도져 그러잖아요, 형님."

"천식이?"

"그렇다니까요. 그놈의 고질병이 또 도져서 애가 요 며칠 아주 끙끙 앓았다니까요."

터무니없는 거짓말을 잘도 꾸며대는 작은마누라다

"밤새 잠 한숨도 못 자고 숨넘어가게 기침을 해대고! 아이구, 열이 펄펄 끓는 게 주사를 계속 맞혀도 영 고열이 안 떨어져서 정말 딱 죽는 줄 알았다니까요, 형님!"

참말로. 저 역시 보게. 연극배우가 따로 없구마잉. 혀를 내두르는 영감.

"긍게로 나더러 어찌라고?"

심란한 표정을 짓는 마동여자.

"의사선생님 말씀이, 아무래도 애를 병원에 잠시라도 입원시키던가 아니면 좀 깨끗한 요양원 같은 데서라도 좀 보살피든가 하라는데 형님도 아다시피 우리 형편이 어디 그래요?"

마동여자 눈치를 살피는 창동여자. 그러나 돈 얘기가 나오려 하자 마동여자 얼굴에 찬바람이 씽 돈다.

"돈 야그라먼 허들 말어. 나도 요짐 장시도 안 되고 묵고 디질라도 돈은 없응게로."

"그렇죠? 거봐요. 내 뭐랬어요? 형님한테 무슨 여윳돈이 있겠냐고 내가 그랬죠?"

영감에게 책임을 전가하듯 둘러대는 작은마누라.

저 여시 보게. 나 참말로 얼척 없어서.

"형님 장사 형편 어려운 거야 누구보다 내가 잘 알죠. 그럼요."

"긍게로 어찌랑겨?"

둘러대지 말고 본론부터 말하라는 삼례댁.

"의사선생님 말씀이 애를 입원시킬 형편이 안 되면 집안 환경이라도 좀 깨끗이 해주라는데 형님도 아시다시피 우리 집이 반지하라좀 습하고 먼지가 많아요? 그렇다고 우리 처지에 당장 어디로 이사갈 형편은 못 되고 그러니…….."

계속 마동여자의 눈치를 살살 살피는 창동여자.

"긍게로 어찌랑겨?"

경계심을 늦추지 않는 마동여자.

"그래서 제가 애 병원비라도 보태려고 보험 외판이라도 좀 해볼까 하는데 그동안 저 녀석을 먼지구덩이 지하 방에 혼자 놔두고 나다닐 수는 없잖아요? 그래서 형님이 당분간만 쟤 좀 봐주시면 어떨까 해서요. 형님 댁이 우리 집보다 공기도 훨씬 깨끗하고 하니까."

"얼레, 그 뭔 소리? 아, 나가 집이 가만히 들앙거 살림만 사는 사램도 아닌디 어찌케 쟈꺼정 봐? 성치 안헌 엄니꺼정 뫼시고 사는 판에?"

펄쩍 뛰는 마동여자.

"형님, 그런 말씀하시면 저 섭섭하죠."

짐짓 정색하는 창동여자.

"아닌 말로 재형이가 제 자식이에요? 법적으로도 형님 자식 아네요?"

법적 어미란 말만 꺼내면 마동여자가 꼼짝 못 한다고 생각하는 창동여자다.

"어디 재형이뿐인가? 애들이 다 형님 자식들이지 제 자식이냐구요? 안 그래요?"

영감을 돌아보며 거들지 않고 뭐 하냐고 눈치 주는 창동여자.

"암먼. 재형이가 넘이가니?"

영감은 마지못해 한마디 거든다.

"나야 껍질만 어미지. 나한테 무슨 권리라도 있냐구요? 그런데 법적 어미가 자식 같은 건 나 몰라라 하면 난 어쩌라구요?"

창동여자가 법적 권리까지 들먹이며 궁지로 모니 마동여자는 할 말을 잃는다.

"긍게로 언제꺼정 데꼬 있으란겨?"

결국 창동여자의 뻔한 수작에 또 걸려들고만 마동여자다.

창동여자는 그렇게 재형이를 마동에 집어넣고 수시로 영감에게 닦달해 댔다.

"재수가 마지막 소원이라잖아. 포장마차라도 해서 먹고살게 돈 좀 얻어달라는데 애비란 사람이 그것 하나 해결 못 해줘?"

눈만 뜨면 큰자식 사업자금 마련해 내라고 들볶아대는 작은마누라였다. 그러나 영감은 밑 빠진 독에 물 붓기 같은 건 더 이상 하고 싶지 않았다.

"고 웬수 놈은 어째서 되도 안 헐 일을 자꼬 해싼다고 지랄이여 지랄이? 그러고 돈은 묵고 디질라도 없단 사램헌티 나가 뭣을 더 어찌라고?"

"형님 아파트 있잖아요? 재형이 핑계대고 하다못해 그 집 담보 잡혀서 은행대출이라도 받게 해달라고 졸라보라니까!"

"아따! 씨알도 안 멕힐 소리 그만혀싸. 재형이 약발도 인자 안 멕힌당게."

"당신 정말 이러기야? 새끼는 나 혼자 낳았어? 당신은 애비 아냐? 새끼를 낳기만 하면 부모야? 끝까지 부모 노릇을 해야 부모지!"

창동여자는 악을 써댔지만 영감은 그 말을 귓등으로도 듣지 않았다.

나가 그런 한심헌 놈헌티 골수꺼정 다 빼내주고 난중에 뭔 영화를 보겄다고? 냉택없는 일이제잉!

그럼에도 불구하고 박 영감이 마동을 기웃거리는 건 또 다른 목적이 있기 때문이다.

최근 그는 김가로부터 놀라운 정보를 입수했던 거다.

*

"뭐여? 고 망구헌티 뭔 땅이 있다고?"

터미널 예정지에 땅을 알아보러 갔던 김가가 뜻밖의 소식을 들고 온 건 열흘 전 일이다.

"긍게로 성님, 요 등기부 조께 보시오잉. 여그 요 땅쥔 이름이 유복남 아녀라? 긍게로 요것이 성님 장모님 성함이 맞지라잉? 주소도 마동헹수님 집으로 되야 있잖여?"

얼레, 참말이네? 이것이 뭔 일이다냐? 박 영감은 깜짝 놀랐다.

"성님도 몰랐지라잉?"

박 영감 집안 사정이라면 제 집안일처럼 훤히 꿰고 있는 김가였다.

"잉?"

"성님 장모헌티 요러고 큰 재산이 있능 거 알고 있었소?"

글리가 없는디? 본래 그짝 집안은 가랭이가 찢어지고롬 가난한 집구석이 아녀? 근디 뜽금없이 요것이 뭔 땅이래?

등기부를 다시 들여다봤더니 등기 난 시점이 사 년 전으로 돼 있다. 그렇다면? 옳거니. 이건 절대로 장모 땅일 리가 없다. 땅의 진짜 주인은 필경 큰마누라일 거다.

"아야 김가야, 너 이 야그 암헌티도 안 혔제잉?"

큰마누라한테 그처럼 알짜배기 땅이 있다니 영감은 불쑥 욕심이 발동한 거다.

"암먼. 말이라고? 나가 요 사실을 알자마자 대깍 성님헌티로 널러 온 것인디요!"

"그러믄 김가야, 너 계속 그 주뎅이 봉허고 있그라잉?"

"긍게로 창동 헹수님헌티도 비밀로 허라고요?"

느물거리는 김가.

"긍게로 쓰잘데기 없이 암디서나 주뎅이 놀리지 말라고! 그러고 너도 인자는 요 일엔 관심 싹 다 꺼불라 말이여."

"알겠소. 나가 요 주뎅이에 아조 자물통을 콱 채와번질랑게 꺽정 마시요잉!"

눈을 찡긋하는 김가.

"그나이나 성님은 좋겄소."

"좋긴 뭣이 좋아?"

"아, 인자 성님은 돈방석에 앉겄웅게 허는 말이제잉. 그짝 땅값
은 앞으로도 계속 오를 팅게로. 글안혀? 아따! 참말로 오지겄소잉?
긍게로 사램 앞일은 참말로 모른당거잉!"

희죽거리는 김가.

"또또! 쓰잘데기 없는 소리헌다. 너도 인자는 고 일에 관심 싹 꺼
불락혔제잉?"

"아따! 알겄소. 넘은 기껏 귀헌 정보 얻어다중게로!"

실쭉하는 김가.

그나이나 요 망구가 대처나 돈이 어디서 나갖고 요런 땅을 샀
디야?

영감은 아무래도 이해할 수가 없다. 지금까지 마동여자한테서
돈 냄새가 조금이라도 나는 듯하면 자기와 창동 식구들이 온갖 수
단과 방법을 동원해 어떻게든 싹 다 우려내고 빨아먹지 않았던가.
그런데 그간 대체 어디서 무슨 돈이 생겨서 큰마누라가 몰래 그런
땅까지 샀단 말인가? 불가사의한 일이었다.

가만! 매수 시점이 4년 전이라면? 혹 아부지가 뭣인가 나 몰리
꼼쳐뒀다가 죽기 전에 요 망구헌티 챙겨준 것이 아녀? 긍게로 냄편
사랑도 못 받고 지지리 고상만 허고 산 큰메누리 짠허다고?

영감은 4년 전 부친이 세상을 뜨기 전에 자기 몰래 큰며느리에
게 한 재산 챙겨준 게 아닌가 의심하는 거다.

아따! 그럼사 요것은 본래 내야디? 내야 땅인디? 긍게로 언능언
능 물증을 찾아야 쓴디!

그래서 그가 마동 집을 뒤지기 시작한 거다. 혹시라도 부친이 며
느리에게 뭔가 챙겨준 게 사실이라면 그걸 입증할 만한 뭔가가, 옛
날 통장이건 뭐건 물증이 될 만한 자료가 마동 집 어딘가 남아 있을
수도 있을 거란 생각에서 말이다.

*

"아아아부지!"

박 영감이 이불장 속을 뒤지고 있는데 재형이가 갑자기 문 쪽을
가리키며 부산을 떤다. 돌아보니, 이크, 큰마누라가 방문 앞에 서
있는 게 아닌가.

"시방 거그서 뭔 짓이요?"

의심스러운 눈빛으로 영감을 쏘아보는 삼례댁.

"아하, 자네 왔능가? 아따! 사램 참말로! 기척 조께 내제. 사램 간
떨어질 뻔봤구마잉."

"또 뭣을 두지다가 간 떨어질 뻔봤다요?"

"아따! 사램을 어찌 보고 근디야?"

짐짓 불쾌한 체하는 영감.

"근디 왜 거그서 넘으 장롱문은 열고 섰소?"

"아따! 비게 한나 끄낼락 혔제. 재형이 보라 왔다가 몸이 조께 되야서 조께 둔눴다 갈라고."

눙치려 드는 영감. 하지만 그 속을 훤히 들여다보고 있는 큰마누라다.

"아, 잠이 오면 집이 가서 주무실 일이제. 왜 넘으 집 안방에 와서 둔눴다 간디야?"

"아따! 사램이 어째 그려? 넘으 집이라니? 아, 여가 어째서 넘으 집이여? 자네허고 나허고 비게 송사가 몇 년인디?"

"구신 씻나락 까묵는 소리 그만허고 언능 돌아가유. 나도 몸이 되야서 좀 쉬야 쓰겄응게로."

"암먼 쉬야제. 긍게로 언능 요리 오소. 영감이 이불 깔아줄 팅게로 언능 요리 와 눕소."

영감이 장롱에서 베개 하나를 꺼내들자 휙 채가는 삼례댁.

"냅둬유. 내 자리는 내가 필랑게."

"아따! 참말로! 사램 참 거시기허게 어째 근디야?"

그때 밖에서 들리는 노인의 고함소리.

"배고파! 밥 줘! 배고파! 밥 줘!"

그 기회를 놓칠세라 영감이 얼른 나선다.

"아, 엄니 시장허시다잖여? 언능 밥상 안 채리고 뭐헝가? 아까침부텀 솔찬히 시장허신갑드만."

"밥 줘! 밥 줘!"

"오메! 엄니는 뭔 밥을 또 자신다 그요? 지녁밥은 아까침에 폴써 자셨잖여?"

울상 짓는 삼례댁. 하지만 노인은 막무가내다.

"밥 줘! 밥 줘! 밥 줘!"

발동이 걸린 노인은 "밥 줘, 밥 줘!"를 외치며 그 리듬에 맞춰 거실 바닥을 탁탁 두들겨 댄다. 목소리로 봐선 단 한 끼도 굶은 노인네가 아니다.

"하이고매! 엄니, 알었어유. 밥상 곰방 다시 채리드릴 팅게로 인자 그만허셔유잉! 아, 방바닥 좀 그만 뚜드러요!"

하지만 한번 발동이 걸리면 좀처럼 멈추지 않는 노인이다.

"밥 줘! 밥 줘! 밥 줘!"

"음마! 우리 장모님 참말로 지운도 좋소잉?"

"하이고 참말로! 나가 못 살겠네잉! 아랫집에서 또 시끄럽다고 곰방 쫓아올라오게 생겼구마잉!"

결국 노인은 밥상을 받고야 조용해진다.

"엄니, 좀 찬찬히 드셔유. 체허겠소."

어미가 맨밥만 아귀아귀 입안으로 밀어 넣자 늙은 딸이 김치쪼가리를 찢어 어미 입에 넣어주며 잔소리를 한다.

"아, 진직이 그랄 일이제. 노인네가 자시면 얼매나 자신다고 그 밥 한 굉기가 아까서 근디야?"

담배를 꺼내 물며 또 큰마누라 속을 긁어놓는 영감.

"시방도 안 가고 거그 섰소?"

"아따! 시방 가. 어째서 영감을 그리 내쏴번지지 못해서 안달이 다냐?"

영감이 실쭉하며 자리에서 일어서는데 삼례댁이 한마디 덧붙인다.

"그러고 인자부텀은 일 있으면 연락허고 오시요. 집이 사램도 없는디 암따나 들어와 갖고 수상헌 짓 허들 말고."

"수상헌 짓이라니!"

도둑이 제발 저려 언성을 높인다.

"아, 애비가 새깽이 보라 오는 것도 수상헌 짓이여? 그것도 누구 허락 맡아야 써?"

그러나 삼례댁은 속으로 흥, 한다.

음마, 인자 저 망구도 나이 조께 처묵었다고 맨맛치가 않구마잉. 각시 적이는 내 말이라면 무조건 예예, 허던만. 긍게로 세월이 기양 가는 것만은 아닌갑서잉.

영감은 마동집을 나서며 입맛을 쩝 다신다.

그나이나 그것을 언능 찾아야 쓴디. 긍게로 그것이 물증이든 뭣이든 언능 찾으야 뭔 조치를 취허등가 말등가 허제잉?

"우리 재형이, 할매랑 잘 놀았냐?"

영감이 사라지자 재형이를 챙기는 삼례댁.

"어어어."

녀석이 크게 고개를 끄덕인다.

"그려? 기침은 안 혔고?"

"아아이이."

안 했다고 고개를 내젓는 녀석. 나이론 스무 살 청년이나 지능은 아기나 다름없고 키도 열서너 살짜리 소년 정도로밖에 자라지 못한 재형이는 창동여자 배를 빌려 얻은 자식이지만 삼례댁에겐 아픈 손가락이다.

"그려? 잘혔구만잉. 인자 우리 재형이 솔찬히 좋아졌구마잉?"

사실 녀석은 그새 눈에 띄게 혈색이 좋아졌다. 눈알만 퀭해 보이던 얼굴에도 제법 살이 붙었다.

"어어메에에……."

큰엄마에게 뭔가 할 말이 있다는 듯 갑자기 재형이 몸짓이 부산해진다.

"잉? 왜?"

"쩌어어어어어……!"

"왜? 쉬 매롭냐?"

"아 아아아아이이!"

"그러믄 뭐?"

"쩌쩌어어그그! 쩌쩌어어어어어……!"

녀석이 향방 없이 이곳저곳을 가리켜 보인다.

"쩌어그 뭐?"

"쩌어어어어어어!"

도무지 뭐라는 건지 알 수가 없다.

"얼레. 참말로 질게도 헐 말이 있는갑네잉. 아가, 그러믄 큰엄니가 언능 포도 조께 싯쳐올랑게 그것 묵음시롱 같이 놀자잉?"

"어어어으으으……."

녀석은 결국 메시지 전달을 포기한 듯 다시 멍한 표정으로 되돌아온다.

"아가, 찬찬히 묵어라. 암도 안 쫒아옹게로."

포도를 씨도 안 뱉고 허겁지겁 통째로 삼키는 녀석을 측은한 눈길로 건너다보는 삼례댁.

"우리 재형이, 낼은 큰엄니가 또 뭐 맛난 것을 해주끄나? 칼국시 해주끄나?"

"어어어. 카아아아아아!"

무조건 좋다고 헤벌쭉 웃는 녀석.

"그려. 낼은 칼국시 맛나게 해묵자잉?"

"어어어어!"

"그나이나 느그 작은성은 시방 어디서 뭣허고 헤매고 댕긴다냐?"

삼례댁은 문득 집나간 둘째 녀석이 생각나 혼잣말을 한다.

재형이를 업고 곧잘 삼례댁을 보러 오곤 했던 둘째 재석이는 7년 전 갑자기 외항선원이 되겠다고 집을 나가 버렸다. 녀석의 가출로 인해 누구보다 상처받은 건 재형이었다. 머리가 모자라는 아이라고 감정조차 무딘 건 아니었다. 형이 눈앞에 안 보이자 녀석은 식음을 전폐하고 시름시름 앓아누웠다. 그런 녀석을 영감이 마동으로 데리고 왔다. 어이, 미안허네만 야를 자네가 조께 데꼬 있으면 안 되겠능가? 즈그 성이 없어징게로 새깽이가 통 밥도 안 처묵고 참말로 짠혀서 못 보겠구마잉! 긍게로 즈그 성 잊어번질 때 꺼정만이라도 자네가 조께 데꼬 있어주면 안 되겠능가? 아, 야가 즈그 성만침이나 자네를 따르잖능가잉?

그때 삼례댁은 당분간만이란 조건으로 녀석을 받아들였다. 그러나 이후 창동여자는 막내자식을 아예 그쪽에 처분해 버렸다는 듯 나 몰라라 했고 삼례댁은 녀석을 2년간이나 맡아 보살펴 줬다. 어쨌건 삼례댁은 사정만 허락하면 재형이를 계속 키워줄 작정이었다. 그러나 갑자기 치매 걸린 어머니를 모시고 살던 친정오빠가 교통사고를 당해 급사하는 바람에 어머니 수발이 삼례댁 차지가 돼 버려 더 이상 재형이를 옆에 끼고 있을 수가 없었다. 그래서 별수

없이 녀석을 다시 창동으로 보내놓고 삼례댁은 한동안 가슴앓이를
했던 거다.

쯧쯧. 개밥에 도토리맹이로 요리저리 궁굴러 댕김시로 푸대접만
받는 놈…….
포도를 먹다 말고 그새 앉은 채 졸고 있는 재형이를 삼례댁은 새
삼 측은한 눈길로 건너다본다.

*

"썩을! 또 혼자 포리 날리고 있냐?"
사무실에선 김가가 혼자 운수 패를 떼고 있었다.
"긍메 말여. 근디 성님, 또 등본 띠셨소?"
박 영감이 손에 들고 있는 등기부 등본을 보고 김가가 히죽거린
다.
"그새 헹수님이 또 어찌 혔을까미?"
"지랄헌다! 황가는?"
"아, 그 성님은 또 뭔 일 있능가 통 전화를 안 받어라."
"잘헌다 참말로! 시방 다들 아조 파장을 낼 판이라더냐?"
"암만혀도 그 성님 집도 골치뎅이 아들놈 때미 시방 시끌시끌헝
가비."

"그 놈으 집구석도 참말로 안 되얐다. 하이고매! 한나같이 자석 새깽이들 때미 요것이 뭔 지랄들이여! 하이고 웬수들!"

"금메 말여. 아참! 근디 성님, 메칠 전에 봉게로 창동헹수님이 마 동장모님이랑 뫼시고 어디 마실 가는 것 같드만. 뭔 일 있었소?"

"뭔 소리? 난 모르는 일인디. 그 사램이 혼자?"

"아니. 재형이도 함께 있었는디? 웬 젊은 아짐도 함께 있었고."

"젊은 아짐이라니? 누구 말이여?"

"긍게로 멀리서 봐갖고 얼굴은 잘 못 봤는디 암튼간에 다 함께 택시타고 어디 가는 것 같드만."

"그려? 어디 가는 것 같디야?"

"그것을 나가 어찌 알가니요? 암튼간에 작은댁이 큰댁 친정어메 뫼시고 마실 가는 거 봉게로 보기는 좋드만잉. 긍게로 인자는 그랄 때도 되얐제잉? 아, 상호간에 이해허고 함께 돕고 살 때도 되얐제. 아웅다웅함시랑도 그간 함께 지낸 시월이 얼맨디? 글안혀?"

시덥잖은 김가 농이 지금 박 영감 귀엔 들어오지 않는다. 다만 걱정스러울 뿐.

이 에펜네가 또 뭔 맴을 묵고 그런 요상헌 짓거릴 했다냐? 대처 나 또 뭔 수작을 꾸미고 있능겨?

그때 30대 초반으로 보이는 여자 하나가 문을 빠끔 열고 사무실 안을 기웃거린다.

"아저씨, 이 동네 아파트 새로 나온 거 있나요?"

"몇 평짜리요?"

김가가 자리에서 일어난다.

"뭐, 한 50평쯤이면……?"

여자의 말투엔 확신이 없다.

"50평짜리요? 아, 솔찬히 있지요. 한번 들어와 보시오."

"그려. 한번 들어와 보시오. 물건은 많이 있응게로."

영감이 거들자 여자가 머뭇머뭇 안으로 들어선다.

요즘처럼 매기가 뜸한 때 집 보러 다니는 사람은 대개 사정이 급한 사람들이 아니다. 이 여자도 필경 그저 시세나 한번 알아볼까 해서 들러본 걸 거다.

"언제쯤이나 필요하신디요?"

김가가 물었는데 여자는 박 영감을 흘끔 쳐다본다.

"마음에 드는 집만 있으면야 뭐……."

"그려? 그러믄 어디 한번 찾아봅시다."

김가가 잠시 모니터를 들여다본다.

"옳거니. 여그 동산아파트 2층에 존 물건이 하나 있구만요. 50평짜리."

김가가 여자를 쳐다봤다. 그런데 여자는 이번에도 또 영감을 흘끔 쳐다본다.

얼레. 저 눈빛은 뭐여?

여자의 시선을 의식하는 영감.

"어쩌실랑가? 한번 가 보시겠소?"

김가의 물음에 여자는 고개를 내저었다.

"2층은 너무 낮잖아요? 기왕이면 로얄층으로 봐주세요."

로얄층 좋아허네. 아파트가 꿀이가니. 만날 로열층들만 찾게.

"글먼 김가야, 거그 있잖여? 107동 601호."

"아, 그라제잉. 그려요. 아줌니, 요걸로 허시오잉. 6층이면 로얄
층잉게로 딱 좋겠구만이라잉."

"몇 층짜리 아파튼데요?"

"거가…… 긍게로 13층? 아니 15층인가?"

"그런데 6층이 무슨 로얄층이에요?"

젠장. 한가운데면 로얄층이지 아닌감? 벌통에서도 로얄젤린가
뭔가는 한복판에 있능 거 아녀? 속으로 중얼거리는 박 영감.

"아, 요짐은 6층도 로얄층이요. 아줌니가 뭘 잘 모르시누만잉."

"암먼. 그러제잉. 그러고말고."

맞장구치는 영감.

"그래도…… 한 10층이나 11층쯤에 다른 집 없나요? 6층은 너무
어중간해요."

"6층이 어중간하다아? 그러믄 어디 또 한번 봅시다……."

다시 자료검색을 하는 김가.

"아, 여그 또 있구만요. 홈런아파트 10층 1003호. 그리고 고 웃
집 1103호도 있고요."

226

"옳거니. 고거 좋겄다. 고걸로 해드리라잉."

"보자아……. 시방 요 집에 사램이 있을랑가?"

무작정 수화기를 드는 김가.

"여보시오? 1003호지라잉? 쥔아줌니 되시오? 아, 여그 희망부동산인디요. 집 아직 안 나갔지라잉? 잉? 폴써 폴았소? 아, 언제요? 그요? 알겄소. 오메. 1003호는 폴써 나갔당만."

"그려? 언제 나갔디야?"

"아, 지금 이사짐 딜이는 중이란디요?"

"그려? 얼매 받았디야?"

"고것은 못 물어봤고. 아, 받을 만침 받았겄제잉. 존 층잉게로. 암튼간에 1003호는 나갔고 그러믄 1103호로 시도해 보끄나? 헌디 요것도 안 나갔을랑가 모르겄네잉."

다시 수화기를 드는 김가.

"음마, 요 집은 전화를 안 받누만잉. 요 집도 나갔으끄나?"

"금메……."

"긍게로 1003호가 아니면 1103호가 존디. 아줌니, 긍게로 10층 아니면 11층이라야 되지라잉?"

수화기를 내려놓지 않은 채로 김가가 여자에게 다시 확인한다.

"예……. 없어요?"

좀 전까지도 별로 집을 살 것 같아 보이지 않던 여자가 갑자기 초조해한다.

"또 찾아볼 팅게로 조게 기둘려 보시오잉."

"야 김가야, 그라지 말고 거그 거시기 있잖여? 거그 거시기."

영감이 개떡같이 말해도 찰떡같이 알아듣는 김가다.

"거그 거시기? 아, 삼도아파트 말여?"

"그려. 삼도아파트. 거그 11층에도 하나 있잖여?"

"그라제잉? 그러믄 아줌니, 여그 한번 가보실랑가?"

"거긴 전화 안 해 봐도 돼요?"

"아, 요 집은 항상 쥔이 있어라. 어쩌실랑가? 시방 한번 가보시겠소?"

김가가 재차 물었지만 여자는 이번에도 박 영감을 쳐다본다.

"그럼 사장님이 같이 가시면 안 되겠어요?"

"나허고요?"

별일이다 싶어 영감이 되묻는다.

"네."

음마, 이 아줌니 어째 자꾸 근디야?

"그려. 그러믄 성님이 언능 댕겨오시요잉."

냉큼 영감에게 바통을 넘기는 김가.

"그랍시다. 그러믄 아줌니는 나허고 집 보라 갑시다."

영감이 여자와 함께 막 사무실을 나서는데 핸드폰이 울린다. 날
좀 보소 날 좀 보소.

또 창동마누라다. 참말로! 이 예펜네가 사램을 아조 잡네 잡어.

영감은 전화를 받지 않고 또 슬그머니 전원을 꺼 버린다.

"오메, 참말로 징허니 덥소잉!"

"그러네요."

"긍게로 부모님 뫼시고 살 집을 찾는 것이지라잉?"

"예? 어떻게 아셨어요?"

"아, 젊은 댁이 그리 큰 평수를 찾응게로 그라지요."

"아, 예……."

"말씨 봉게로 여그 분이 아닌성불른디요?"

"예. 원래는 서울이 집이에요."

"근디 여그로 이사 올라고요?"

"예. 그래 볼까 하고요. 그런데 여기 아파트 투자가치는 있나
요?"

"암먼. 있고말고요. 지금 한창 개발 중잉게로. 또 공기도 좋고 살
기도 존 곳잉게로."

그렇게 말해놓고 영감은 속으로 홍 콧방귀를 뀐다.

투자가치는 뭔 투자가치? 시방 천지에 남아도는 것이 아파트구
만. 이 아짐은 뉴스도 안 보남?

"저기, 시외버스터미널이 이전할 거라는 말이 있던데 그 부근 새
로 개발된다면 거기도 땅값이 많이 오르겠죠?"

"땅도 사게라?"

"아뇨. 그냥 궁금해서요. 그런 말이 있는 거 같아서."

"암먼. 그짝 땅이사 사두먼 곰방 금값이지요잉."

영감은 이번에도 되는대로 아무렇게나 대답해 버린다.

근디 이 아줌니 아파트고 땅이고 간에 살 돈은 있능겨? 생긴 것이나 입성으로 봄사 뭐 벨라 돈 냄새도 안 나는디?

영감은 다시 한번 여자를 위아래로 슥 훑어보다가 볼록한 배에 눈길을 준다.

"근디 산달은 언제요?"

뜬금없는 질문에 당황했는지 여자가 살짝 얼굴을 붉힌다.

"뭐 좀…… 남았어요."

*

"오메!"

영감이 막 사무실로 들어서는데 웬 여자 하나가 헐레벌떡 뒤따라 들어오다 문턱에서 팍 고꾸라진다.

"오메! 요놈으 문턱은 어째서 요러고 높다요? 오메, 아픈 거! 오메!"

소란 떠는 여자는 삼복더위에도 검은 투피스 차림에 검은 핸드백을 옆구리에 끼고 있다.

"난 또 누구라고……. 이놈아, 니 손님이다!"

여자를 알아본 영감이 김가를 향해 미간을 찡그린다.

하이고, 저 화상. 김가는 오만상을 찌푸리며 여자를 외면한다.

여자는 보험회사 외판원이다. 몇 달 전 김가가 보험을 해약하고 나서부터 이틀이 멀다 하고 사무실에 드나들고 있는 여자다

"오메, 이 피! 오메, 어쩐디야! 나는 한 번 피가 나면 잘 안 멈추는디! 오메! 참말로 어쩐디야!"

문간에서 호들갑을 떠는 여자의 다리에선 아닌 게 아니라 피가 뭉글뭉글 배어나오고 있었다.

"아따! 거 넘 문간 막고 앙거서 소란 떨지 말고 안으로 들오등가 나가등가 허쇼잉!"

불퉁거리는 박 영감.

"하이고매! 다친 사램헌티 어찌 그리 쌀쌀맞게 군다요? 사람이 그러믄 못 쓴디."

여자가 다리를 절뚝거리며 안으로 들어선다. 그러곤 소파에 털썩 앉으며 덧붙인다.

"아, 연고허고 반창고나 조께 줘보시오."

"음마, 이 아줌니 언제 우리헌티 그런 것을 맽기 났다냐? 뭣이 그리 당당허디야?"

그런데 박 영감이 여자를 상대하는 동안 김가가 슬그머니 자리에서 일어난다.

"또 어딜 내뺄라고요?"

여자가 잽싸게 김가의 허리춤을 낚아챈다.

"아따! 이 여자가 남사시럽게 넘으 남자 어딜 잡고 이 난리여? 아, 이 손 못 놔?"

"못 놔여! 나가 오늘은 내 돈 받기 전에는 절대 못 놔준당께!"

"이 여자가 참말로! 글먼 뭐여? 시방 나허고 한번 해보자 이거여?"

김가의 얼굴이 험악해진다. 곧 큰 싸움이라도 벌어질 듯한 분위기다.

"아따! 참말로 송신나게! 넘 사무실에서 어째들 이래싸? 아, 싸울라면 나가서들 싸와야!"

박 영감이 통제해 보려 하지만 두 사람은 들은 척도 하지 않는다.

"긍게로 넘 돈을 갖다 썼으면 언능 갚으야제! 어째서 띠묵을라겨?!"

악쓰는 여자.

"띠묵다니? 아, 빌리도 안헌 돈을 갚으라니 그런 억지가 어딨어?"

맞받아치는 김가.

"억지라니? 아, 여그 마지막달 영수증이 엄연시 있는디 그 뭔 소리?! 이렇게 물증꺼정 있는디 뭣이 억지요?"

여자의 주장에 의하면 지난 2월 보험금을 받으러 왔을 때 김가가 마침 수중에 가진 돈이 없다며 여자에게 대납을 부탁했단다. 며칠 뒤 갚겠다고 해서 그리해 줬더니 김가가 이틀 뒤 보험을 해약했다는 거다. 그런데 해약보험금은 2월분까지 계산된 상태에서 지급됐으니 자기가 대납한 최종보험금을 김가가 갚아야 한다는 거다. 하지만 김가의 주장은 달랐다. 자기가 타 먹은 해약지급금엔 그달분 최종보험료는 포함돼 있지 않았다는 거다.

"아, 그것이 뭔 뒷구녕에서 어찌 빼낸 영수증인지 나가 알가니?"

"뭣이요? 아, 그러믄 나가 시방 회사에다 돈도 안내고 요 영수증을 띠갖고 왔다 그 말이요?"

"뭔 쇡이 뭔 쇡인지 나가 알가니?"

"오메. 참말로 환장허겄네! 아자씨, 사램이 그러믄 못써유! 나가 예수님 믿는 사램이 그따구 거짓깔을 허겠소? 천벌을 받을라고!"

"금메, 난 예수 안 믿고 부처님 믿응게로 집이 말이 참말인지 거짓깔인지는 알 수 없고. 암튼간에 난 그 돈 못 줘. 줄 돈도 없고. 있어도 못 준당게."

김가는 계속 뺀질거리며 여자를 열불 나게 만든다.

"오메! 참말로 요런 법이 어딨소? 아, 없는 사람 간을 빼묵어도 유분수제잉! 아자씨, 그러믄 벌 받아유. 혼자 사는 에펜네라고 시방 깔봐서 긍가 본디 그러믄 못 써유. 나 겉은 사램헌티 돈 십 만원이믄 한 달치 찬값이어요. 나가 고 돈 받을라고 요러고 다리도 아픈 사람이 버스 타는 돈도 아까서 요러고 날마당 그 먼 길을 걸어오는 것을 보면 모르겠소? 나헌티 고 돈이 얼매나 피 겉은 돈인지?"

"아, 집이헌티 피 겉은 돈이먼 나헌티도 마찬가지제잉! 나헌티는 그것이 뭐 똥 겉은 돈이가니?"

김가와 여자의 승강이질은 늘 이런 식이다. 박 영감은 더 이상 듣고 있을 수가 없다.

"아따! 참말로 송신나게! 야 이놈아, 짜잔허니 그깟 돈 십만 원 갖고 몇 달째 요것이 뭔 지랄덜이여?! 아, 거 돈 있으먼 언능 줘서 그만 보내야!"

"글지유? 글지유잉?"

영감이 자기 편을 드는 줄 알고 여자가 반색한다. 김가는 소태 씹은 얼굴이다.

"얼레! 성님은 오늘사 말고 또 어째 그요?"

"아, 글안혀도 되는 일이라고는 눈구녕 싯치고 찾아봐도 없구만. 어째서 사방이서 돈! 돈타령들 뿐이여?! 에이 캭!"

영감이 목구멍의 가래를 한껏 모아 바닥에 퉤 뱉더니 발로 짓이긴다.

오메! 추접시런 거. 여자가 미간을 찡그리며 입속말을 한다. 그러거나 말거나 영감은 자리에서 일어나 단호하게 덧붙인다.

"나는 몬야 들어가 볼랑게. 이눔아, 지발 존 일로 이 아줌니허고 일은 오늘 중으로 해결을 보란 말여! 돈을 주등가 어쩌등가 지발 니 알부텀은 이 아줌니 여그 발 딜이지 못허게 허란 말여! 알겄냐?"

"아, 알겄소……."

김가의 표정이 심드렁하다.

*

화장실이라도 갔나?

마침 가게에 삼례댁이 안 보인다. 영감은 얼른 가게 안으로 들어가 재빨리 큰마누라 손가방 속을 뒤져 본다.

하지만 그가 찾는 건 거기도 없다.

참말로 환장허겠네잉! 대처나 요 망구가 그것을 어따 꼼쳐둔거?

영감이 입맛을 쩝 다시는데,

"여그는 또 어쩐 일이오?"

이크. 삼례댁이다. 눈치 못 챘겠제잉? 큰마누라 눈치를 살피는 박 영감.

"사램 참. 아, 가게는 요러고 내쏴두고 어디 갔다 온겨? 누가 뭣을 싹 다 집어가도 모르겠구마잉!"

"내쏴두긴 누가 내쏴두요? 저그 삼미상회 가서 잠깐 앙겄었구면."

"그려?"

큰마누라가 건너편 가게에 앉아 있었다는 말에 영감은 속으로 뜨끔한다.

"그나이나 또 뭔 일로 가게꺼정 찾아왔소?"

"뭔 일은. 요 근방에 손님허구 집 보라 왔다가 시간이 조께 낭게로 들렀제. 자네 낮밥 안 묵었으면 같이 묵자고."

"참말로 벨일을 다 보겄네잉! 난 밥 생각 없어유."

"아따! 밥을 생각으로 묵가니? 기양 끄니 때우는 거제."

"다들 언제부텀 내 꺽정을 그리 혔쌌다고 번갈아감서 이런디야?"

"번갈아감서? 뭔 소리? 재수 놈이 또 왔었능가?"

"재수만 왔게라? 지발 존 일에 거 시키도 안 헌 짓들 그만 좀 허라겨요."

"뭔 소리여? 창동 말인감?"

"아, 야그 안 합디여? 고 에펜네가 사램 기겁허고롬 성치도 안헌 엄니에 재형이꺼정 데꼬 여꺼정 찾아왔더라고?"

"그려? 아, 언제?"

"아, 저븐날 말이요."

"그려? 근디 뭔 일로?"

"나가 알가니요? 뭔 보험회산가 추직됐담서요? 그 기념으루 뭐 맛난 거를 사줄라고 왔다나 뭣이라나. 대처나 누가 반긴다고 뚱금없이 그딴 짓을 헌대요? 보는 눈들도 있는디."

"긍게로 어쨌는디?"

"뭣을 어찌요? 쓰잘데기 없는 짓거리 그만허고 언능 엄니 집으로 뫼시다 노락혔제."

"그려? 딴말은 없었고?"

"뭔 딴말이 또 있겄소?"

"긍게로 하이나 재수 놈 야그 같은 건 없었능가?"

"아, 갸는 즈그 친구들이랑 또 뭔 일 새로 시작했담서요?"

잉? 요것은 또 뭔 소리?

"암튼 누가 뭔 짓을 허그나 말그나 난 돈 없응게로 알어서들 헐 일이고. 지발 존 일에 사램 성가시럽게나 허들 말라겨요."

"알었어. 알었응게로 자네는 너머 무리허들 말고 일헐 때 헐갑시 끼니는 잘 챙겨묵소잉?"

"벨……."

영감은 가게에서 나오자마자 창동여자에게 전화를 건다.

"당신 마동할마시 데꼬 마실 갔다 왔담서?"

영감이 따지듯 묻자 반사적으로 발끈하는 작은마누라.

"누가 그래요? 마동이 뭐라 그래요?"

"누가 뭣이라건. 대처나 뭔 꿍꿍이속이여?"

"꿍꿍이 속이라니? 마동이 그렇게 말해요?"

"어허. 그것이 아니고. 암튼간에 재수 새깽이는 그새 또 뭔 일을 시작했당겨? 또 돈은 어서 나갖고?"

"돈이 어디서 났건 말건. 한 푼 보태줄 생각도 없는 아비가 무슨 참견이래? 제 앞길 제가 알아서 찾겠다는데."

계속 톡톡 쏘아대는 작은마누라.

"그 싸가지 없는 새깽이는 돈 생기는 일이라먼 즈그 애비도 폴아 묵을 놈잉게 그러제잉."

"아이구, 걱정도 하지 마. 이번엔 돈 한 푼도 안 들고 그냥 친구 사업 도와주는 거라니까."

"지가 친구 사업을 도와야? 냉택없는 소리 허고 자빠짓네잉!"

"아, 당신은 왜 재수 일이라면 무조건 그렇게 부정적이야?"

"아, 쓰잘데기 없는 소리 그만허고! 그나이나 재형이 저 새깽이 는 대처나 언제 데꼬갈겨?"

마누라 앙알대는 소리가 더는 듣기 싫어 영감은 화제를 바꾼다.

"데려가라니? 누구는 어떻게든 한 푼이라도 더 벌어 보겠다고 발 바닥에 땀띠가 날 정도로 뛰어다니는데 도와주진 못할망정! 그럼 나더러 걔를 데리고 일하러 다니란 말야?"

한마디도 물러서지 않는 작은마누라다.

"하이고, 참말로 대단헌 일 헌다잉!"

*

아침부터 푹푹 찌는 날이다. 지난밤 잠을 설친 탓에 영감은 무거 운 발걸음으로 사무실로 들어섰다. 사무실에선 김가 혼자 에어컨 을 틀어놓고 끄덕끄덕 졸고 있었다.

"이런 오살헐 놈 봤나. 야!"

고함소리에 놀라 깨난 김가가 눈을 게슴츠레 뜬다.

"성님 오시오?"

"잘헌다잉. 사무실 임대료켕이는 전기세도 못 뽑게 생깃구만. 언 놈은 아침부텀 에어컨 빵빵 틀어놓고 낮잠이나 펴자고!"

"더웅께로."

머리를 긁적이며 희죽거리는 김가.

"너만 덥냐?"

"긍게로 성님도 덥지라잉? 긍게로 성님도 언능 이리 앙거서 땀 조께 식히시오잉!"

능치는 김가.

"황가는 여태께 안 온겨?"

박 영감은 요즘 툭하면 자리를 비우는 동업자 황 영감이 영 못마 땅하다.

"안 오긴! 폴써 왔다갔어라."

"폴써 왔다가다니?"

"긍게로 고놈으 집구석에 또 뭔 사단이 났능가 어쩡가. 고 성님 아까침에 집이서 전화 받고는 얼굴이 히거니 질려서 뛰쳐나갔구만 이라잉."

"참말로 고놈으 집구석도 조용할 날이 없구마잉."

"금메 말여……. 참, 근디 성님."

문득 뭔가 생각난 듯 덧붙이는 김가.

"아께 그 서울새각시헌티서 전화 왔었는디요."

"서울새각시라니? 누구 말여?"

"아, 일전에 삼도아파트 보고 간 그 아거메 말이요."

"그려? 근디?"

"긍게로 고 아거메가 계약헐 맴이 있긴 있능갑소. 근디 요상시럽게도 꼭 성님허구만 계약서를 쓸랑가 지가 이따 낮에 잠깐 들를 팅게 성님더러 요 앞 명다방으로 조께 나오라는디요?"

"왜 사무실로 안 오고?"

"금메 말여! 암만혀도 가만 눈치를 봉게로 고 아거메 계약서 쓰기 전에 성님허고 뭣을 은밀허니 상의헐 것이 있능갑소."

"나허고 은밀허니? 뭣을?"

"금메 말여, 그 아짐 저븐날부텀 자꾸만 성님만 찾아쌌는 것이 영 수상시럽구만잉!"

느물거리는 김가.

"지랄헌다. 거 쓰잘데기 없는 소리 씨벌이지 말고 뭔 일인지나 더 알어 봐."

영감은 지금 농담을 나눌 기분이 아니다.

"긍게로 고 아거메 말로는 고 아파트 사갖고 즈그 시부모님 함께 뫼시고 살란디 노친네들이 영 시골집을 안 떠날락헝갑서. 긍게로 성님이 그 노친네들을 좀 설득해 돌라 뭐 그런 사연인갑소."

"벨 소릴 다 듣겄다. 아, 나가 그런 말을 헌다고 노친네들이 이사를 나올락 하가니?"

"금메 말여."

"흥. 가만 봉게로 즈그 시골부모 땅 폴아서 즈그덜 잇속 챙길라는 것들이 분명허구마잉! 가증시런 것들. 자석새깽이란 것들은 한나같이 고러고 이기적인 것들이여. 내 생각 같아서는, 예끼 이 못된 것들, 허고 혼쭐을 내야 쓸 일이지마는 참으야제. 넘으 집 일잉게로. 나도 묵고 살라고 요 짓거리 헝게로."

"금메 말여. 근디 성님, 그 모가지에 생채기는 뭐다요?"

김가가 맞장구를 치다가 영감 목에 난 상처를 발견한 모양이다.

"간밤에 뭔 부부쌈이라도 혔소? 아니먼 간만에 뭣을 쩐허니 혀쌌다 그랬능가?"

희죽거리는 김가.

"느자구없는 소리 허고 자빠졌네. 넘 쇡도 모름서!"

영감은 지난밤 일이 생각나자 새삼 울화가 치민다.

"어째 그려? 재수가 또 속 썩이요?"

20년 넘게 박 영감 근처에서 얼씬거리다 보니 김가도 이제 눈치하나는 수준급이다. 그래도 제 새끼 흉보는 소린 듣기 싫어서 톡 쏘는 박 영감.

"느그 집 새끼덜이나 단도리 잘혀."

"허기사. 내 코도 석자여."

하 참. 나가 넘 부끄러서 어디 가서 요런 말을 헌디야?

자식새끼가 먹살잡이해서 생긴 상처를 훈장처럼 달고 '요것이 나가 자석새깽이허고 몸싸움허다가 얻은 생채기요' 하고 며칠 동안 자랑하고 다녀야 하겠으니 말이다.

참말로. 말년에 요것이 뭔 꼬락서니여.

영감은 전날 밤 큰아들놈에게 당한 일을 생각하니 다시 우울해진다.

*

엠병! 아부지가 입때꺼정 나헌티 뭣을 얼매나 해줬다 그요?! 어째서 사사건건 사램 허는 일마다 초를 치고 댕기요?! 지난밤 큰아들놈이 만취해 집으로 기어들어 와선 다짜고짜 아비에게 시비를 걸어왔던 거다. 뭐여? 아니, 이놈이 어디서 술 걸레가 되야 갖고 들와서 애비헌티 시비여, 시비가? 부자간에 언성이 높아지자 창동여자가 대뜸 끼어들었다. 재수야, 너 그게 무슨 말이니? 아버지가 뭘 어쨌게? 큰놈 일이라면 무조건 역성부터 드는 작은마누라였다. 아부지가 마동 가서 그랬당마. 고 새깽이헌티는 앞으로 절대 돈 겉은 것 혀주지 말라고! 보증 겉은 것도 절대 서주지 말라고! 아니 그게 사실이에요? 작은마누라는 펄쩍 뛰었다. 그렸으면 어쩔 건디? 당신 미쳤어요? 미친놈은 나가 아니라 저놈으 새깽이여. 저 썩을 놈으 새깽이가 마동 가갖고 뭐라 씨부려 쌌는지나 알어? 개가 뭘 어쨌다구요? 뭐여? 나가 니 명의로 빚을 졌으야? 그래갖고 니놈이 고 빚을 다 갚게 생겼다고야? 긍게로 돈 해돌라고야? 이 호로새깽이! 돈 되는 일이라면 참말로 즈그 아부지 이름 아니라 모가지꺼정 띠다 폴아묵을 놈이 아녀? 영감은 새삼 흥분해 호통을 쳤지만 어미는 언제나처럼 무조건 아들 편만 들었다. 아이구, 애가 오죽했으면 그랬을까? 뭐여? 그렇잖아요? 제 딴엔 하느라고 하는데 아무리 애써도 되는 일이라곤 없지. 못된 마누라란 년은 저만 잘살겠다고 지 남편 버리고 도망쳐 버렸지. 그런데 아비란 사람까지 그렇게 인정머리 없이 자식이고 뭐고 나 몰라라 하니 애가 안 그러겠냐구요? 하이고! 싹 다 지가 뿌린 대로 거두는 것이여. 오지개서 지 마누레가 야반도주꺼정 혔겠어? 그런데 그 말을 듣는 순간 아들놈 눈이 확 뒤집혀 버린 거다. 에이 씨발! 여그서 그 소리가 왜 나와? 아부지가 뭣을 안다고?! 사램 쇡도 모름서 왜 만날 나헌티만 뭣이라 그요? 아부지가 나헌티 해준 게 뭣이 있다고?! 뭐여? 이런 호로새깽이가! 어디서 애비헌티 눈깔을 희거니 뜨고! 뭐여? 해준 것이 뭣이 있냐고? 요 싸가지 없는 새깽이! 니눔이 시방 그게 애비헌티 헐 소리냐? 니놈이 요 집안을 통째로 몰아처묵고도 고딴 소리가 나오냐잉! 아비는 녀석을 뒷바라지하느라고 전재산을 날렸다고 생각하는데 아들 생각은 달랐던 거다. 하이고매, 그려? 아, 자석새끼 가게 차릴 적으 고깟 푼돈 몇 푼 떤져준 것 갖고 아부지란 사람이 그리 생색을 내라? 뭐여? 생색? 고깟 푼돈 몇 푼?! 에라이, 이놈의 호로새깽이! 순간 영감은 더 이상 못 참고 녀석의 뺨을 세게 후려쳤다. 그랬더니 녀석이 바로 아비 멱살을 휘어잡았던 거다. 왜 때리요? 왜 때려? 아니 이놈이! 어디서 애비 맥살을 잡고! 나가 뭣을 얼매나 잘못했다고 때리요?! 녀석은 금방 지 애비 목이라도 조를 듯 더욱 세게 멱살을 움켜잡았다. 이놈으 새깽이가! 너 이 손 안 놓냐? 이 호로새깽이! 언능 이 손 못 놔?! 그제야 창동여자가 끼어들어 말렸다. 재수야, 그 손 놔! 아무리 화나도 아버지한테 그러면 안 되지. 그 손 놔! 그러자 분을 못 이긴 녀석이 아비를 휙 내동댕이친 거다. 에이 씨발! 드러서! 그려! 나가 시방 이대로 기양 나가서 칵 디져불랑게! 아부지 혼자 잘 처묵고 잘 사시쇼잉! 그러곤 횡하니 집을 나가 버린 거다. 저! 저! 호로새깽이! 영감은 녀석의 행패에 기가 탁 차서 더 이상 말을 잇지 못했다. 그런데 작은마누라는 끝까지 새끼 편만 들었다. 그러게 애는 왜 때리고 그래요? 뭐여? 당신 그러다 저애 정말 잘못되면 어쩌려구 그래? 나, 재수 잘못되면 당신도 안 봐! 알아요? 뭐여? 하이고오 그려! 그럼 싹 다 나가서 디져불등가 말등가 맴대로 혀! 그따구 공갈협박 누가 무섭다냐? 그 말에 작은마누라가 파르르 떨었다. 당신 그 말 진심이야? 진심이냐구?! 아따! 진심이고 나발이고! 나 시방 혈압 오릉께 인자 그만혀! 뒤끝이 걱정돼 영감은 그쯤에서 슬그뭐니 꼬리를 내려 버린 것이다.

*

썩을 놈으 집구석.

생각할수록 영감은 울화가 치밀었다.

말년에 요것이 뭔 꼬락서니여. 조강지처꺼정 내쫓번지고 얻은 자석새깽이란 것들이나, 저 여시 겉은 작은마누라란 것이나! 한나같이 요러고 사램 쏙을 썩히니……. 오메! 나가 암만혀도 벌 받는 거 아닌가 몰러. 나가 어쩌다가 저런 여시를 만나갖고…….

영감은 문득 후회가 밀려왔다.

그저 겉모습 하나 반반한 것에 홀려서 '그 여시 겉은 것을' 어떻게든 곁에 두려고 욕심부린 게 잘못이라면 잘못이었다. 하지만 사근사근한 말씨에 팽팽한 몸뚱이하며 색기가 줄줄 흐르던 스물두 살짜리 서울아가씨가 시골다방으로 흘러들어 왔는데 그걸 보고 침 흘리지 않는 사내놈이 몇이나 있었겠나. 게다가 이 잘나가는 서울아가씨가 뭇 사내 다 마다하고 대뜸 그에게 먼저 꼬리를 쳤던 거다. 필경 그가 그 지방 유지의 외아들이란 사실을 알고 그런 거였겠지만 인물 반반한 젊은것이 유부남인 줄 알고도 먼저 추파를 던지는데 안 넘어갈 사내가 몇이나 있겠나 말이다. 그리하여 그들은 만난지 이틀도 안 돼서 여관방에서 함께 뒹굴었고 몇 개월 뒤엔 여자가자기 애를 가졌노라 주장했기 때문에 창동에 작은 살림까지 차리게 된 거다. 마침 삼례댁과는 결혼한 지 6년이 지나도록 후사가 없었던지라 모친은 그 소식을 듣고 대놓고 기뻐했다. 그리하여 누가 시키지도 않았는데 당신이 자발적으로 나서서 큰며느리 설득까지 했던 거다. 아가, 니가 암만혀도 씨받이를 봐야 헐랑갑다. 어쩌겠냐? 이것이 다 니 팔잔갑다 생각히야제. 어수룩하고 착한 삼례댁은 그저 자식 못 낳은 죄로 시어머니 말에 아무런 이의제기도 하지 못했다. 그리고 창동여자는 모친 소원대로 그에게 아이를 셋이나 낳아 줬다. 게다가 셋 다 아들이었으니 씨받이 구실은 톡톡히 해낸 셈이었다. 여자는 그 공을 내세워 삼례댁을 몰아내고 자기가 호적에 올라야 한다고 진즉부터 앙탈을 부려왔지만 영감은 그것만은 들어줄 수가 없었다. 조강지처는 절대로 버려선 안 된다는 부친의 유언 때문만은 아니다. 아이들이 커가고 자신이 나이를 먹어갈수록 그는 자신의 노년을 생각하지 않을 수 없었다. 탁 까놓고 말해서 그는 작은마누라라는 여자를 믿을 수가 없었다. 솔직히 근본을 알 수 없는 여자였다. 게다가 데리고 살아 보니 갈수록 사악한 욕심만 늘어가는 데다가 남편 알기를 개 코만도 못하게 여기는 여자였다. 타고난 바람기도 살짝 의심스럽지 않을 수 없었다. 벌 받을 소린지 모르겠으나 그는 내심 창동여자가 자기에게 낳아준 세 자식 중 몇이나 진짜 자기 씨인지 가끔 의구심조차 들었다. 게다가 귀하게 얻은 자식 놈들이란 것들도 따지고 보면 제대로 된 놈 하나가 없었다. 하나는 배냇병신이고 하나는 기껏 키워놨더니 집구석 싫다고 뛰쳐나가 버렸고 그나마 사지 멀쩡한 장남이란 놈은 장손이라고 오냐오냐 떠받들어 키웠더니 아주 위아래도 모르는 인간 말종이 돼 버린 거다. 돈이나 집어줘야 말 좀 듣는 체할까 제 뜻 받들어주지 않으면 어른도 부모도 몰라보고 맞먹자고 덤벼드는 인간 말종이 돼 버린 거다. 그런데 그런 후레자식도 자식새끼라고 작은마누라는 아직도 큰놈 말이라면 무조건 껌뻑 죽는시늉만 했다. 참으로 한심한 노릇이 아닐 수 없었다.

*

"뭔 일이여? 황가가 어찌 됐다고?"

한밤중에 황가가 응급실로 실려 갔다는 연락을 받고 영감은 급히 병원으로 달려왔다.

"시방 수술 받고 있당마요."

김가도 하얗게 질려 있었다.

"오메, 참말로! 이것이 뭔 일이다냐?"

황 영감이 망나니 아들놈한테 칼에 찔렸다는 거다. 백수건달 짓이나 하고 다니면서 제 아버지가 유흥비 안 대준다고 툭하면 집에 술 처먹고 들어와서 행패 부린다던 그놈이 끝내 사고를 친 거다. 박영감은 뒤통수를 크게 한 대 얻어맞은 기분이 들었다.

"하이고메, 참말로 이 일을 어쩐디야! 참말로 어쩐디야잉!"

황 영감 처는 박 영감을 보자 어쩔 줄 몰라 했다.

"참말로 요 노릇을 어짠대요? 오메! 넘 부끄러서 참말로!"

기가 막힐 노릇이다. 이유가 뭐건 자식놈이 제 애비한테 칼부림을 하다니. 이게 대체 있을 수 있는 일인가? 뉴스에서 간혹 그런 패륜사건보도를 접하긴 했지만 그건 어디까지나 뉴스고 남의 일이라 생각했다. 그런데 바로 곁에서 이런 일이 일어나다니!

"근디 그놈은?"

영감이 김가를 향해 소리를 낮췄다.

"아, 붙들려 갔겄제. 여그 있겄소?"

김가도 황가마누라 눈치를 보며 소리를 낮췄다.

후레자식은 당연히 철창에 갇혔고 이제 놈의 인생도 그걸로 볼 장 다 본 셈이다.

"오메! 이러다 영감이 참말로 홀딱 가뻐지먼 이 노릇을 어짠디야?! 저 망나니새끼는 즈그 애비 죽인 살인자가 되는 거 아녀? 오메, 한나밲이 없는 아들놈 살인자 맹글어 감옥에 쳐옇고 나는 어찌 산대요? 하이고오! 엄니! 나는 칵 디져번져야 쓸랑가 어쩔랑가? 요 일을 참말로 어짠대요? 하이고오! 엄니!"

황가마누라는 이 판국에도 제 남편 죽게 생긴 것보다 패륜아 자식 앞날이 더 걱정되나 보다. 저런 게 모성애란 건가? 박 영감은 씁쓸했다.

"의사는 뭐라디야? 살아날 것 겉긴 허디야?"

"수술을 히봐야 알겄지마는 결과는 장담할 수 없당마요."

김가가 다시 소리를 낮췄다.

"몰러! 난 몰러! 오메, 이 녀르 새끼를 참말로 어쩐디야? 어쩐디야?!"

자식 걱정에 제 가슴을 쥐어뜯는 어미.

"오메, 참말로!"

영감은 답답함에 깊은 한숨을 내쉬었다.

"성님, 까깝헝게 나가서 담배나 한 대 핍시다."

둘은 응급실 밖으로 나왔다.

"암만혀도 일 치르게 생깄구마잉!"

김가가 절레절레 고개를 흔들었다.

"참말로 부모자석 지간이 뭔지 모르겄소잉? 그런 쓰레기 겉은 놈도 자석새깽이라고 아짐씨 조께 보시요. 숨 꼴딱꼴딱하는 영감보담은 호로자석새깽이 더 꺽정허는 거."

"에이, 썩을 녀르 시상! 카악!"

영감은 '썩을 녀르 시상'을 향해 목 안 가득 엉겨 있던 가래를 칵 내뱉었다.

*

결국 황 영감은 그렇게 가고 말았다. 패륜사건이라 TV 뉴스에도 보도가 됐다. 아들놈이 제 아비와 다투다가 아비를 살해하게 된 장면을 재연하는 걸 봤을 때 박 영감은 몸서리를 쳤다. 저놈이 태어나서 자라는 걸 이제까지 다 봐왔는데 어쩌다가 인생이 저 지경으로 꼬였을꼬. 이제 녀석은 도저히 용서받을 수 없는 패륜아 존속살해범이 돼 버린 게 아닌가. 애당초 싹수가 노란 놈인 걸 알았으면 마냥 오냐오냐 끼고 돌기만 하면 안 되는 건데 어미는 그래도 그런 놈도 자식이라고 끝까지 아들 걱정만 했다. 하긴 남들 자식 다 개망나니같이 굴어도 내 자식만은 부모 기대 저버리지 않겠거니 생각하는 게 세상 부모들 아닌가. 다들 그런 기대와 착각 속에 사로잡혀 살아가지 않는가 말이다. 하지만 아무리 그래도 황 영감처럼 제자식이 휘두른 칼에 찔리고 나서야 그 기대가 자신들의 헛된 망집에 불과했다는 걸 깨닫는다면 너무 비극이 아닌가.

근디 나가 시방 넘으 집안일 걱정허고 있을 처지여?

박 영감은 새삼 자신의 앞날이 걱정스러웠다. 나도 언제 뭔 일 당헐지 누가 알었어? 돈 안 해준다고 툭하면 제 애비한테 대드는 건달 큰아들놈 때문에 그 자신도 누구 못지않게 속이 썩어 문드러지고 있잖은가 말이다. 참말로. 늘그막에 대처나 요 꼬라지들이 될 줄 누가 알았겠어? 긍게로 자석새깽이 키와갖고 뭔 영화를 보겠다고 고 악착을 떨었으끄나잉?

영감은 문득 지난 세월 자신의 집착과 욕심이 다 부질없다는 생각이 든다. 자신이 좀 더 늙어 혹 거동조차 못 하는 처지에 이른다면 저것들이 과연 어찌 나올까? 자기를 길거리에 내다 버리지 않고 끝까지 수발이나 들어줄까? 어림없는 소리다. 될성부른 나무는 떡 잎부터 알아본다고 했잖은가. 이제껏 겪어왔는데 모르겠는가. 저들은 그가 중풍이나 치매라도 걸려 쓰러지는 날이면 당장 고려장이라도 시킬 위인들이 아닌가.

긍게로 나도 이참에 정신 뽀짝 채리야 써. 아무 대책도 없이 마냥 요러고 살 일이 아니제잉! 아 언제꺼정 저 승악헌 것들헌티 마냥 끌리댕김서 살 거여? 나가 살날이 얼매나 남었다고? 글안혀? 암먼, 금메 말여. 긍게로……

영감은 자신의 노후를 생각해서라도 뭔가 방법을 찾아야 한다고 생각했다. 그러곤 큰마누라가 숨겨둔 재산을 가로챌 욕심에 더욱 불을 지피는 것이다.

긍게로 언능 그것을 찾아야 쓴디. 늘그막에 믿을 것이 돈 말고 또 뭣이 있겠어? 글안혀? 긍게로 조께만 더 찾아보자고. 인자 남은 곳은 똑 한 군데 뿐잉게로잉.

그동안 큰마누라 몰래 마동아파트를 수차례 드나들며 집 안을 구석구석 다 뒤져봤지만 아직 살펴보지 못한 곳이 딱 한 군데 남아 있었다. 장모가 거처하는 방. 그곳만은 방주인이 늘 버티고 있어 이제껏 살펴보지 못한 거다.

*

영감은 간식거리를 잔뜩 사가지고 다시 마동아파트를 찾아왔다.

"재형아, 요것 묵음서 여그서 할매랑 만화영화 보고 있그라잉?"

그는 장모와 재형에게 치킨과 순대를 한보따리 안겨주고 두 사람을 안방으로 몰아넣었다.

"거실에는 아부지가 바퀴약 뿌릴랑게 백으로 나오지 말고잉? 장모도 아셨지라잉? 절대로 백으로 나오지 마시요잉?"

"어어어어."

재형이는 알아들었는지 어쨌는지 치킨을 입에 물고 고개를 끄덕거렸고 장모는 이미 순대에 코를 박고 식탐이 발동 중이라 그의 말이 귀에 들어오지 않는 듯 보였다. 영감은 두 사람을 안방에 놔두고 조용히 문을 닫고 거실로 나왔다. 장모 방엔 2단 서랍장 하나가 유일한 가구이므로 방을 뒤지는 데 시간은 오래 걸리지 않을 것이었다.

그런데 막상 뒤져보니 서랍장에는 낡은 옷가지 몇 벌 외엔 아무것도 없었다. 그렇다면? 혹시나 싶어 장모 방에 늘 깔려 있는 보료 밑을 들춰 봤더니 방바닥 가운데 부분이 볼록했다. 밑에 분명 뭔가 있는 거다.

그런데 서둘러 방바닥 비닐장판을 들어 올려 보는 순간 눈앞에 나타난 서류 봉투 하나! 급히 봉투를 열어 봤더니 그가 찾던 땅문서가 바로 거기 들어 있는 게 아닌가!

하이고오! 요요 으뭉시런 에펜네 겉으니라고. 요런 디다 요것을 꼬불쳐뒀구마잉! 즈거메가 깔고 뭉개던 이불 밑이다가? 오메, 요 할망구, 대그빡깨나 썼구마잉!

그런데 그때다. 갑자기 방문이 확 열리더니 불쑥 재형이가 나타났다.

"아아아부이이이!"

아비를 쳐다보는 녀석 눈빛이 예사롭지가 않았다. 영감은 멈칫했다.

"이놈아, 사램 놀래고롬 어째 그려?"

아버지를 뚫어져라 쳐다보는 재형이.

"아야, 어째 그런 눈으로 아부지를 치다보냐? 쩌리 가라잉!"

그런데 얼렁뚱땅 내몰려는 아비에게 녀석이 뜻밖의 말로 맞섰다.

"하아아이 마!"

"뭐여? 아 이놈이 시방 뭐랑겨? 언능 쩌리 안 가냐?"

아비의 으름장에도 녀석은 물러서지 않고 오히려 문을 더 꽉 붙잡고 버텼다.

"얼레! 이 새깽이가 뚱금없이 어째 이려?"

그때 녀석의 입에서 다시 예상 밖의 단어가 튀어나왔다.

"하아아아이 마! 도도도도오오옥!"

"뭐여?"

"하아아아이 마! 도도도도오오옥!"

영감은 뜨끔했다.

"이놈이 시방 뭐랑겨?"

아부지 시방 도둑질하는 거 맞잖아유? 녀석 눈빛이 그렇게 말하고 있는 것 같았다.

그러믄 못 써유. 자석새끼 보는 디서 시방 그것이 뭔 짓거리요? 눈빛으로 아비를 나무라는 아들.

"이 빙신새깽이가 뭣을 안다고? 언능 쩌리 안 비키냐?!"

당황한 영감은 힘으로 밀치고 나가려 했지만 녀석이 이번엔 아비 다리를 붙잡고 늘어졌다.

"아아아아안 되애애!"

"아따! 이놈으 새깽이가 참말로 어쩨 이려? 야, 이놈아, 언능 이 손 못 놓냐!"

그러나 녀석은 아비다리를 꽉 붙잡고 절대 놔주지 않는다.

"뭐더냐?"

소란에 마침내 장모까지 출동했다. 영감은 서류를 얼른 뒤로 감췄다.

"뭔 지랄들이여? 어쨰 그려?"

장모가 의심에 가득 찬 눈초리로 사위를 쏘아봤다.

"암것도 아녀라. 근디 장모, 통닭은 폴써 다 자셨소?"

능치려 드는 사위.

"아니. 다 안 묵었는디?"

"음마! 그러믄 언능 방에 들어가 더 자시쇼잉!"

사위는 장모를 몰아내려 보려 했지만,

"다 묵었는디?"

다시 생청붙이는 장모.

하이고오, 참말로 또 시작이구만잉!

하지만 지금은 장모를 상대할 때가 아니다.

"아따! 요놈이 대처나 어째서 요 지랄이여? 아, 이놈아 애비 다리 뿐질러져! 언능 이 손 안 놓냐?!"

그러나 아비 다리에 매달려 있는 대로 악을 써대는 재형.

"아아아아안 되야아아! 하아아아이이마아아!"

"아따! 이 새깽이가 참말로 송신나게?! 아, 놔야!"

더 이상 참지 못하고 녀석을 거칠게 밀쳐 내는 영감. 그런데 이게 웬일인가. 으아아 비명을 지르며 나동그라진 아이가 갑자기 눈을 허옇게 까뒤집더니 입에 게거품을 물고 사지를 파들파들 떨기 시작한다.

"얼레, 야가 어째 이려?! 아야, 재형아! 재형아!"

영감은 깜짝 놀라 아이를 일으켜 보려 했지만 녀석은 발작적 경련을 멈추지 못한다.

"오메! 오메! 오메!"

놀란 장모는 그 자리에서 펄쩍펄쩍 뛰었다.

"오메! 아가! 재형아! 하이고오! 이놈이 또 어째 이런다냐?"

아이를 붙잡고 어쩔 줄 몰라 쩔쩔매는 박 영감. 녀석의 발작은 7년 전 둘째 놈이 집을 나간 이후 처음 있는 일이다. 그만큼 녀석이 뭔가에 큰 충격을 받았다는 거다.

"아, 뭣혀? 시방 아그 쥑일 판이여?"

다시 정신이 돌아온 장모가 사위에게 호통을 쳤다.

"아, 셋바닥 물기 전에 언능 요것이라도 물려!"

장모가 자기 목에 두르고 있던 수건을 사위에게 툭 던져줬다.

"오메. 알겠소."

엉겁결에 장모가 시키는 대로 하는 사위.

"아아아 아아아……."

아비가 입에 수건을 물려주려 하자 그 와중에도 안 된다는 듯 아비를 향해 손사래를 치는 재형이.

"하이고, 아가! 알었다. 알었웅게로 지발 진정히라잉? 아부지 암 짓도 안 헐 텡게잉!"

*

"아가, 인자 조께 정신이 드냐?"

조금 후 제정신이 돌아온 재형이가 아비 품에서 게슴츠레 눈을 떴다.

"인자 괜찮허냐?"

걱정스러운 듯 아들을 내려다보는 영감. 그런데 녀석이 아비와 눈이 마주치자 또 빤히 쳐다본다.

"왜 또 그냐?"

아부지 그러믄 못 써유. 녀석이 다시 눈빛으로 말하기 시작한다.

"아따! 참말로!"

아부지, 그러믄 벌 받어유. 우새시럽게 낫살이나 자서 갖고 그것이 뭔 짓거리요?

"아따! 알었다. 알었웅게로 인자 그만혀라잉?"

하지만 녀석의 훈계는 거기서 멈추지 않는다.

아부지, 그것은 엄연시 도둑질이여요.

뭐여? 아, 이놈아 그것은 아부지가……. 그러나 아비는 변명이 궁색하다.

아부지, 인자 나잇값을 좀 허쇼. 점잖게 아비를 훈계하는 아들.

뭐여? 이놈이 애비헌티 못헐 소리가 없구마잉.

아부지가 대처나 뭐가 아수어서 그요? 늙어서 식구덜헌티 버림 받을까미 그요? 그것이 겁나서? 정곡을 찌르는 아들.

뭐여? 영감은 모자란 아들 머릿속에 그런 말이 담겨 있을 줄은 상상도 못했다. 금메……. 뭐 솔직히 말허먼 그러제. 멋쩍은 아비. 그것이 조께 겁나긴 허제잉. 자기도 모르게 아들에게 속내를 고백하는 아비.

그러믄 차라리 큰엄니헌티 싹싹 비시오. 마치 아비 속을 훤히 꿰뚫어 보고 있는 듯한 아들.

빌라고? 뭣을?

긍게로 아부지가 여태께 큰엄니헌티 잘못헌 거 싹 다! 싹 다 빌라 말이요. 그러고 차라리 부탁을 허시오.

부탁을 허라고야? 뭣을? 어찌케?

긍게로 아부지를 조께만 더 봐돌라고. 인자부텀이라도 나쁜 맴 안 묵고 착허니 살랑게, 큰엄니헌티도 잘헐 팅게 아부지가 입때꺼정 큰엄니헌티 잘못헌 거 조께 용서히돌라고. 차라리 빌라 말이요. 그것만이 아부지가 살 길잉게로.

금메……. 실은 나도 그러고자픈디. 그것이 느 큰어메헌티 통할랑가 모르겄다. 아들 눈치를 보는 아비.

진심으로 빌믄 통헐 것이요. 아비에게 한수 가르쳐 주는 아들.

참말로 느 큰어메가 날 받어주끄나? 폭삭 늙어갖고 염치없이 빈대 붙어살라는 나를?

아부지가 참말로 맴 고쳐잡숫겄다믄 나라도 아부질 도와줄 팅게 그런 꺽정은 마시고요.

니가야? 니가 어찌케 나를 도울 수 있가니?

그것은 나가 다 알어서 헐 팅게로 꺽정 마시고요.

음마. 참말로 니가 다 알어서 헌다고야?

근당게요. 아, 큰엄니가 젤로 이뻐허는 게 누구요? 나 아니가니요?

그러제. 그것이사 너제.

긍게로 나가 부탁허먼 큰어메는 뭐든 다 들어준당게요.

허기사……. 그러믄 아가, 나가 조께 염치는 없다만 너헌티 조께 부탁히도 쓰겄냐?

암먼요. 나만 믿으시랑게요 아부지. 인자부텀 아부지는 나가 체금질랑게 꺽정 마시랑게요.

니가 날 체금진다고야?

암먼요.

음마, 소(효)자가 따로 있었다잉! 나는 여태게 그런 것도 모르고 니를 빙신 취급만 혔다잉! 참말로 미안시럽게 되얐다, 소자야. 아부지를 용서히라잉!

용서허고 말고라.

참말이여?

근당게요.

참말로 고맙다, 소자야. 너는 참말로 부처님자석이다잉!

긍게로 아부지는 나 겉은 자석 둔 것을 복 받은 줄로 아시오잉!

암먼. 암먼. 니가 복뎅이다. 참말로 복뎅이고 말고. 나가 어째서 여태게 그것을 몰랐으끄나잉!

그렇게 부자간에 길게 무언의 대화를 나눈 뒤 재형이는 마침내 잠이 들었다. 영감은 아들에게 베개를 받쳐 주고 자리에서 일어섰다. 그리고 조용히 마동 집을 빠져나오는데 왠지 가슴이 먹먹했다. 긍게로 큰엄니헌티 아부지가 잘못헌 거 싹 다 빌라 말이요. 그러믄 큰엄니가 싹 다 용서히 줄팅게로. 영감은 녀석의 눈빛 충고가 새삼 곱씹혀졌다. 그려. 니 말이 맞다잉? 느 큰어메는 본심이 착헌 사램잉게 종당간에는 싹 다 용서허고 날 받아줄겨잉? 암먼.

그렇잖은가. 사실 큰마누라는 지난 세월, 40년이 넘도록 자기로부터 그 모진 꼴을 당하고서도 이제껏 그 연을 냉정히 끊어 버리지 못한 여자가 아닌가. 그러니 자기가 혹 말년에 병이라도 들어 인생 처량한 꼴로 전락했을 땐 그래도 보살펴 줄 사람이 큰마누라밖에 없을 거란 생각이 드는 거다.

긍게로 이놈아, 너도 이참에 참말로 맴 고쳐 묵어. 스스로에게 훈계하는 박 영감. 아, 망구가 뭔 돈으로 그리 비싼 땅을 샀능가 고 따구 것이나 캐고 댕기지 말고! 고따구 것 캐고 따져봤자 뭣혀? 아닌 말로 니가 망구랑 다시 합치믄 그 돈, 그 땅이 싹 다 어디로 가니? 망구 돈이 싹 다 영감 돈 아녀? 암먼 그러제. 글고말고. 긍게로 언능 맴 고쳐묵고 시방부텀이라도 망구헌티 잘허란 말이여. 아, 뒷날을 생각허먼 인자부텀이라도 공을 들이놔야 안 쓰겄냐잉? 암먼, 그러제. 글고말고.

그리하여 영감은 어떻게든 하루라도 빨리 삼례댁 옆에 다시 둥지를 틀어야 한다고 생각하는 것이다.

근디 어찌케 그 말을 꺼낸디야?

*

그런데 영감이 맘에 품은 말을 꺼낼 기회를 엿보고 있던 차에 장모가 죽었다. 슬퍼하는 사람은 아무도 없었다. 삼례댁조차 그 죽음을 무덤덤하게 받아들였다. 어쨌건 상이 났으니 치러야 할 일이 태산이었다. 영감은 기회가 왔다고 생각했다. 어차피 나름대로 계산속이 있었으니 그는 상주 노릇을 착실히 해낼 작정이었다. 그런데 그보다 먼저 가증스런 속내를 드러낸 놈이 재수였다. 한동안 코빼기도 안 보이던 녀석이 소식을 듣곤 득달같이 달려와선 이참에 큰어머니를 단단히 구워삶을 작정이라도 한 듯 아비보다 한발 앞서 착착 장의 절차를 밟아갔다. 제법 큰아들 노릇을 해내는 게 누가 봐도 상주는 그놈처럼 보였다. 그뿐인가. 창동여자도 단단히 한몫 거들었다. 자기가 마치 삼례댁의 진짜 피붙이라도 되는 양 소복까지 챙겨 입고 손님들 접대한답시고 밉지 않게 눈앞에서 알짱거렸다. 어수룩한 삼례댁은 진심으로 고마워하는 듯 보였다. 하긴 그럴 거다. 삼례댁 혼자 상을 치렀다면 상가엔 시장 사람들 말고는 문상객이 거의 없었을 테니 말이다. 영감은 모처럼 큰마누라 앞에서 어깨 펴고 자기과시를 할 수 있어 기분이 좋았다.

봐라. 이래 봬도 나가 이 지방 유지 아녀? 긍게로 나가 없었으면 망구 혼자 어쨀 뻔했능가? 혼자 썰렁한 상가 지키고 앙거서 청승이나 떨고 있었겄제잉? 긍게로 요래서 가족이랑 게 필요한 거제잉. 근디 망구헌티 누가 요런 가족을 맹글어줬능가? 나, 자네 서방 아닌감? 긍게로 자네가 날 히피보면 안 되제잉! 암면.

박 영감은 이번 일로 자신이 큰마누라로부터 꽤 점수를 따냈을 것이라 여기고 이제 상을 다 치른 후 틈 봐서 삼례댁에게 그간 미뤄 왔던 얘기를 꺼내 보리라 맘먹는다.

"성님, 그 아줌니헌티서 전화 왔는디요."

장례식을 마치고 집으로 돌아가려는데 김가가 영감에게 다가와 전했다.

"누구 말이여?"

"아, 고 서울아거메 말여. 시방 즈그부모님 뫼시고 계약서 쓰랄랑게 성님도 언능 사무실로 오라는디요."

"시방?"

"잉. 시간이 없담서 언능 오라는디요."

"아따! 거참! 거 되도 안헐 일에 어째서 사램을 자꾸 오라 가라 혀싼디야? 참말로 성가시럽고마잉."

그러면서 큰마누라 눈치를 살피는 박 영감.

"내 꺽정은 말고 찬찬히 일보고 댕겨 오시요."

영감에게 순하디 순하게 권하는 삼례댁. 참으로 오랜만에 들어

보는 말투다.

"그려? 그럼사 자네 몬야 집이 가 있을랑가? 나 일 조께 보고 따라갈 팅게?"

"그려유."

"그려. 자네 오널 솔찬히 고상 많었네잉. 그러믄 언능 몬야 집이 들어가 쉬고 있소잉? 재수야, 느 큰어메 집꺼정 잘 뫼시다 드리라잉?"

마누라를 다독이고 큰아들에게 당부하는 박 영감.

"예. 알겠소."

큰아들놈 태도도 모처럼 고분고분하다. 영감은 오랜만에 만사가 흐뭇하다. 그런 표정으로 그가 차에 오르자 김가가 의미심장하게 이기죽거린다.

"성님 참말로 오지겄소."

"뭣이?"

"아, 인자는 꺽정헐 게 한나도 없응게로 허는 말이지라잉. 인자 부텀은 만사가 싹 다 성님이 원하는 대로 잘될 것잉게로."

"암먼. 그러제. 글고말고."

"참. 근디 성님. 그 아거메허고 계약서 작성은 성님 혼자 허셔야 쓰겄소. 나는 울 엄니 뫼시러 잠깐 터미날에 댕기와야 쓰겄응게로."

"알었다. 댕기와."

"허기사 그 아줌니 자꾸 성님만 찾아쌍게로 나사 뭐 헐 일도 없제잉?"

느물거리는 김가.

＊

"아니 이 아줌니는 왜 또 여그 와 앙겄소?"

박 영감이 사무실에 당도해 보니 엉뚱한 사람이 기다리고 있었다. 보험아줌마가 와 있었던 거다.

"여태께 김가헌티서 돈 못 받았소?"

그가 미간을 찡그리는데 여자가 웬일로 데데하게 나온다.

"나가 볼일이 그것뱅이 없가니요? 오늘은 고 일로 온 것이 아녀라."

알고 보니 이 여자가 삼도아파트 계약하겠다는 그 서울새댁 시고모란다.

"참말이요? 참말로 고 아거메가 아줌니 조카라고라?"

"근당게요."

"긍게로 그 아거메가 첨부텀 아줌니 소개로 요리 왔다고라?"

"아. 몇 번을 말히야 알어듣겄소?"

"아따! 그러믄 진직이 말쌈허시제. 그랬음사……."

그간 여자를 푸대접해 온 게 마음에 걸려 영감은 입맛을 쩝 다신다.

"긍게로 사램 함부로 히피보고 그러는 게 아니지라잉!"

여자가 뼈있는 한마디를 던진다.

"근디 당사자는 어째 안 오고 아줌니 혼자 왔소?"

말을 돌리는 박 영감

"아, 긍게로 갸가 즈거메 뫼시고 이리 올라다가 그만 자동차 사고가 났당마요."

"자동차 사고요?"

"예. 뭐 큰 사고는 아닝게 껵정헐 것은 없단디요. 암튼간에 갸가 아자씨허고 시간 약속헌 것이 걸링게로 나헌티 대신 몬야 가서 사무 조께 봐돌라겨서 왔구만요."

"뭔 사무를 대신 보랍디여?"

"긍게로 가격 홍정이지 뭐겠소? 가격만 잘 맞으면 갸가 일 끝나는 대로 달리와서 당장이라도 계약서는 쓸 팅게 그동안 나허고 아자씨허고 몬야 조단조단 잘 상으셔서 집 가격이나 조께 맞차놓으라이 말이지요."

"그요? 그러믄 어디 한번 야그나 붙여봅시다."

*

그러나 결국 계약당사자는 끝내 나타나지 않았다. 사고처리가 생각보다 길어져 시간이 좀 더 필요하니 계약은 다음 날로 미루자는 거였다.

나가 요럴 중 알았당게. 요상헌 에펜네들이 기연시 바쁜 사램 불러다 놓고 사램을 엎어치고 들러메치고 지랄들을 해쌌더니! 맥없이 발품만 폴았잖여?

영감이 치미는 울화를 다스리며 사무실에서 나오는데 김가로부터 전화가 걸려왔다.

"성님, 어찌 되얐소?"

"뭣이 어찌 되야? 한나같이 뭔 되도 안헐 일을 갖고 공연시 사램을 오라 가라 지랄들이여? 지랄들이!"

"그요? 근디 성님. 하이나…… 제수씨허고 장남 어디 보냈소?"

김가가 뜬금없는 말을 한다.

"어디로 보내다니? 그것은 또 뭔 소리여?"

"암디도 안 보냈소?"

"아, 몰러. 난 그런 적 없어. 근디 왜?"

"나가 아까침에 울 엄니 집에다 뫼시다 놓고 다시 나오는 길에 성님 집 근처서 봤는디 모자간에 급허니 어디 가는 것 같드만. 승용차 타고. 근디 그때 차에 함께 탄 사람이 또 하나 있었는디 그것이 암만혀도 고 아거메 같더란 말이여."

"대처나 뭔 말을 씨부리능겨? 아, 이눔아 말을 헐라먼 사람이 좀 알아묵게 혀. 고 아거메라니? 누구 말이여?"

"아, 그 삼도아파트 계약하자던 그 서울각시 말여라."

266

"뭐여? 그게 뭔 소리여?"

"아, 긍게로 나가 그것이 암만혀도 요상혀서 시방……."

뭔가 심상찮은 느낌이 든다.

"알었다. 알었응게로 그만 끊어."

박 영감은 얼른 김가와 통화를 끊고 창동여자에게 전화를 걸어본다.

날 좀 보소 날 좀 보소.

신호는 계속 가는데 작은마누라는 받지 않는다. 이번엔 재수와 통화 시도를 해보는데 마찬가지다. 놈도 받지 않는다.

요것들이 뭔 수작이여?

영감은 갑자기 불안한 마음이 들어 급히 마동아파트로 달려간다.

*

"이것들 어디 갔디야?"

아파트에서도 두 사람은 보이지 않았다.

"왔소?"

큰마누라가 잠든 재형이를 옆에 끼고 안방에 누워 있다가 몸을 일으켰다.

"뭔 일 있었능가? 자네 표정이 어째 그려?"

"뭔 일은……. 기양 몸이 좀 되야서 그요……."

"그려? 근디 재수허고 창동은 어디 갔어?"

"재수는 나 몬야 내려주고 볼일 보라 갔고……. 창동도 일이 있담서 나갔소."

심드렁하게 대꾸하는 큰마누라. 아무래도 느낌이 이상하다.

가만! 설마? 순간 스치는 의혹에 얼른 장모 방으로 들어가 보는 영감.

그런데 그가 안방 눈치를 살피며 장판을 들춰 보는 순간 이게 웬일인가? 문서 봉투가 안 보인다!

"이봐! 자네 혹 거시기 어디 딴 디다 치웠능가?"

그는 다급한 마음에 앞뒤 안 가리고 안방을 향해 소리쳤다.

"아, 긍게로! 엄니 방에 있던…… 거시기 말이여!"

큰마누라는 대답이 없다.

"몰러? 안 치웠어?"

급기야 안방으로 달려와 큰마누라에게 직접 확인하는 영감.

"뭣을 말이오?"

영감 말을 못 알아듣겠다는 듯 되묻는 삼례댁.

"글먼…… 하이나 그놈헌티 뭣이라도 준 것 없능가? 아, 재수놈헌티 말이여!"

영감은 안달하는데 시큰둥하게 대꾸하는 삼례댁.

"사망신고 대신 헐라먼 필요허다게서 내 도장허고 주민등록증 줬어라……. 엄니 것도요."

"뭐여?"

영감은 소스라쳤다.

"하이고매! 그것들헌티 그것을 주면 어쩌?"

"어째 그요?"

"어째 그요?! 하이고메! 이 멍충이! 대처나 어찌자고?! 하이고메! 일 났구먼! 일 났어! 내 이 녀르 년놈을 기양!"

영감은 다급히 아파트를 뛰쳐나가며 다시 창동여자에게 전화를 걸어본다. 그러나 상대는 여전히 받지 않는다. 재수에게 걸어 봐도 마찬가지다.

"하이고메! 요것들이 설마!……"

영감이 허둥지둥 아파트 층계를 뛰어 내려가는 동안 삼례댁은 잠든 재형이를 가만히 내려다본다. 녀석의 눈가가 아직도 촉촉하다.

*

"뭔 일이여?"

장지에서 돌아온 삼례댁은 현관문을 열자마자 깜짝 놀랐다. 재형이가 현관에서 제 어미와 실랑이를 벌이고 있었던 거다. 그들 곁엔 처음 보는 젊은 여자 하나가 서 있었다.

"어째 그려?"

창동여자는 삼례댁을 보고 멈칫했다.

"아무것도 아녜요. 이놈이 느닷없이 손님 가방을 가로채 가서 그래요!"

"아니 왜?"

"왜 그러는지 내가 알아요? 재형아, 얼른 그거 엄마 줘. 응? 이리 내, 빨리! 엄마 바뻐!"

"아아아안 돼애!"

"얘가 오늘따라 왜 이래?! 내놔 빨리!"

"아아안 되야!"

그런데 모자가 실랑이를 벌이던 중 가방에서 봉투 하나가 툭 떨어졌다. 삼례댁에겐 낯익은 봉투였다. 그제야 상황을 파악한 삼례댁은 얼굴이 하얗게 질렸다.

"요것이 뭔 짓이여?"

삼례댁 목소리가 떨렸다.

"몰라 물으세요?"

현장을 들킨 여자는 도리어 당당했다.

"영감이나 내가 그동안 형님 집 드나들면서 이걸 찾았다는 걸 정말 모르셨어요?"

뻔뻔하게도 제 주둥이로 사실을 실토하는 창동여자.

"어찌 자네가 나헌티?!"

"그럼 어쩌라구요? 재수 빚막음 못하면 감옥 간다는데!"

창동이 악을 썼다.

"그래서 도와달라고 그렇게 하소연해도 형님은 모른 척하니 어째요? 게다가 보세요."

창동여자가 자기 곁에 서 있던 젊은 여자를 불쑥 앞세웠다.

"이 뱃속에 든 애가 누군지 아세요?"

여자의 배가 봉긋했다.

"이 집 종손! 재수아들, 형님 손자라구요! 이제 어쩔 건데요? 불쌍한 새끼들 인생이 모두 형님 손에 달려 있다는데 호적상 모친이란 사람이 끝까지 나 몰라라 할 건가요? 기어코 제 장남 콩밥 먹게 하고 핏덩이 제 손자까지 굶겨 죽일 거냐구요?!"

마치 모든 책임이 삼례댁에게 있다는 듯 몰아붙이는 창동여자.

"그래요! 그래놓고도 형님 혼자 편히 잘 먹고 잘살 수 있겠으면 어디 한번 그래 보세요!"

창동의 억지소리 앞에서 삼례댁은 왠지 아무 말도 할 수가 없었다. 그런데 그때 갑자기 재형이 울음을 터뜨린 거다. 무슨 의미인지 알 수 없는 녀석의 울음소리가 어찌나 서럽던지 순간 삼례댁 가슴이 허물어져 버리고 말았다. 그리하여 자기도 모르게 그만 손에 들고 있던 문서를 창동여자에게 내주고 만 것이다.

"이걸로 우리 악연 정리했다 여기세요."

창동여자는 원하는 바의 것을 빼앗아 들곤 여전히 당당했다.

"다신 형님 앞에 안 나타날 테니 잘사세요."

마치 적선이라도 하듯 그렇게 한마디 던지곤 창동여자는 현관문을 나섰다. 그때 여자의 핸드폰이 울렸다.

　날 좀 보소. 날 좀 보소.

　여자가 아파트 3층 층계를 다 내려갈 때까지 벨소리는 계속 울렸다.

　날 좀 보소. 날 좀 보소.

06 네펜데스의 여정

1

그곳은 말하자면 시작과 끝이 맞닿는 곳이었다. 여정의 출발점에 있는 사람들, 종착점에 도달한 사람들. 모두가 한데 뒤섞여 끊임없이 북적거리고 있는 공간. 그 이름이 무엇이건, 그것이 어느 곳에 있건 그런 것은 중요치가 않다. 그곳엔 북적거리는 사람들의 수만큼 수많은 이야기가 있다. 그들의 이름, 생김새, 국적, 그런 것들은 그다지 중요치가 않다. 멀리서 보면 비슷하면서도 가까이 다가가보면 조금씩 다른 모습의 당신들. 당신들 중 일부는 지금 자신이 서있는 그곳이 여정의 어느 지점쯤 될지 가늠할 수 있겠지만, 나머지 사람들은 전혀 그렇지 못할 수도 있다. 얼마 전에 출발한 것 같은데 벌써 다 왔나? 놀라는 이들도 있겠지만, 여전히 출발선에 있으면서도 이미 끝을 생각하는 이들도 있을 것이다. 당신은 그들 중 어느 편에 속하는가? 당신이 서 있는 지점이 어디쯤이라 생각하는가?

햇살이 폭포처럼 쏟아지는 그 환한, 드넓은 벌판과도 같은 기차역 플랫폼. 거기서 쌍쌍이, 혹은 무리를 지어, 혹은 홀로 동떨어져 서성거리는 당신들. 당신들의 나침반은 어느 곳을 향해 있는가? 그곳이 L시의 역이든, P시의 역이든 그런 건 아무래도 좋다. 거기서 익명의 얼굴로 서 있는, 혹은 바쁘게 오가는 당신 혹은 당신들. 기다림, 설렘, 희망, 절망, 계획, 좌절들이라 불리는 당신들. 남자와 여자, 노인과 아이들, 부자와 가난뱅이, 소시민과 걸인들, 그리고 각종 언어를 구사하는 온갖 인종의 당신들. 각자의 습관과 취향, 식성과 잠버릇, 가정과 교육, 문화와 국적, 그런 차별적 기준들을 떠나서는 자신의 존재가 성립되지 않는다고 믿는 당신들. 그 때문에 고통받고 행복하며, 자부심과 열등감에 시달리는 당신들. 당신들의 머릿속에서 끊임없이 생겨나고 또 사라지는 상념들. 때론 당신들을 슬며시 미소 짓게 만들거나 때론 찡그리게 만드는 미묘한, 하찮은 감정들. 단 한순간도 그 감옥에서 벗어날 수 없는 당신들. 거기 포로가 된 채로 하루하루 살아가는 당신들. 숱한 상념과 감정의 뇌파들이 끊임없이 흐르고 부딪치며 끊기고 뒤엉키며 얽혀드는 카오스의 공간. 익명의 도시 어느 거대한 역 플랫폼에서 우글거리는, 서성거리는 당신들. 그 속에서 마치 대양 한복판 작은 섬처럼 홀로 떠 있는 거기 당신. 그래. 바로 당신. 한 개 점일 뿐인 당신. 아까부터 거기 카페와 전화부스 사이를 오가며 뭔가 결정을 내리지 못해 망설이고 있는 듯한 당신. 공중전화부스에서 카페 앞 전자오락기

게임에 푹 빠져 있는 한 아이에게 주의를 기울이며 왠지 깊은 시름
에 잠겨 있는 듯한 당신. 30대 중반으로 보이는 평범한 여인인 당
신. 당신을 사로잡고 있는 건 무엇인가?

*

창문을 좀 열까.

당신은 기차가 출발하기 직전에야 간신히 객차에 오를 수 있었
다. 좌석에 앉자마자 바로 잠이 든 아이는 더운지 땀을 흘리고 있었
다. 당신은 옆 좌석 승객을 의식하며 창을 조금 열어 본다.

순간 바람을 느꼈을까? 옆 좌석 사내가 실눈을 뜨고 당신을 돌아
봤다. 미간을 찡그리며 자신의 가방을 집어 들더니 다른 좌석을 옮
겨 가 앉는 사내. 당신은 왠지 모욕감을 느낀다.

기차가 속력을 내기 시작하자 열린 창 너머로 밤바람이 후끈 밀
치고 들어온다. 조금은 살 것 같다. 질주하는 열차의 규칙적인 리
듬에 몸을 맡긴 채 승객들은 서서히 반가수상태의 평온 속으로 빠
져들고 있었다. 신문지나 얇은 잠바 따위로 얼굴을 가린 채 잠을 청
하거나, 허공에 떠 있는 멍한 시선들.

출입구 쪽이 갑자기 소란스러워지더니 배낭과 기타 따위를 짊

어진 십여 명의 젊은이들이 객차 안으로 들어선다. 천장에 닿는 금발. 햇볕 결핍증을 호소하는 피부. 영어도 프랑스어도 독일어도 아닌 불가해한 언어들로 소란을 떨며 출입구 근처 빈 좌석 몇 개를 장악하는 청년들. 그중 서넛은 자리를 차지하고 앉고 서넛은 좌석 팔걸이에 기대어 앉고 나머지는 통로에 선 채 각자 위치를 잡더니 갑자기 디리링- 기타를 튕기며 노래를 부르기 시작한다. 마치 예정된 수순에 의한 듯, 타인의 시선 따윈 아랑곳없이 자연스럽고 당당하게 연주를 시작하는 저들. 기타와 손뼉, 탬버린의 리듬에 맞춰 흥겹게 몸까지 흔들며 화음을 맞춰 보지만 별로 조화롭지 못한 화음만 덜컹거리는 기차의 소음에 덧붙여질 뿐이다.

두 종류의 소음이 각자의 궤도를 타고 지속되자 처음엔 잠시 호기심 어린 시선으로 그들을 쳐다보던 승객들 표정에도 곧 짜증이 묻어난다. 아이는 소음에 살짝 잠이 깨 잠투정을 하고 어수선한 객차 분위기에 날카롭게 신경이 곤두선 당신은 아이를 데리고 자리에서 일어난다. 보다 조용한 다른 좌석을 찾고자 좀 더 뒤쪽으로 가보니 다행히 마지막 객차 안은 거의 텅 비어 있다. 객차엔 여덟 명의 승객만이 각자 한 좌석씩 통째로 차지하고 편안하게 누워 있고 차창도 거의 다 열려 있어 툭 트인 들판에 와 있는 것처럼 시원하다.

되찾은 고요함과 시원한 공기 속에서 아이는 곧 다시 잠들었다.

이제 완전히 열기가 가신 밤공기. 출발할 때와 비교하면 기온이 뚝 떨어져 있다.

오그린 채 잠든 아이의 종아리에 잔 솜털들이 오스스 일어서 있다. 당신은 발밑에 놓아둔 작은 여행 가방에서 티셔츠 하나를 꺼내 아이의 다리에 덮어준다. 꿈을 꾸는지 아이의 눈꺼풀 밑에서 눈동자가 쉼 없이 움직이고 있다. 무엇을 보고 있는지. 어디를 헤매고 있는지. 혼자만의 꿈의 세계에서 여행하고 있는 아이. 저 조그만 뇌세포 속에서 과연 무엇이 일어나고 있는 건지. 아이는 가끔 예상할 수 없는 말로 엄마를 놀라게 했다.

—엄마, 우리 도망가는 거야?

전날 밤 외박을 한 그가 들이닥치기 전에 당신은 날이 밝기 무섭게 허둥지둥 집을 빠져나왔다. 작은 여행 가방에 손에 집히는 대로 옷가지 몇 개를 쑤셔 넣고 아이의 손을 잡아끌고 정신없이 집을 빠져나온 당신은 평소에 다니지 않던 좁은 골목길로 에둘러 버스정류장까지 단숨에 달려갔다. 그러곤 무작정 첫 버스에 올랐다. 처음부터 어디로 가겠다고 작정하고 나온 건 아니었다. 그런 건 나중에 생각하기로 하고 몇 차례 차를 갈아타면서 당신은 가능한 한 집과 시내에서부터 멀리 떨어진 동네까지 달려갔다. 마침내 처음 와 보는 낯선 동네에 이르자 당신은 비로소 안도의 한숨을 내쉬었고 다리가 아프다고 칭얼대는 아이를 한적한 놀이터에 풀어놓았다. 그리고 한나절을 그 일대 공원과 극장과 패스트푸드점 따위에서 시간을 보낸 후 망설임 끝에 아이를 끌고 기차역으로 갔던 거다. 그런데 기차를 타자고 하자 아이는 엄마의 거동이 여느 때와는 다르다는 것을 눈치챈 듯 물었다. 엄마, 우리 도망가는 거야? 아이가 불쑥 던진 그 한마디에 당신은 가슴이 철렁했다.

잠든 아이의 입에서 잠꼬대처럼 다시 그 말이 튀어나올까 봐 조마조마한 당신. 여행 가방처럼 그저 엄마 손에 끌려왔을 뿐인 아이는 이제 모든 것을 당신 처분에 내맡긴 채 새우처럼 옹크리고 잠들어 있었다. 가슴이 뭉클했다.

*

덜컹거리며 달리는 기차. 모두를 잠재우고 저 혼자서만 미친 듯 달리고 있는 밤 열차. 차창들은 득득 이를 부딪쳤고 창밖 어둠은 살아 있는 짐승처럼 헐떡거렸다. 어디로 가고 있는 건지. 몇 시간 후가 닿게 될 그 공간이 어떤 곳인지 알고는 있는지. 미지의 세계로 들어서는 순간 무엇이 기다리고 있을지. 막막한 두려움이 당신 명치끝을 압박한다.

기차 바퀴의 규칙적인 마찰음. 그 한결같은 리듬과 소음에 마치 장난감 말을 타고 제자리 뛰기만을 계속하고 있는 듯한 느낌. 아무리 박차를 가해도 결코 단 한 발짝도 앞으로 나아가지 못하는 악몽 속 제자리 뛰기 속에 갇혀 있는 것 같은 느낌. 차창에 비친 당신 모습이 여러 개의 영상으로 분열되며 흔들린다. 그 영상이 문득 당신을 기다리고 있는 저쪽 세상의 모습 같아 섬뜩하다.

두려워할 거 없다. 지금 중요한 건 마침내 그곳을 떠나왔다는 거다. 몇 시간 후 가 닿게 될 그 미지의 공간이 어떤 곳이든 불확실한 미래를 생각하며 지레 겁먹을 필요는 없다. 그러니 일단 가보는 거다. 가서 뭘 어떻게 할 건지 그런 걱정 따윈 나중에 해도 될 거다.

처음부터 끝을 계산해 본들 예상해 보려 한들 무슨 의미가 있겠나. 끝에 대한 생각, 발작적으로 기습하곤 했던 그 끝에 대한 생각에 사로잡힐 때마다 당신은 오늘과 같은 날을 꿈꾸어 오지 않았던가.

그러니 아무 생각도 하지 말 것. 그냥 맡겨둘 것. 다른 여행객들처럼 등받이에 편히 머리를 기댄 채 마음의 여유를 좀 갖도록 노력해 볼 것. 지금 이 순간만이라도 자신을 옭아매고 있는 그 자의식의 올가미를 조금이라도 벗어던져 보도록 노력할 것.

＊

갑자기 기차가 멈춰 섰다. 자신도 모르게 선잠이 들었던 걸까? 당신은 뒤늦게 객차 안이 텅 비어 있음을 발견한다. 기차는 어느 작은 역에 정차해 있었다. 종착역이라고 하기엔 너무 초라하고 작은 역. 객차 안엔 당신 외엔 두 사람이 더 남아 있을 뿐이다. 그들도 방금 잠이 깬 듯한 모습으로 짐을 챙기고 있었다. 다른 사람들은 이미 모두 기차에서 내려 플랫폼에서 길게 줄을 서고 있었다. 저들이 승선하기 전 출입국 수속을 밟고 있는 중이란 사실을 뒤늦게 알아챈 당신은 곤히 잠든 아이를 간신히 깨워 기차에서 내려선다. 그리고 행렬 끝에 어정쩡하게 합류한다.

새벽 두 시에 자다 깨 부스스한 얼굴로 출입국 절차를 밟고 있는 사람들은 난민 행렬을 연상시킨다. 엄마에게 기대선 채 잠을 이기지 못해 칭얼거리는 아이를 끌고 당신은 행렬 속에서 한 발짝씩 앞으로 나아간다. 무리 속에서 유일한 동양인인 데다가 커플도 그룹도 아닌 당신 모자를 사람들은 자꾸 흘끔거린다. 당신은 빨리 이 불편한 상황에서 벗어나고 싶지만 저 앞에서 의심 가득 찬 눈빛으로 여행객들의 가방 속을 마구 헤집어 놓는 세관원들의 거동은 이유 없이 당신을 주눅 들게 만든다. 혹 누군가 당신 가방 속에 마약 같은 거라도 몰래 집어넣은 건 아닌지 공연히 불안해하며 당신은 자꾸만 가방 속을 더듬어 본다. 마치 난바다에서 구조 요청하는 보트 피플처럼 초라하고 처량하기 짝이 없는 꼴로 승선 허락을 얻기 위해 전전긍긍하는 당신.

*

승선 전 출입국 심사는 별 탈 없이 끝났지만 그러나 아직 안심할 상황은 아니었다. 입국수속은 승선하자마자 다시 시작됐다.

"당신은 입국할 수 없습니다. 배가 도착하는 대로 즉시 출발지로 돌아가셔야겠습니다."

무슨 이유에선지 당신 바로 앞에서 입국 심사를 받던 흑인 청년 하나가 방금 입국 부적격자 판정을 받았다. 덩달아 긴장하는 당신.

"여행 목적이 뭡니까?"

이제 당신 차례다.

"관광입니다."

"그곳에 친지가 있습니까?"

단순한 관광이 목적이라는데 그런 건 왜 묻는 건지.

"친지가 있냐고 물었습니다."

대답을 재촉하는 창구 직원에게 당신은 엉겁결에 '그렇다'고 대답한다. 방금 전 그 흑인 청년처럼 입국 거부를 당할까 봐 겁이 난 거다.

"친지 주소가 어떻게 되죠?"

뜻밖의 질문에 당신은 대답할 말을 찾지 못한다.

"제 말을 이해하지 못하셨나요?"

우물쭈물하는 당신을 남자는 의혹에 찬 시선으로 훑어본다.

"아뇨. 그런 게 아니라……. 실은 주소를 모릅니다. 그 집을 찾아가는 게 아니라서요……."

말까지 더듬는 당신을 창구 직원은 수상쩍다는 듯 쳐다본다.

"그래요? 그럼 며칠 예정한 여행이죠?"

"한 일주일쯤……."

얼버무리는 당신의 불확실한 태도에서 무슨 낌새라도 챈 걸까? 창구 직원이 갑자기 무슨 명단 같은 걸 당신에게 내밀었다.

"혹시 이런 사람들 아시나요?"

이건 뭔가? 범죄자 명단이라도 되나? 괜스레 가슴이 쿵쾅거린다.

"이 사람들이 혹 친척 아닌가요?"

뜬금없는 질문에 명단을 살펴보니 모두 당신처럼 이씨 성을 가진 한국인 명단이다. 그제야 질문 의도를 파악한 당신은 안도의 한숨을 내쉰다.

"아닙니다, 그건."

그러나 그게 끝이 아니었다.

"여행경비는 얼마나 갖고 왔죠?"

다시 예상치 못한 질문에 당황하는 당신.

"한…… 400불 정도 되는데요."

"400불이라구요?"

의심의 눈빛으로 당신을 쳐다보는 남자.

"그걸로 어떻게 일주일 체류를 생각하죠?"

"그건……."

당신은 대답할 말을 찾지 못한다.

집을 나서기 전 당신은 가방에 옷가지를 챙기면서 가계부 사이에 끼어 있던, 얼마 안 되는 생활비를 그대로 들고 나왔을 뿐 여행경비까지 꼼꼼히 준비할 수 있는 상황이 아니었다.

"혹시 호텔 예약은 해놓았나요?"

"아뇨……."

계속 대책 없는 답변만 내놓고 있는 당신을 남자는 이해할 수 없다는 듯 쳐다본다.

"친지 집주소도 모르고, 호텔 예약도 안 해놓았고 게다가 현금이 그것밖에 없다면……."

당신은 불법 체류 가능성이 있는 밀입국자로군, 이라고 그의 눈빛은 말하고 있었다. 그제야 아차 싶었지만 이미 늦어버렸다. 옆 창구 직원까지 끼어든 것이다.

"뭐야? 왜 그래?"

"글쎄, 이 부인이……."

저들 입에서 '당신은 입국할 수 없습니다'라는 말이 떨어지면 그걸로 끝장이다. 그러니 이제 더 이상 어리바리하게 굴어서는 안 된다. 당장 이 상황을 모면할 뭔가를 생각해 내야만 한다.

"실은……."

이번엔 당신이 먼저 입을 열었다. 두 남자의 시선이 당신에게로 향했다.

"실은 L시에서 남편과 곧 합류하기로 돼 있어요. 남편은 지금 사업상 출장 중인데 이틀 후엔 거기로 올 거예요. 그리고 제 수중에 현금은 조금밖에 없지만 비자카드가 있는 걸요. 보여드릴까요?"

당신이 지갑에서 신용카드를 꺼내 보여주자 그제야 창구 직원의 표정이 누그러진다.

"아, 알겠어요. 그렇다면 됐어요."

물론 남편 출장 계획 같은 건 없다. 또한 당신은 신용카드도 사용하진 않을 것이다. 그랬다간 머지않아 그에게 행방이 발각되고 말 것이므로.

*

선내엔 이제 그 어떤 안내 방송도 음악 소리도 없다. 밤바다를 가로지르는 묵중한 선체의 모터 소리만 들릴 뿐. 자꾸 무기력의 늪 속으로 가라앉는 건 답답한 공기 탓일까? 아니면 전날 아침부터 쉼 없이 계속된 공간 이동 탓일까? 당신은 이제 고개 한번 움직이는 것조차 힘겹게 느껴진다.

그런데 몸은 천근만근인데도 이상하게 의식은 점점 더 명료해지기만 한다.

밤바다. 바다와 하늘의 경계선을 전혀 가늠할 수 없는 저 심연. 문득 첫 제주여행에서 본 밤바다 풍경이 떠오른다.

밤하늘에 소름끼치게 빼곡했던 별들. 놀랍게도 어깨높이까지 내려와 있었던 큰곰자리별. 마치 궤도를 이탈해 가없는 우주 공간에서 떠도는 것 같았던 느낌. 광막한 자유의 공간 속에 홀로 내던져진 듯한 느낌에 사로잡혔던 기억.

그리고 섬에 발을 딛자마자 당신을 삼켜 버린 폭설. 뼛속까지 갈아버릴 듯 몰아치던 삭풍. 정신 차릴 수 없게 몰아치던 눈보라 속에서 길 잃고 헤맸던 당신. 어둠 속에서 밤바다의 등대처럼 당신에게 신호를 보내온 인가의 불빛.

만일 그때 당신이 그 불빛을 향해 걸어가지 않았더라면 당신의 인생은 달라졌을까?

2

검붉은 기암괴석에서 불의 폭풍 흔적이 보이는 섬.

설렘과 두려움으로 첫발을 딛었던 미지의 공간에선 섬을 통째로 날려 버릴 듯 거센 바람이 불고 있었다.

도처에서 곧 폭설을 몰고 올 광풍의 조짐이 보이고 있었다.

험상궂은 하늘에선 빠른 속도로 먹구름이 날아다녔고 거대한 짐
승의 분노의 숨결 같은 바람이 여기저기 몰려다니며 해안마다 성난
파도가 방파제 둑까지 철썩철썩 치고 넘쳤다. 바람은 몸뚱이를 밀
쳐냈고 뺨을 후려쳤고 뼛속까지 파고들었다. 온 존재를 뿌리째 뽑
아 버릴 듯 온 방향으로 뒤흔들어대는 바람 속에서 키 낮은 함석 지
붕집들은 갯바위 따개비들처럼 땅을 움켜쥔 채 앙버티고 있었다.
정신 차릴 수 없게 몰아치는 바람. 어느 순간부터 그 바람 끝에 눈
발이 흩어지기 시작하더니 섬에 폭설이 휘몰아치기 시작했다.

눈 속에 갇힌 섬에는 차량도 행인도 뜸했다. 어디나 눈밭이었고
몇 미터 앞도 안 보일 정도로 눈보라가 몰아칠 때면 마치 영화 속
시베리아 벌판에라도 와 있는 듯했다. 얼굴을 때리는 작은 얼음조
각들. 눈밭에 푹푹 빠지면서 종일 걷다 보니 젖은 신발 속은 물론
바짓가랑이까지 얼어 서걱거렸고 언 몸은 나무토막처럼 뻣뻣했다.

집에 아무 얘기도 하지 않고 혼자 떠난 첫 여행.
많은 망설임과 용기가 필요했던 첫 가출로서의 그 여행은 억압
적인 어머니에 대한 나의 선전포고 같은 것이었다. 더 이상 나를 당

신 감옥에 가두어둘 수 없을 거라는 걸 알라는.

*

머리맡에서 느껴지는 인기척에 선잠이 깬 나는 그 새벽 또 가슴 속에서 불덩이가 치솟은 그녀가 곤한 잠에 떨어져 있는 식모아이를 깨워 그 짓을 하고 있는 걸 알았다. 하지만 난 언제나처럼 울컥 치솟는 신물을 꾹 참고 눈을 감고 있었다.

─야 이년아, 빨리빨리 움직이지 못해?

아이를 닦달하는 그녀의 목소리가 바로 머리맡에서 들려도 난 못 들은 척 눈감고 있었다. 어릴 때부터 익혀온 내 식의 자기보호본능의 표현이었다. 밤마다 도지는 저 화병의 불똥이 또 내게로 튈까 봐 언제나처럼 난 침묵으로 외면한 채 그 짓을 묵인했다. 행여 내가 눈을 뜨고 조금이라도 짜증을 내거나 하여 그 상황에 개입해 버리면 더 끔찍한 일이 벌어질 것이므로.

새벽 두 시. 날이 밝으려면 아직 멀었다. 그러니 난 더 자야 했다. 자는 척해야 했다. 잠이 덜 깬 아이는 필경 눈을 반쯤 감은 채 기계적으로 새벽 걸레질을 하고 있을 것이다. 가슴에 열불이 도진 어머니는 자신의 몸과 마음에 남겨진 더러운 흔적들을 빡빡 씻어내려는 듯 가여운 아이를 몰고 다니며 온 집 안을 쓸고 닦고 있는 중이다. 그러나 저 징그러운 행짜는 이벤트가 아니라 우리에겐 일상이므로 난 자야 했다. 그렇게 꾹 참고만 있자니 목구멍에선 신물이 돌았고 종내는 토할 것만 같았다. 하지만 적어도 날이 밝을 때까진 난 참아야 했다. 날이 밝으면 이 지긋지긋한 감옥에서 잠시라도 벗어날 수 있을 것이므로.

누군가 그렇게 말했던가. 전생에 악연이었던 사람들이 현생에서 가족으로 다시 만나는 거라고. 아버지의 바람기 때문에 평생 화병을 앓았던 어머니는 자신의 삶의 수레에 얹힌 가족 모두가 자신에겐 고통만 주는 존재라고 여겼고 모두를 원망했다. 멈추지 않는 바람기로 자신에게 크나큰 상처를 준 남편뿐 아니라 머리 좀 컸다고 자신의 뜻대로 움직여 주지 않는 자식들에게도 그녀는 끝없이 원망과 저주의 말을 퍼붓곤 했다. 사춘기에 접어든 작은딸은 툭하면 말 대답을 하고 방문을 걸어 잠갔고, 갓 대학 들어간 큰딸은 아침 일찍 나가 새벽녘에야 집에 기어들어 오며 제 어미를 그림자 보듯 대한 다고.

다들 나한테 왜 이러는 거냐? 대체 내가 전생에 무슨 죄를 지었다고 다들 날 이리도 괴롭히는 거냐, 엉? 아이구! 남편 복 없는 년은 자식 복도 없다더니. 자식새끼들만 무책임하게 내질러 놓고 나 몰라라 하는 니들 애비나 제 어미야 죽든 말든 지들 편한 대로만 살겠다는 니들이나 뭐가 다르냐? 엉? 이 나쁜 년들! 내가 누구 때문에 지금까지 이 악물고 버텼는데?! 내가 누구 때문에 이날 이때까지 그 희생하면서 살아왔는데! 엉? 그런데 니들까지 나한테 왜 이러냐? 엉? 엉?

어린 시절부터 이명이 생기도록 들어온 그 넋두리들엔 정말 신물이 났다. 진저리가 쳐졌다. 자식들을 자신에게 부과된 악업의 화신들처럼 대하는 어머니의 감옥으로부터 난 어떻게든 빨리 도망쳐 나올 수 있기만을 고대할 뿐이었다.

나란 존재를 마치 민들레홀씨처럼 이 세상에 아무렇게나 떨어뜨려 놓고 타인처럼 산 아버지란 사람과 평생 그에게 받은 상처 때문에 마음의 병이 깊이 들어 버린 어머니 사이에서 난 삶에 대한 염증을 너무 빨리 알아 버렸다. 어머닌 유부남인 줄 모르고 그에게 몸을 허락한 죄로 생겨난 나를 차마 떼어 버릴 수 없어 낳아 키웠고, 이후 내 동생까지 낳았지만 평생 그의 호적에 자신의 이름은 올리지 못했다. 반면 아버진 무슨 생각에선지 나와 동생은 당신 호적에 올렸으나 사실 가족이니 핏줄이니 하는 것에 별 의미를 두지 않는 사람이었다.

*

내가 아버지를 처음 본 건 8살 때였던 걸로 기억된다. 그해 여름

청주에서 살던 우리는 아버지가 살고 있는 서울로 이사 왔고 이후 아버진 가끔씩 노량진 우리 집에 들러 며칠씩 지내다 가곤 했다. 그러나 우린 대화란 걸 거의 나누지 않았고 피차 서로를 소 닭 보듯 했다. 아버진 자식들에게 단 한 번이라도, 학교는 잘 다니냐, 공부는 잘하냐, 라는 따위의 말 한마디조차 건넬 줄 모르는 그런 위인이었다. 그런 아버지가 우리에겐 그냥 어색하기만 한 존재였고 차라리 안 보는 게 더 편한 사람이었다.

사실 그 정도가 아니었다. 아버지가 집에 와서 지내는 날이면 툭하면 부부 싸움이 벌어졌기 때문에 우린 늘 불안했다. 한밤중 곤한 잠에 빠져 있던 나와 동생이 두 사람의 부부 싸움 현장으로 불려 나온 적이 어디 한두 번이었던가. 엄마는 아버지에 대한 미움으로 가슴에 열불이 일 때마다 아버지를 붙들고 악을 써댔다. 그래도 분이 안 풀리면 여지없이 건넌방으로 뛰어 들어와 우리가 덮고 있던 이불을 휙 걷어채고 소리쳤다. 이년들아, 일어나! 이 무심한 년들! 제 어미는 죽겠다는데 니들은 지금 태평하게 잠이 오냐? 엉? 빨리 안 일어나?! 그때마다 곤한 잠에 빠져 있다 날벼락을 맞은 동생은 울음을 터뜨렸지만 난 이를 앙다물고 울음을 참으려 애썼다. 그러나 엄마의 히스테리는 결코 짧게 그치지 않았다. 아이구! 이렇게 살아 뭐 하니? 다 같이 죽자! 죽어! 다 함께 한강 물에 빠져 죽자구! 그녀의 히스테리는 언제나 모두를 아수라지옥으로 끌어넣는 걸로 끝이 났고 아버진 그 히스테리가 통곡으로 변하기 전에 문을 쾅 닫고 집을 나가 버리곤 했다. 그리고 한동안 노량진 집에 발길을 끊었다가 머지않아 또 슬그머니 얼굴을 들이밀곤 했다.

아버지와 엄마의 그 지긋지긋한 동거는 내 몸에 서서히 사춘기 성징이 나타나기 시작할 무렵 마침내 끝이 났다. 내가 5학년 되던 해 봄, 아버지는 첫 부인과 헤어지고 나서(정확히 말하면 그녀가 집을 나가 버린 후) 우리 집으로 들어와 한동안 함께 지냈다. 그때 그는 백수 상태여서 거의 집에서만 빈둥거리며 지냈는데 그가 안방을 차지하고 밥만 축내며 빈둥거려도 어머닌 웬일인지 그냥저냥 내버려 뒀다. 자기 인생 망친 장본인이라고 평소엔 원망만 하던 남편에게 그래도 애정이 조금은 남아 있었던 걸까? 아니면 그의 법적 조강지처가 사라졌으니 이제 자신이 그 자리에 대신 들어앉을 수 있을 거라고 내심 기대라도 했던 걸까?

그러나 어머니 속내가 뭐였건 두 사람 사이의 표면적 해빙무드는 그다지 오래가지 못했다.

그해 여름 방학 직전 어느 날이었다. 학교에서 돌아와 보니 집안 분위기가 이상했다. 그때 집엔 아버지와 식모 순자 언니만 있었는데 무슨 일이 있었는지 순자 언니가 현관 앞에 쪼그리고 앉아 훌쩍이고 있었다. 안방에선 아버지가 담배를 피우고 앉아 있다가 날 보더니 왠지 뻘쭘하게 시선을 피해 버렸다. 불길한 느낌이 스치고 지나갔다. 아버지의 저런 표정, 언젠가 본 적이 있었다. 내가 9살 땐가 어느 날 아침 아버지가 집에 와 있는 줄도 모르고 아무 생각 없이 안 방 문을 벌컥 열었다가 엄마 아버지가 반라 상태로 괴상하게 포개져 있는 걸 목격한 적이 있었다. 그때 나와 눈이 마주친 아버지 표정이 바로 저랬었다. 그 광경 앞에 난 어찌할 바를 모른 채 멍하니 서 있었는데 그때 아버지 밑에 누워 있던 엄마가 날카롭게 소리쳤다. 이년아! 문 안 닫고 뭐 하니?! 그날 이후 난 문득문득 그 장면이 생각날 때마다 마치 내가 나쁜 짓을 하다 들킨 것처럼 가슴이 쿵쾅거렸고 그런 날은 괜스레 엄마 아버지와 시선을 마주치지 못했다.

울고 있는 순자 언니와 아버지의 저 뻘쭘한 표정. 두 사람 사이에 필경 뭔가 불미스런 사건이 일어난 게 틀림없었다. 그 생각이 들자 순식간에 가슴에 먹구름이 끼었다. 이제 엄마가 이 사실을 곧 알게 될 텐데. 그럼 엄만 분명 또 다 같이 죽자고 울며불며 히스테리를 부릴 거다. 아니, 어쩌면 그 정도로 끝나지 않을지도 모른다. 그런데 아버진 무슨 생각으로 저리 버티고 있는 걸까? 집안에 또 한 번 불어닥칠 끔찍한 후폭풍을 생각하니 난 불안하기 짝이 없었다. 아, 이대로 어디론가 도망갈 수만 있다면 얼마나 좋을까.

난 안절부절못하며 방 안에서 서성이다가 불길한 기운에 숨이 막힐 것만 같아 결국 소리 없이 집을 빠져나왔다. 그리고 향방 없이 아무 데로나 걸음을 옮겼다. 어디로 가는지도 모르면서 무작정 걷다 보니 금세 날이 어두워졌다. 문득 집으로부터 너무 멀리 온 게 아닌가 싶어 주위를 돌아보니 어느새 흑석동 외삼촌댁 근처까지 넘어와 있었다. 배도 고팠고 다리도 아팠다. 잠시 삼촌 집에 들를까 하다가 아무래도 상황이 복잡해질 것 같아 곧 포기했다. 더 캄캄해지기 전에 집으로 돌아가는 게 낫겠다는 생각이 들었다.

예상대로 집엔 한바탕 폭풍이 휩쓸고 지나간 현장처럼 불길한 침묵이 감돌고 있었다. 안방에서 아버진 보이지 않았고 엄마와 순자 언니가 심란한 표정으로 마주 앉아 있었다. 식모 언니의 눈은 퉁퉁 부어 있었고 머리칼은 헝클어져 있었고 엄마는 살기등등한 표정으로 마지막 결전의 순간을 앞둔 투우처럼 시근대고 있었다. 악다구니 현장을 목격했을 동생은 건넌방 구석에 새파랗게 질린 얼굴로 쪼그리고 앉아 떨고 있었다. 그러다 나와 시선이 마주치자 곧 눈물을 쏟을 것처럼 울먹거렸다. 난 차갑게 외면해 버렸다. 행여 불똥이 내게로 튈까 봐 난 곧장 이불을 뒤집어쓰고 방바닥에 드러누워 버렸다. 그리고 숨죽인 채 잔뜩 긴장하고 있는데 불길한 침묵은 오래가지 못했다.

네년은 뭘 잘했다고 계속 질질 짜고 지랄이냐! 그만 닥치지 못해? 소리 죽여 훌쩍이고 있던 순자 언니를 향해 엄마가 악다구니를 썼다. 순자 언니는 더 서럽게 흐느끼기 시작했다. 이 화냥년아! 그러게 왜 그 앞에서 꼬리를 치니? 네가 가만히 있는데도 그 인간이

널 건드리디? 엉? 엉? 어린 자식들이 듣고 있다는 것조차 생각 못 하는 걸까. 엄마의 야비한 표현에 숨이 턱 막혔다. 내가 모를 줄 아니? 네가 그 인간 앞에서 눈웃음 샐샐거리면서 꼬리친 걸 내가 모를 줄 아냐구?! 엉? 그래놓고 억울하긴 뭐가 억울해? 엉? 엉?! 엄마가 순자 언니 머리를 잡고 벽에 쿵쿵 찧어대는 소리가 들렸고 언니는 자지러지는 소리를 냈다. 이 화냥년! 이 죽일 년! 당해도 싸다! 싸! 엄마는 제정신이 아닌 듯 날뛰었다. 공포에 질린 동생은 참고 있던 울음을 터뜨렸지만 난 이불 속에서 이를 앙다문 채 있는 힘껏 버티고 있었다. 살려주세요! 잘못했어요! 살려주세요! 언니의 안타까운 절규가 가슴을 파고들었으나 내겐 엄마를 말릴 수 있는 용기가 없었다. 다만 무력감과 분노에 사로잡혀 부들부들 떨고 있을 뿐.

그날 밤 집에서 뛰쳐나간 순자 언니는 다신 돌아오지 않았다. 아버지도 그날 이후 더 이상 우리 앞에 나타나지 않았다. 그러나 엄마는 아버지와 그렇게 끝을 내고 나서 시도 때도 없이 들끓어 오르는 화병에 온전히 자신을 내어주고 말았다.

엄마의 가슴속 불덩이는 밤만 되면 더 크게 치솟아 그녀를 불면증에 시달리게 했고 엄마는 때론 그 불덩이를 이겨내지 못해 한밤중 숨넘어가는 소리로 나를 깨워 다급히 병원으로 달려가게 했다. 그런 날이면 왕진 온 의사로부터 안정제 주사를 맞고 나서야 엄마는 잠이 들곤 했지만 자신의 인생을 엉망진창으로 만들어 버린 인간에 대한 분노를 삭이지 못해 결국 점점 더 깊이 병들어갔다.

엄마의 화병엔 가학적 결벽증까지 더해져 모두를 힘들게 했다. 바람기뿐인 남편 때문에 받은 마음의 상처로 인해 자신의 몸과 마음에 남겨진 더러운 흔적들을 빡빡 씻어내기라도 하려는 듯 그녀는 집 안을 쓸고 닦는 일에 병적으로 집착했다. 자신의 집에 단 한 톨의 먼지, 단 한 점의 얼룩이라도 결코 허용하지 않겠다는 듯 그녀는 집 안 구석구석을 닦고 또 닦았다. 그 때문에 우리 집 식모들은 방바닥에 엉덩이 붙일 틈이 없었다. 수없이 닦아 반질거리는 세간에 행여 손자국 하나라도 보이는 날엔 엄만 가차 없이 식모의 머리끄덩이를 휘어잡았고 그 닦달에 저들은 늘 잠을 설쳤고 때론 도를 넘는 학대를 당하고 있었다.

엄마의 병적 결벽증은 아마도 다른 숱한 여자들과 남편을 공유해야 하는 자신의 처지에 대한 분노에서 비롯된 것일지도 모른다. 상대가 식모건 사창가 여인이건 모든 여자를 그저 욕정의 대상으로 여길 뿐인 파렴치한 바람둥이 사내와 살을 섞어 그의 새끼를 둘씩이나 낳고 살아온 자신의 인생이 너무도 한심하고 추해서 그런 인간과 살아온 기억 자체를 다 지워 버리고 싶었는지도 모른다. 그래서 그와 같은 결벽증에 빠져 버린 것인지도 모르겠다. 그러나 엄마도 엄마이기에 앞서 상처받은 여자였다는 걸 이해할 수 없었던 어린 시절 나로서는 그녀의 그런 행태는 그저 감당할 수 없는 추태였을 뿐이다.

*

　—이년아, 빨리 안 움직여?

　다시 엄마의 가슴에 열불이 치솟는 밤이었다. 새벽 두 시에 마님의 호령에 끌려 나온 아이는 여느 때처럼 반쯤 눈을 감은 채 일층에서 이층까지 저 징그러운 새벽 걸레질 의식을 치르고 있는 중이었다. 이번 아이는 발육불량으로 체구는 열서너 살 정도밖에 돼 보이지 않았지만 열다섯이라고 했다. 동생보다 두 살이나 어린 그 아이의 손엔 저 땅끝 마을에 그녀에게 밥줄을 건 피붙이가 여럿이라 했다. 아이는 한없이 쏟아지는 마님의 잔소리에 밤낮 걸레를 들고 종종걸음 치며 툭하면 머리통을 얻어맞았고 그보다 더한 학대를 당해도 견뎌내면서 벌써 일 년 가까이 버티고 있었다.

　—뭘 꾸물대고 있어? 빨리빨리 안 움직여? 이년이 어디서 잔꾀야?

　남들이 다 잠들어 있는 그 새벽 시간에 졸음과 사투 중인 아이의 꽁무니를 따라다니며 엄마가 퍼붓는 잔소리가 내 머리맡까지 다가와 있어도 나는 언제나처럼 아무 소리도 들리지 않는 것처럼 그 행짜를 참아낼 작정이었다. 내가 행여 조금이라도 아는 척이라도 했다간 또 저 대책 없는 구렁텅이로 다 함께 빠지고 말 것이므로. 저 끔찍한 잔소리도 새벽녘 이웃교회 종소리가 울릴 무렵이면 코고는 소리로 변해 있을 터이므로. 적어도 그때까지만이라도 난 참아낼 작정이었다. 그날 새벽 난 몰래 집을 빠져나올 계획을 갖고 있었으므로.

그런데 그날 밤 그녀의 행짜는 도를 넘어서고 있었다.

―이런 더러운 년! 추잡한 잡년 같으니! 어디서 대가리에 피도 안 마른 년이 추잡한 짓거리야? 누구한테 꼬리치려고? 너 이 죽일 년! 너 오늘 내 손에 죽어 봐라!

아이가 무슨 짓을 했는지는 알 수 없었지만 엄마는 이미 제정신이 아닌 듯했다.

―아야야! 잘못했어요. 다신 안 그럴게요! 용서해 주세요!

―용서? 다신 안 그래? 시끄럽다 이년아! 벗어!

―아, 안 돼요! 제발!

―안 되긴 뭐가 안 돼?! 당장 안 벗어?! 너 이리 와, 이년!

―아아, 제발요! 제발! 아악!

대체 무슨 짓을 하는 건지 두 사람이 현관에서 우당탕 소리를 내며 실랑이를 벌이는 소리가 들리더니 곧 현관문이 열렸고 엄마의 악다구니와 아이의 비명소리가 이명을 일으켰다.

—나가 이년아! 빨리 안 나가?

—아아, 제발요! 제발 살려주세요!

—시끄러 이년아! 나가! 나가라구!

—제발요! 아악!

그냥 못 들은 척 누워 있기엔 아이는 너무 끔찍한 비명을 질러대고 있었다.

저 징그러운 행짜를 대체 언제까지 못 본 척하고만 있을 건가. 순간 내 자신이 너무 혐오스러워 견딜 수가 없었다. 난 더 이상 참을 수가 없어 결국 자리를 박차고 일어나고 말았다. 그리고 현관문을 여는 순간 눈앞에 펼쳐진 광경에 난 경악하고 말았다.

알몸으로 대문 밖에 서 있는 아이. 게다가 아이는 생리 중이었다.

—이게 무슨 짓이야?!

믿을 수 없는 광경 앞에서 온몸이 절로 부들부들 떨렸다.

—대체 뭐 하는 거예요?!

목구멍 끝까지 차오르는 비명을 난 간신히 참았다. 그런데 엄마는 나를 보자 잠시 당황하는 듯하더니 곧 태연한 표정으로 욕을 퍼부었다.

—이년이 자다가 말고 갑자기 미쳤나? 오밤중에 왜 뛰쳐나와서 소린 지르고 지랄이냐?! 미친년!

그래놓고 아무 일도 아니란 듯 혼자 집 안으로 들어가 버리는 엄마. 그 모습에 순간 소름이 끼쳤다.

마음의 병이 깊은 어머니가 내게 어린 시절부터 보여준 건 그렇게 일그러진 인간 내면의 바닥이었다. 그로 인해 난 삶에 대한 염증을 너무 일찍 알아 버렸다. 그녀는 남편으로부터 받은 상처가 다 자식들 때문이라는 듯 자신의 일그러진 모습을 너무도 당당하게 우리에게 보도록 강요했다. '자 봐. 이게 너희들이 살아갈 험난한 세상의 진짜 모습이야. 니들이 어렸을 때 읽은 동화책 속 세상이 말하는 건 다 터무니없는 거짓말이야'라고 깨우쳐 주려는 듯.

난 그런 어머니가 사실 아버지보다 더 미웠고 더 무서웠다. 자신의 욕망이 이끄는 대로 살았을 뿐인 아버진 실상 우리에게 근원적 고통의 제공자였음에도 불구하고 별로 무섭지 않았다. 그는 말만 아버지일 뿐 우리를 책임지지 않았기 때문에 내심 무시할 수도 있었다. 하지만 어머닌 달랐다. 그녀는 우릴 실제로 먹여 살리는 가장이었고 우리의 생사여탈권을 쥔 당사자였으므로 결코 무시할 수도 쉽게 벗어날 수도 없는 존재였다. 그랬기에 더욱 애증의 대상이 됐는지도 모르겠다.

*

얼떨결에 들어선 원시림 같은 숲.

인적이 전혀 없는 숲에도 눈보라가 몰아치고 있었다. 난 뭔가에 홀린 듯 숲속으로 걸어 들어갔다.

숲은 온갖 덩굴나무들이 서로 엉켜 어느 것이 몸주인지 알 수 없을 정도로 마구 얽혀 있었다. 척박한 땅에 뿌리내리고자 온 방향으로 몸을 뒤틀며 아무 데로나 뻗어 나가 넌출진 덩굴나무들의 생존본능. 무엇이건 꽉 움켜잡고 거기에 자신의 몸을 친친 꽁꽁 묶어 가며 살아남고자 하는 저 맹목적인 생존본능은 왠지 애처로우면서도 징그러웠다.

혼란스럽게 얽힌 넝쿨 숲속에서 불현듯 무슨 벼락을 맞았는지 뿌리 뽑힌 채 쓰러진 고목 하나가 눈에 들어왔다. 쓰러진 나무는 밑동을 완전히 드러낸 채 흉측하게 잘린 잔뿌리들을 드러내고 있었다. 옹색한 돌 틈, 바위 틈새를 뚫고 뿌리를 내리려다 더 이상 뻗어나가지 못한 채 쓰러지고만 듯한 모습이었다. 무수한 잔뿌리들의 신경질적인 움직임을 보아 나무가 어떻게든 발붙일 돌 틈을 찾아내고자 얼마나 몸부림쳤을지 가히 짐작이 되고도 남았다. 그 모습에 문득 엄마의 모습이 떠오른 건 무슨 까닭일까?

저 고목도 여린 새순에서 시작해 푸르른 시절이 있었듯이 엄마에게도 그런 날이 있었으리라. 언젠가 사진 속에서 본 적이 있는 스무 살 무렵의 그녀의 모습처럼 토끼풀 무성한 언덕에서 함초롬 미소를 머금고 자신의 행복한 미래를 꿈꾸던 그런 날들이.

그 시절 그녀로선 상상이나 했겠는가. 꿈꾸듯 몽롱한 시선으로 카메라 렌즈 저편 세계를 바라보고 있던 그 풋풋한 모습이 혼란스러운 망상과 피해의식, 원망과 자기 연민과 염오로 저렇게 흉측한 모습으로 일그러져 버리리라고.

어쩌면 엄마도 저 고목처럼 어떻게든 자신에게 주어진 환경에 삶의 뿌리를 내리고 살아남겠다고 그저 방향도 모른 채 앞으로 나아가고자 몸부림치다가 저런 모습으로 쓰러져 간신히 숨만 쉬고 있는 거 아닌지.

그 생각에 이르자 갑자기 가슴이 답답해 오며 문득 이정표도 없는 숲에 갇혀 버린 느낌이 들었다.

3

그 밤에 눈보라를 뚫고 젊은 여자 하나가 성산포 한 민박집에서 운영하는 그 슈퍼 안으로 쭈뼛거리며 들어섰을 때 그는 깜짝 놀랐다. 방 있어요? 라고 묻는 여자의 모습이 그의 눈에 익었다. 큰 키에 마른 몸매. 청색 계열의 반코트에 청바지 차림, 긴 생머리에 머플러를 두르고 털모자를 쓴 도시 아가씨. 그녀는 그가 사흘 전 애월 포구에서 본 그 여자 같았다.

―혼자예요?

슈퍼의 여주인이 여자를 잠시 미심쩍은 눈빛으로 살펴보며 물었다.

여자는 당돌한 태도로 상대의 눈을 똑바로 보며 그렇다고 했다.

―야. 쟤, 며칠 전 애월에서 본 그 계집애 아냐?

동식도 여자를 알아본 것 같았다.

—그런 것 같은데.

—뭐냐? 진짜 혼자 왔나 보네.

그는 그때 친구 동식과 함께 겨울 한라산 등반을 해 보자고 제주
에 내려와 있었다. 그는 이제 막 제대하고 복학을 앞두고 있었고 동
식은 뒤늦은 입대를 목전에 두고 있었다. 둘 다 새로운 삶을 시작할
마음의 각오 같은 게 필요한 시점이어서 계획한 여행이었지만 섬에
들어서는 날부터 쏟아진 폭설로 인해 입산 통제령이 내려지는 바람
에 그들은 등반 일정은 잠시 뒤로 미루고 자전거를 타고 섬 일주를
하던 중 사흘 전 애월 포구에서 여자를 본 거다.

—야, 저기 봐라.

거센 눈보라를 피해 잠시 포구의 한 찻집에 들어가 쉬고 있던 중
동식이 카페 유리창 밖을 가리켜 보였다. 그 방향을 따라가 보니 여
자 하나가 방파제 끝 빨간 등대 곁에서 바다를 향해 서 있는 게 보
였다. 파도의 기세가 너무 무서워서 아무도 가까이 가지 않는 방파
제 끝에 홀로 위태롭게 서 있는 여자. 차림새나 거동으로 보아 현지
인은 분명 아니었다.

—혼자 왔나?

—설마? 동행이 있겠지.

―근데 왜 혼자 청승 떨고 있어?

―글쎄……. 뭐 실연이라도 당한 모양이지.

―혹시 재 이상한 생각하는 거 아냐?

파도가 집어삼킬 듯 몰려오는데 바다를 향해 망연히 서 있는 여자.

―설마…….

그러나 그도 이상한 생각이 들어 여자에게서 눈을 떼지 못하고 있는데 찻집여자가 끼어들었다.

―걱정 마. 안 죽어요.

―네?

―정말 죽겠다고 작정한 사람이 사방에 보는 눈들이 이렇게 많은 곳에서, 그것도 훤한 대낮에 저러고 있겠어요?

그때 그들 말을 듣기라도 한 듯 여자가 갑자기 몸을 돌리더니 방파제를 거슬러 걸어 나오기 시작했다.

―저 봐. 내 뭐랬어?

찻집여자가 흥 코웃음을 쳤다.

―우리도 가자.

그는 왠지 여자를 따라가 보고 싶었다.

―가긴 어딜 가?

자리에서 일어선 그를 동식이 다시 앉혔다.

―눈이나 좀 뜸해지면 움직여.

그런데 그 여자를 성산 민박집에서 다시 보게 되다니.

겨우 스무 살이나 넘었을까.

여자의 앳된 얼굴은 다소 창백해 보일 정도로 하얗고 얼굴엔 웃음기가 없었고 검고 큰 눈은 묘한 눈빛을 담고 있었다. 세상 고민을 혼자 짊어진 것 같은 표정. 그런 모습으로 낯선 곳에서 혼자 떠돌고 있는 여자라니. 그는 이상하게 가슴이 뛰는 걸 느꼈다.

—따라와 봐요.

여주인이 손님의 행색을 다시 한번 살펴보더니 마침내 움직였다. 가게에 소주 한 병과 안줏거리를 사러 들어와 있던 그와 동식도 따라 움직였다. 그들은 슈퍼 뒷문을 통해 숙소 마당으로 들어갔다. 눈보라는 그새 조금 잦아들고 있었다.

—여기예요.

주인은 여자를 별채로 안내했다. 집의 구조는 작은 마당을 가운데 두고 슈퍼와 2층짜리 안채 건물과 조립식 단층 건물 별채가 ㄷ 자로 들어서 있는 구조였다.

—이 방을 써요.

주인이 4개의 방이 뜰을 향해 나란히 붙어 있는 별채의 가운데 방문을 여자에게 열어 보였다. 그곳은 그들 숙소 바로 옆방이었다. 아싸! 동식이 그의 옆구릴 툭 치며 은밀한 눈짓을 보냈다.

—가운데 방이라 아늑하기도 할 거고 방도 좁지 않고 화장실도 붙어 있으니 혼자서 하룻밤 묵기엔 적당할 거야.

주인여자가 말했다. 그러나 아낙이 그녀에게 보여준 방은 그들 방과 마찬가지로 천장이 낮고 방 아랫목엔 이불 한 채가 덩그러니 놓여 있을 뿐 썰렁해 보이긴 매한가지였다. 여자는 다른 방은 없는지 물어볼까 잠시 망설이는 것 같았다. 그때 주인이 먼저 눈치채고 덧붙였다.

—저기 끝 방도 비어 있긴 한데 구조는 똑같아. 갓방이라 더 춥고. 바로 옆방엔 이미 손님들이 들어 있고.

주인은 안채 현관 앞에서 얼쩡거리고 서 있는 그들을 발견하고 덧붙였다. 그 말에 여자가 고개를 끄덕했다.

—알겠어요.

여자는 주인이 정해준 방 안에 가방을 들여놓고 다시 주인에게 물었다.

—혹시 식사도 되나요?

—지금?

—네, 가능하시다면…….

—뭐, 라면 정도는 부탁하면 끓여줄 수도 있지.

—그럼, 하나 부탁드려요.

—그러지 뭐. 그럼 짐 내려놓고 바로 안채 휴게실로 와요. 금방 끓여줄게. 저기 안채에 들어가면 1층에 공용 부엌 겸 휴게실이 있어.

—알겠어요.

여자가 방 안으로 들어가는 걸 보고 그들은 주인여자를 따라 안 채로 들어갔다.

—야. 맘에 있으면 한번 대시해 봐.

동식은 휴게실 테이블에 앉자마자 그를 향해 눈빛을 반짝였다. 사내 둘이서 온 여행이 무미건조하던 차였다.

—찬바람이 쌩 도는데 어디 말이나 붙이겠냐?

그는 여자에게 이끌리는 속맘을 숨기고 짐짓 시큰둥하게 대꾸했다. 그러자 동식이 덧붙였다.

—겁먹을 거 없어. 저런 계집애들일수록 속은 순 허당이라니까. 딱 보면 모르겠냐? 이런 겨울에 세상 고민 혼자 다 짊어진 듯한 얼굴로 저렇게 혼자 떠도는 거 보면 뻔한 거 아냐? 나 좀 어떻게 해줘라, 이거지.

—그런가?

—두말하면 잔소리지.

—그럼, 네가 직접 나서 보지그래.

—야, 이 형님이 너 생각해서 양보하는 거야. 나야 낼모레 입대하니까 아깝지만 너한테 양보하는 거라구.

말은 그렇게 해도 그나 동식이나 그렇게 숫기가 있는 편은 아니었다.

—뭐, 네가 정 싫다면 할 수 없이 내가 먹어주고.

동식은 어울리지 않게 불량기를 가득 담아 호기 있게 말했다. 그는 왠지 맞장구칠 기분이 들지 않았다.

—미친 새끼.

—왜? 내가 못할 줄 알고?

—알았어. 그만해.

그가 동식을 무지르고 소주잔을 기울이는데 마침 여자가 휴게실 안으로 들어섰다. 동식은 기회가 왔다는 듯 그의 옆구릴 툭 쳤다. 순간 그와 여자의 시선이 마주쳤고 그는 얼굴이 후끈 달아오르는 걸 느꼈다. 여자는 무심한 표정으로 휴게실 중앙에 놓인 긴 나무 테이블 끝에 가서 앉았다. 잠시 후 주방에서 주인여자가 다 끓인 라면 냄비를 들고 나왔다.

—다 먹고 나서 설거지 그릇은 저기 싱크대에 넣어놔.

주인여자는 여자 앞에 라면 냄비를 내려놓고 곧 밖으로 나갔다. 여자는 천천히 라면을 먹기 시작했다.

—야, 가 봐. 뭘 망설여?

동식이 그에게 소주잔을 내밀며 부추겼다.

그는 그녀 쪽을 흘끔거리며 망설였다. 여자는 분명 그보다 어려 보였지만 뭔가 함부로 대할 수 없게 하는 분위기 같은 게 있었다. 까칠하면서도 단단한 가시 선인장 같은 느낌이랄까. 누구든 다가오기만 해 봐. 하듯 그들 쪽으론 눈길 한 번 주지 않고 라면만 먹고 있는 여자. 세상을 향해 온몸에 날카로운 가시를 세우고 자기 안에 들어앉아 있는 고슴도치 같은 느낌. 왠지 그 느낌이 그에겐 낯설지가 않았다.

—야, 뭐 해?

동식이 그를 툭 치며 다시 재촉했다. 떠밀리듯 그는 자리에서 일어섰다.

—이것도 한 잔 들어 봐요.

여자에게 다가간 그가 용기를 내 소주잔을 내밀자 여자가 무슨 의미냐는 듯 그를 쳐다봤다. 차갑고 당돌한 눈빛이었다.

—많이 추울 텐데 라면하고 함께 먹으면 금세 훈훈해질 겁니다.

그가 짐짓 환하게 웃었다. 그러나 여자는 고맙단 뜻인지 고개만 까닥하곤 술잔엔 입을 대지 않았다.

뭐 해? 동식이 눈짓으로 그에게 진도 나가라는 듯 신호를 보냈다.

—아가씨, 며칠 전에 애월에 갔었죠?

그가 슬그머니 여자 곁에 앉으며 물었다. 여자가 의외란 듯 그를 다시 쳐다봤다.

—실은 사흘 전 낮에 해안도로에서 아가씨를 봤거든요. 그 근처 찻집에 앉아 있다가 봤죠. 멀리서 봤지만 아까 아가씨가 여기 들어올 때 옷차림 보고 알아봤죠.

여자는 아무 대꾸도 하지 않고 시선을 돌렸다. 그러나 뭔가 기분이 찜찜하다는 듯한 표정이 그 얼굴에 스쳐 지나갔다. 그 공간 속에 온전히 혼자만 있는 줄 알았는데 누군가 자기를 지켜보고 있었다니. 뭐 그런 표정이었다.

　—혼자 왔어요?

그가 다시 물었다. 여자는 대답 대신 소주잔을 들더니 한 모금 홀짝 했다. 그는 그것을 여자가 자신에게 관심을 보이는 행동으로 해석했다.

　—대학생이죠?

그러나 여전히 무표정한 얼굴로 묵묵부답인 여자.

　—우린 신촌에 있는 학교에 다니는데 그쪽은요?

여전히 대꾸 없는 여자.

　—전 군대 갔다 와서 이제 2학년으로 복학하려 하고 있고 저 친구는 늦게 입대하느라고 마음이 심란하고 그래서 둘이 함께 여행 왔죠.

여자는 누가 그런 걸 물어나 봤냐는 듯 무관심한 얼굴로 그냥 라면만 먹었다.

　—혼자 다니는 거 안 무서워요?

그가 속이 뻔히 들여다보이는 질문을 슬쩍 던져 놓고 여자를 다시 흘끔 쳐다봤다. 여자는 무표정하게, 아뇨, 하더니 라면이 아직 반 이상 남아 있는데도 자리에서 일어났다. 그러곤 냄비를 싱크대에 갖다 놓고 휴게실에서 나가 버렸다.

　—야야. 그렇게 상투적인 수법으로 계집애가 넘어오겠냐?

자존심이 상한 그가 뻘쭘한 표정으로 자리로 돌아오자 동식이 놀려댔다.

—그 비쩍 마른 거 하날 어떻게 못 해 봐? 이런 빙구! 내가 보여줄까? 저런 계집애는 어떻게 다뤄야 하는지 내가 한번 보여줘 봐?

녀석이 가당찮게 허세를 떨었지만 그는 더 이상 여자를 상대로 장난 같은 건 치고 싶지 않았다.

—하지 마. 그만둬.

그들은 소주 몇 병을 더 사가지고 방으로 돌아왔다. 동식은 며칠 앞으로 다가온 입대일 때문에 영 심란한지 그 술을 거의 혼자 다 마시곤 횡설수설했다.

—이 빙구새끼! 군대까지 갔다 온 놈이 여태 뭐 배웠냐? 예비역 씩이나 돼 갖고 창피한 줄을 알아야지. 가만있어 봐! 내가 지금이라도 보여줄 테니까 봐봐! 내가 어떻게 하는지 잘 보라구! 엉?

동식이 자꾸 옆방으로 쳐들어가겠다 하는 걸 그가 간신히 주저앉혔다.

—가긴 어딜 가겠다 그래?! 기운 빼지 말고 제발 좀 자빠져 자! 제발 좀!

허술하게 지은 가건물이라 방음장치가 전혀 돼 있지 않아 아마 옆방 여자가 그들이 소란 떠는 걸 다 듣고 있었을 거라 생각하니 그는 신경이 쓰였다. 겉으론 찔러도 피 한 방울 안 날 것 같은 표정을 짓고 있지만 여자가 무표정 뒤에 상처를 감추고 있다는 걸 그는 느낄 수 있었다.

만취한 동식은 곧 곯아떨어졌지만 그는 잠이 오지 않았다.

여자는 잠들었을까? 옆방에선 아무 기척이 없었다. 혹 그처럼 옆방 기척에 신경을 곤두세우고 있는 걸까? 왜 혼자서 여행을 왔을까? 무슨 생각을 하고 있는 걸까?

그가 그렇게 여자에 대한 호기심을 놓지 못한 채 뒤척이고 있는데 갑자기 옆방 문이 열리는 소리가 들린 것 같았다. 궁금증에 살짝 문을 열어 봤더니 여자가 방문을 연 채로 정적에 싸인 뜰을 내다보고 있었다. 눈은 잠시 멈춰 있었다.

—뭐 하세요?

그가 문밖으로 고개를 내민 채 조심스레 말을 걸어 봤다. 여자가 그쪽을 돌아봤다.

—미안해요. 아까 우리가 소란 떨어서 잠 설쳤죠? 친구가 술이 너무 취해서 그만……. 며칠 후 입대하는 녀석이라 심란해서 그런 거니 이해하세요.

그 말에 여자는 네, 라고 짧게 대꾸한 뒤 다시 방문을 닫으려 했다.

—저기요.

그가 다급히 제지했다.

—우리 때문에 불쾌한 거 있었다면 다시 한번 사과할게요. 우리 그렇게 나쁜 놈들 아녜요.

여자는 이번에도 네, 라고 답하곤 곧 방문을 닫아 버렸다. 계속 무시당하는 것 같아 그는 자존심이 상했지만 닫혀 버린 방문을 향해 다시 한번 말을 붙여 봤다.

—혹시 내일 새벽에 일출 보러 갈 건가요?

여전히 대답이 없는 여자.

—제가 일출 광경을 가장 근사하게 볼 수 있는 곳을 아는데요. 원하시면 제가 안내해 줄 수도 있는데요…….

여자는 끝내 아무 반응이 없다.

—혹시 나중에라도 도움이 필요하면 말씀하세요.

그가 뻘쭘하게 덧붙였다.

그러나 다음 날 아침 그가 일어났을 때 여자는 이미 보이지 않았다. 주인 말로는 아침 일찍 떠났다는 거다.

*

섬엔 여전히 눈보라가 몰아쳤고 해변까지 눈밭으로 변해 있었다. 섬 전체에 내려진 대설경보는 좀처럼 풀리지 않아 입산 통제령은 철회될 기미조차 보이지 않았다. 그래도 동식은 눈이 그칠 때까지 좀 더 기다려 보자 했지만 그는 갑자기 마음이 조급해져 서울로 돌아가자고 했다. 실은 여자가 떠났다는 말을 듣는 순간 불쑥 그녀를 따라가 잡아야 한다는 생각이 든 거다. 민박집 주인 말로는 여자가 떠나기 전 주인에게 목포행 여객선이 언제 출항하는지 아느냐고 물어봤다고 했다. 주인이 아마 폭설 때문에 아직은 배가 뜨지 않을 거라고 말하자 여자는, 그럼 제주시에 묵을 만한 민박이 있는지 아느냐고 물어봤고 주인은 지인이 운영하는 민박집 몇 개를 추천해 줬다는 거다.

그는 제주시에 도착하자마자 민박집 주인이 말해준 장소를 다 찾아가 봤다. 그리고 마침내 그녀가 묵고 있는 곳을 알아냈다.

―야, 너 뭐냐? 결국 이거였냐?

동식이 그제야 눈치를 채고 빙글거렸다.

그러나 여자가 묵고 있는 민박집엔 남은 방이 없었다. 별수 없이 그들은 그 근처 여인숙에 방을 잡았고 그는 그날부터 몰래 여자의 동선을 따라 움직였다.

―어? 여기서 또 보네요?!

마침내 여객터미널에서 여자와 다시 마주친 그는 우연한 만남을 가장하고 반가움을 표시했다.

―아가씨도 혹시 배 뜨나 하고 나와 본 거죠? 그런데 오늘도 눈 때문에 못 뜬다죠?

―그런 것 같아요. 그럼……

여자는 또 고개만 까딱하곤 그냥 스쳐 지나가려 했다.

―저기, 잠깐만요!

그가 다급하게 여자를 불러 세웠다.

―혹시 여유 있으시면 돈 좀 꿔주실래요?

그가 멋쩍게 웃었다. 여자는 의외라는 듯 그를 쳐다봤다.

―실은 저희가 일주일 계획하고 여행을 왔거든요. 그런데 이놈의 폭설 때문에 갑자기 발이 묶여 있다 보니 여행 경비가 그새 뚝 떨어졌지 뭡니까? 배는 언제 뜰지도 모르는데 승선요금 남기고 나니까 주머니 속에 한 푼도 여유가 없네요. 그래서 꼼짝없이 굶게 생겼지 뭡니까? 좀 도와주실래요?

여행 경비가 떨어져 가고 있는 건 사실이지만 물론 그 정도는 아니었다.

―서울 올라가는 즉시 갚아드릴 테니 여유가 있으시면 좀…….

그가 자못 진지한 태도로 부탁하자 여자는 난감한 표정을 지었다.

―저한테도 많이는 없는데요…….

―그럼, 밥만 좀 사주시던가요. 뭐, 라면도 상관 없구요.

그가 얼른 덧붙였다. 여자의 입에서 그 정도의 말이라도 끄집어 냈으니 이미 반은 성사가 된 거나 다름없다는 생각이 든 거다. 그런데 여자가 지갑을 꺼내더니 지폐 몇 장을 내밀었다.

―이거면 되겠어요?

―어? 이렇게나 많이요? 고마워요. 내가 서울 올라가서 꼭 갚을 게요. 자, 이건 제 연락천데요.

그는 이때다 싶어 자신의 주소와 전화번호를 주며 여자에게도 연락처를 좀 알려 달라고 했다. 그러나 그녀는 그리 호락호락하지 않았다. 돈은 안 갚아도 괜찮다는 거다.

—그럼 안 되죠. 이유 없이 남한테 빚을 져서야 되나요? 개인 전화번호 같은 거 가르쳐 주기 꺼림칙하면 다니는 학교라도 좀 알려주던가요.

그는 빚을 갚겠다는 명분으로 집요하게 연락처를 물었다.

그러나 그녀는 끝내 학교조차 자발적으로 알려주지 않았다. 하지만 며칠 후 드디어 눈이 그치고 출항이 가능하게 됐을 때 그는 탑승권을 사고 나서 그녀가 선상카드를 작성할 때 슬쩍 곁으로 다가가 펼쳐진 그녀의 지갑에서 학생증을 훔쳐봤다. 그렇게 해서 그녀가 다니는 학교를 알아내긴 했지만 거기까지였다. 여자는 다시 얼음장처럼 차가운 표정으로 돌아가 그를 의식적으로 피해 다녔고 그는 더 이상 가까이 다가가지 못했다.

소심한 그가 그렇게 어릿광대짓까지 해가며 다가가 보려 해봤지만 끝내 냉랭한 태도로 그의 자존심을 건드린 여자. 서울로 돌아온 후에도 그녀의 모습이 그의 뇌리에서 떠나질 않았다. 그녀가 어딘가 누이를 닮았다는 느낌 때문이었을까? 그 겨울 세상 고민 혼자 다 짊어진 듯한 얼굴로 혼자 떠도는 여자의 표정 뒤에서 그는 잃어버린 누이의 얼굴을 본 것 같았다.

하지만 그에게 트라우마만 남기고 떠난 누이가 아니었던가.

폭력적인 아버지에게 어린 자식만 남겨두고 도망친 어머니처럼 누이도 그렇게 그만 남겨두고 혼자서 도망쳐 버렸다. 그것도 다시는 찾을 수 없는 곳으로, 유약한 그는 감히 꿈도 꿀 수 없는 방식으로 말이다.

그들 남매를 두고 어머니가 사라져 버린 후 무섭기만 한 아버지 밑에서 살아남기 위해 그가 선택한 건 비굴한 복종이었지만 누이는 달랐다. 누이에겐 그에겐 결핍된, 저돌적 당당함 같은 게 있었다. 아무도 누이가 맘속에 품고 있는 생각이 뭔지 몰랐다. 어머니가 사라져 버린 후 더 지독해진 아버지의 폭력 앞에서 누이의 표정은 철가면처럼 굳어져 갔다. 온몸에 멍이 들고 얼굴이 피투성이가 되도록 아버지로부터 맞아도 누이는 절대로 눈물 한 방울 흘리지 않았고 이를 앙다물고 버텼다. 만취한 아버지가 광견처럼 물어뜯어도 아프다는 소리 한 번 안 했다. 그래서 매번 먼저 지쳐 버린 아버지가, 이 독한 년 지 에미 쏙 빼닮아서 찔러도 피 한 방울도 안 나올 독한 년! 지 애비가 눈앞에서 죽어 자빠져도 눈썹 하나 까딱 안 할 년! 이라며 입에 게거품을 물고 악다구니 말을 퍼붓곤 했지만 누이는 정말 눈썹 하나 까딱하지 않았다.

지독한 계집애였다. 철가면 같은 무표정 무반응 뒤에 자신을 갈갈 찢어발길 만큼 지독한 증오의 칼을 감춘 채 버티고 버티다가 제 마음속 깊이 품고 있던 그 칼날로 자신의 목을 그어 버리고 만 계집애. 그로써 세상에 남은 유일한 제 혈육의 가슴에도 깊은 칼자국을 남기고 영영 도망쳐 버리고만 독하디독한 계집애. 그게 누이였다.

그렇게 상처만 남기고 간 누이인데 새삼 누이를 닮은 여자에게 끌리다니.

누이를 닮은 저 여자의 도도한 냉랭함이 오히려 그의 정복욕을 자극했던 걸까? 그는 여자를 향해 질주하는 자신의 마음이 분명하게 뭔지 알기 위해서라도 반드시 그녀를 찾아가 봐야겠다고 다짐했다. 그가 정성을 다해 키우는 네펜데스 화분 하나를 들고.

4

—왜 연락하지 않았죠?

조교로부터 학교 앞 파브리아노에서 누군가 당신을 기다리고 있다는 연락을 받고 가 보니 웬 청년 하나가 작은 화분 하나를 들고 기다리고 있었다. 그가 누군지 알아본 순간 당신은 깜짝 놀랐다. 설마 그가 정말 학교까지 찾아올 줄이야.

—어떻게 여기까지?

—당연히 빚 갚으러 왔죠. 그땐 정말 고마웠어요.

그가 봉투와 함께 들고 온 화분을 당신 앞에 내밀었다.

—선물입니다. 네펜데스라고, 혹 이름 들어 봤나 모르겠네요. 집

에 혹시 벌레 같은 거 나오면 얘가 아주 잘 잡아줄 겁니다.

—벌레요?

—아, 그건 부차적인 거고. 실은 요 녀석 다른 매력도 꽤 크죠. 한번 키워 보세요.

당신은 난처했다. 화초 키우는 일에 본래 취미도 없었지만 게다가 식충식물이라니. 그래도 남이 선물로 준 걸 버릴 수는 없을 것 같아 학과 조교에게 사무실에서라도 키워 보라고 줘 버릴 생각으로 그걸 받아들었는데 그가 오해를 했을까? 자기 마음을 받아들인 걸로 착각했는지 그가 갑자기 자신이 찾아온 진짜 이유를 고백하기 시작했던 거다.

—은수 씨 처음 봤을 때 이상했어요. 낯선 곳에서 그렇게 몇 번씩이나 마주친 것도 보통 인연은 아닌 것 같았고. 물론 돈을 갚아야 한다는 생각도 있었지만 그게 아니더라도 꼭 한 번쯤은 다시 만나보고 싶었어요.

그가 뭔가 특별한 메시지를 전할 거라는 분위기를 이미 그 눈빛에 담아내고 있었다.

—자꾸 은수 씨 생각이 나더라구요.

당신이 자리에서 일어날 구실을 찾는 사이 그가 재빨리 덧붙였다.

—왜 그럴까 가만 생각해 보니 은수 씨가 내가 잘 아는 누군가를 참 많이 닮았더라구요. 죽은 우리 누나요.

당신은 낭패감을 느꼈다. 얼른 그 자리를 피했어야 했는데 그만

타이밍을 놓친 것 같았다.

—사람들이 자기와 닮은꼴의 사람에게 친밀감을 느끼는 건 자연스러운 일이겠죠? 은수 씨에게서 죽은 누나의 모습을 발견한 순간 어쩌면 우린 같은 종류의 상처를 안고 살아가는 사람일지도 모른다는 생각이 들었어요. 상처를 감추고 살아가는 사람들은 그들끼리 서로 금방 알아보죠. 서로 뿜는 파장이 같으니까요. 그러니 동류의 사람들끼리 만나게 되는 건 우연이 아닌 거죠.

그는 상처니 닮은꼴이니 인연이니 파장이니 하는 부담스런 단어들을 입에 올리며 제주에서도 그랬던 것처럼 대뜸 당신 앞으로 다가왔다. 난 널 잘 알지, 라는 듯한 표정으로. 그 상황이 당신은 몹시 민망하고 불편했다. 마치 공중 화장실 거울 속에서 문득 낯선 사람과 눈이 마주친 것처럼. 혹은 아무도 없는 줄 알고 남의 자동차 윈도우에 자기 모습을 비춰 보고 있는데 갑자기 차창이 열리며 차주인과 시선이 마주쳤을 때처럼.

대체 자신이 어떤 표정으로 다녔기에 그가 그 짧은 만남에서 당신 속내를 다 꿰뚫어 본 것처럼 동류의 인간 운운하는가. 당신으로선 부담스러울 뿐이었다.

그러나 좀처럼 마음을 열지 않는 당신을 그는 이후 7년 동안이나 따라다녔다. 너 없이는 죽을 것 같다며 끈질기게 매달렸다.

바람둥이 남편에게 받은 상처 때문에 마음의 병이 깊었던 어머니로 인해 결혼에 대해 부정적 생각을 갖고 있던 당신이 결국 그의 청혼을 받아들인 건 자신의 존재에 그토록 무게를 실어주는 그의 사랑이란 것에 결국 마음이 움직여서였을까? 혹은 결혼이 아니면 어머니의 감옥으로부터 벗어날 방법이 없다는 절망적 생각에서였을까?

하지만 그것이 얼마나 어리석은 선택이었는지 깨닫기까진 그리 오랜 시간이 필요하지 않았다.

신혼여행에서 초야를 치르고 난 다음 날 아침이었다. 외출 준비를 하던 그가 갑자기 침대에 벌렁 드러눕더니 무언의 시위를 벌이기 시작했다.

—왜 그래요? 어디 아파요?

영문을 모르는 당신이 물었지만 그는 미간을 찡그린 채 아무 대꾸도 하지 않았다. 딱히 잘못한 것도 없이 당신은 눈치만 보고 있는데 프런트에서 기사로부터 빨리 내려오라는 독촉전화가 걸려왔다.

—기사아저씨가 안 갈 거냐고 하는데 어떻게 해요?

그러나 그는 여전히 아무 대꾸가 없었다.

그때 문득 지난밤 일이 뇌리를 스치고 지나갔다. 첫 관계 후 그가 욕실로 들어가며 혼잣말처럼 중얼거리는 소릴 들은 것 같았다.

—흥. 순진한 얼굴로 남자 같은 건 관심도 없는 척하더니.

당신은 깜짝 놀랐다. 그게 무슨 말인가. 하지만 조금 후 그가 샤워실에서 콧노래를 흥얼거리며 나왔기에 당신은 아마 좀 전에 자신이 잘못 들은 걸 거라 생각했었다.

그런데 그게 아니란 말인가?

대체 무슨 생각으로 저러는 건지 당신은 도무지 알 길이 없었다.

—나가지 말까요?

그의 눈치를 살피며 당신이 물었다. 그때 그가 자리에서 일어났다. 그러곤 느닷없이 당신이 들고 있던 보스턴백을 휙 낚아채더니 가방 손잡이에 매달려 있던 항공사 짐표를 북 잡아당겼다. 순간 손잡이 가죽이 찢어지고 말았다. 실수라기보다는 뭔가 감정이 담긴 행동으로 느껴져 당신은 당황했다. 그런데 무슨 일이 있었냐는 듯 금세 시치미를 떼는 그.

—뭐 해? 빨리 나가자며?

그러나 이해할 수 없는 그의 행동은 그걸로 끝이 아니었다.

여행 내내 그의 감정은 마치 널뛰기를 하듯 기복이 심했다. 여느 신혼부부들처럼 사뭇 행복한 표정으로 당신과 함께 기념사진도 찍고 한없이 살갑게 굴다가도 별안간 까닭 모르게 입을 다물어 버리거나 경직된 표정으로 돌변해 사람을 당황시켰고, 아무것도 아닌 일로 벌컥벌컥 화를 내 도무지 종잡을 수 없는 그 감정 변화로 당신을 내도록 혼란에 빠뜨렸다.

그리고 그건 단지 시작에 불과했다.

*

신혼여행에서 돌아온 그는 자신이 키우던 식충식물 화분들을 신혼집으로 몽땅 옮겨오더니 당신 의견 같은 건 묻지도 않고 그 괴상하게 생긴 화초들로 아파트 베란다를 발 디딜 틈도 없는 식충식물 화단으로 만들어 버렸다. 그래 놓곤 베란다를 그렇게 해놓으면 빨래는 어디서 말리냐고 당신이 이의제기하자 그가 발끈했다.

—애네들은 내 분신 같은 애들이야. 빨래 같은 건 다른 데서 말릴 수도 있잖아? 분명히 말해두는데 다른 공간은 당신 맘대로 해도 좋지만 여기 꾸며놓은 내 정원만은 절대 건드리면 안 돼. 알았어?

마치 제 영역표시를 해놓고 가까이 오지 말라고 이를 드러내는 맹수처럼 그는 으르렁댔다. 당신은 어리둥절할 뿐이었다.

—왜 그런 눈으로 봐? 사람이 뭔가에 특별한 애착을 보일 땐 다 그럴 만한 이유가 있는 거야. 그런 맘도 이해 못 해?

그는 어머니에 이어 누이까지 그를 버리고 떠나 버린 후 마음 붙일 곳을 찾지 못했다고 했다. 그런 그에게 유일하게 위안을 주는 게 애완식물이었다는 거다.

—16살 생일날 친구가 네펜데스 화분 하나를 선물로 줬어. 녀석

은 앙증맞은 포충낭을 주렁주렁 매달고 뭐든 잡히면 절대 놓아주지 않는 근성이 있더군. 그렇게 내 마음까지 꽉 잡아주는 것 같아 난 그 악착스러움이 아주 맘에 들었어. 어디다 내려놓건 제 존재의 뿌리를 확실하게 내릴 줄 아는 녀석들이야. 생각이 공중에 떠 있는 당신 같은 사람은 애들한테서 좀 많이 배워야 해. 인생을 어떻게 살아내야 하는지를.

얼토당토않은 말이었지만 당신은 그와 부딪치기 싫어 잠자코 있었다.

—근데 참, 당신 내가 그동안 선물로 준 그 녀석들 다 어쨌어?

그가 뜬금없이 그때까지 당신에게 선물해 온 그 식충식물 화분들을 왜 안 갖고 왔냐는 듯 물었다. 당황스러운 질문이었다. 차마 다른 사람에게 줘 버렸다는 말은 할 수 없어 당신이 우물쭈물하자 그의 표정이 돌변했다.

—너 아무 말 못 하는 것 보니까 다 죽였구나? 이런! 내 그럴 줄 알았다. 사람이 어떻게 그래? 내가 준 선물들을 그렇게 함부로 대했단 말이지? 내가 얼마나 지극정성으로 키운 건데 그걸 다 죽였단 말이지?

그는 마치 당신이 죽인 게 화분이 아니라 사람이라도 되는 것처럼 펄펄 뛰었다. 그가 그처럼 식충식물에 대한 당신의 관심도를 통해 자신에 대한 애정을 확인하려 드는 그 심리를 당신은 좀처럼 이해할 수가 없었다.

그런데 그가 회사 동료들을 신혼집으로 초대해 집들이를 한 날이었다.

—사람들이 너 이쁘다 매력적이다 마냥 추켜 세워주니 기분 좋디?

손님들이 돌아간 후 그가 취기를 빌어 느닷없이 시비를 걸어왔다.

—너 솔직히 말해 봐. 아까 너한테 사모님 매력적이네 어쩌네 수작 부리던 그 개새끼하고 처음 보는 사이 아니지?

어이없는 생트집에 당신은 깜짝 놀랐다.

—그게 무슨 소리예요? 내가 그 사람들을 어디서 봐요?

그러나 그는 노골적으로 거칠어졌다.

—흥. 겉으론 순진한 척 뒷구멍으로 호박씨 까는 년!

아무리 주사라 해도 이건 도를 넘는 폭언이었다.

—뭐라구요?

—왜? 찔리냐?

—대체 지금 무슨 말을 하는 거예요?

—모른다구?

그가 비아냥거리는 까닭을 당신은 정말 이해할 수가 없었다.

—대체 내가 뭘 어쨌다는 거예요?

—정말 몰라?

—네. 왜 그러는지 말을 해줘야 알죠.

영문도 모른 채 당신은 모욕감에 사로잡혀 항변하는데 그의 입에서 기막힌 말이 튀어나왔다.

―가증스럽게! 너 나 말고 연애 같은 건 해본 적도 없다더니 내가 처음도 아니었지?

당신은 경악했다.

―도대체 내가 몇 번째냐?

그는 아내의 처녀성을 의심하고 있는 거였다.

―도대체 그게 무슨……!

당신은 어이없는 상황에 기가 막혀 더 이상 말이 나오질 않았다.

결국 그거였단 말인가? 첫날밤 이후 그가 이유를 알 수 없게 당신을 괴롭혀 왔던 게?

―왜? 정곡을 찔리니 더 이상 말이 안 나오냐?

그가 비열한 표정으로 씹어뱉었다.

―앙큼한 게! 누굴 속이려 들어?

―속이다니! 대체 내가 뭘요?

말 같지도 않은 억지에 대응한다는 것 자체가 당신은 수치스러울 뿐이었다.

이게 대체 뭐란 말인가.

당신은 형언할 수 없는 모멸감에 사로잡혀 온몸이 부들부들 떨렸다. 그런데 그는 취기가 오를 대로 올라 해롱대더니 당신을 그렇게 지옥에 빠뜨려 놓곤 곧 곯아떨어졌다.

그러곤 다음 날이 되자 또 아무것도 기억 못 하는 사람처럼 시치미를 떼는 거다.

—당신 얼굴이 왜 그래? 저런! 어제 손님 대접하느라 힘들었구나? 내가 다신 손님 초대 같은 건 안 할 테니 기분 풀어. 응?

그리고 그날 저녁 그는 퇴근길에 또 새 네펜데스 화분 하나를 사 들고 들어와 당신에게 내밀었다.

—어제 수고했어. 선물이야! 예쁘지? 또 죽이지 말고 이번엔 잘 키워 봐.

당신은 완전히 농락당한 기분이었다.

시간이 흐를수록 당신은 뭔가 많이 잘못되어 가고 있다는 느낌을 지울 수가 없었다.

온갖 식충식물들로 가득 찬 그의 베란다에 들어서면 마치 밀림에 들어선 것처럼 숨이 막혔고 거대한 덫에 빠진 듯한 느낌이 들었다. 붉은 지네 같은 줄기가 넘실거리는 긴 잎 끈끈이주걱. 불가사리처럼 생긴 드로세라 아델라. 날카로운 창살문을 달고 있는 파리지옥풀. 트럼펫 모양의 포충낭이 달린 사라세니아. 코브라를 연상시키는 다링토니아. 붉은 호리병 같은 포충낭이 달린 네펜데스. 얼룩덜룩한 포충낭이 징그럽게도 큰 네펜데스 미란다. 작은 포낭들이 바글바글한 네펜데스 암프라리아 등등. 모양도 이름도 각양각색인 그 식충식물들이 당신에겐 차츰 단순한 화초로만 보이지가 않았다. 하나같이 당신에겐 그저 흉측한 올무처럼 보일 뿐이었다.

벌레잡이 주머니를 주렁주렁 달고 뭐든 삼켜 버릴 것처럼 아가리를 벌리고 있는 네펜데스나 머리카락처럼 가늘고 긴 붉은 색 선모(腺毛)를 뱀의 혀처럼 날름거리는 끈끈이주걱이나 징그럽긴 마찬가지였다. 그것들이 끈끈이 액으로 먹이를 포획하는 모습을 보고 있노라면 정말 소름이 끼쳤다.

놈들은 달콤한 향이나 화사한 외양으로 날벌레들을 유혹해 제가 놓은 덫에 그 먹잇감들이 완전히 걸려들 때까지 음흉하게, 참을성 있게 노리고 있다가 한순간 덜컥 사로잡곤 했다. 덫에 걸린 벌레들이 뒤늦게 발버둥질 치며 벗어나오려 해 봐야 소용없었다. 그럴수록 놈은 더 지독한 점액질을 뿜어내 집요하게 먹이들을 옭아맸고 포획된 벌레들은 결국 그 끈끈한 늪 속에 껍질만 남긴 채 다 녹아 버리고 말았다. 그렇게 그들을 기다리는 건 끔찍한 죽음뿐이었다.

*

그의 베란다에 무섭게 번져 나가는 식충식물들처럼 그의 집착은 당신이 어느 방향으로 움직이든 사방에서 붉은 눈을 번득이며 당신을 따라다녔다. 신혼 초부터 당신을 끊임없이 의혹의 눈으로 바라보던 그는 자신이 다니던 회사가 갑자기 불경기로 도산해 집에서 백수건달로 지내게 되자 대놓고 의처증세를 보이기 시작했다. 당신은 실직한 남편 대신 생활고를 해결하기 위해 결혼 전 근무했던 여행사에서 투어가이드 일을 다시 하게 됐는데, 당신이 업무상 며

칠 출장이라도 다녀오면 그는 당신에게서 온갖 불륜의 증거들을 찾
아내느라 혈안이 돼 있었다.

　—이번엔 또 어디서 언놈이랑 놀아나다 이제야 기어들어 오냐?
엉? 말해. 네가 아무리 꼼수를 부려봐야 내가 네 속 훤히 다 들여다
본다구!

　그의 마음의 병은 점점 더 깊어져만 가고 있었다.

　그가 그렇게까지 망가진 건 실직 스트레스 탓이 클 거라고 당신
은 짐작했으나 오산이었다. 일 년 후 그는 재취업이 됐지만 상황은
조금도 나아지지 않았다. 그는 이전 직업 경력과 외국어 실력을 인
정받아 한 외국계열 회사에 재취업이 됐고 곧 P시 해외지사로 발령
이 났다. 그를 따라 그곳으로 생활 근거지를 옮긴 당신도 곧 같은
회사에 인턴사원으로 취업이 됐는데 당신이 지사직원들과 가깝게
지내게 되자 그가 이번엔 지사장과 당신 사이를 의심하기 시작한
거다.

　—년놈들이 한통속으로 짜고 잘들 놀아나고 있구나! 너 엊저녁
에 그놈하고 무슨 짓 하고 왔냐? 엉? 니들이 내 등 뒤에서 무슨 수
작을 꾸미고 있는지 내가 모를 줄 아냐? 엉? 이것들이 사람을 뭘로
보구!

　그게 아니라고 당신이 아무리 항변해 봐야 소용없는 일이었다.

　—아니긴 뭐가 아냐?! 너 이리 와! 이 화냥년!

그는 점점 악귀에 사로잡힌 짐승처럼 변해 갔고 미쳐 날뛰는 그 앞에서 당신은 무방비상태로 벼랑 끝까지 내몰렸다.

*

너 없이는 죽고 못 산다는 그 달콤한 말, 운명적인 사랑이라는 그 허황된 말들이 뿜어내는 달콤한 향에 어리석게도 취했던가. 덫으로 기어드는 줄도 모르고 멋모르고 끌려 들어갔던가. 끈끈이주걱 그 수천 개의 촉수 끝에 달린 저 충혈된 눈이 너를 삼키려 노리고 있는 줄도 모르고 제 발로 덜컥 그 지옥의 문턱을 밟아 버렸던가.

순간 발밑이 미끄러지는 느낌, 길을 잘못 들어선 것 같은 느낌에 당황하여 발길을 돌려 보려 해 봤지만 모든 게 이미 늦어 버렸다. 올가미에 걸려든 몸과 마음은 놈이 뿜어대는 집착의 점액에 서서히 마비되며 뜻대로 움직여지지 않았다. 버둥거릴수록 몸을 더 세게 옥죄는 천 개의 손. 아가리를 벌린 채 너를 집어삼키려고 저 아래 대기 중인 저 캄캄한 지옥문. 운명이라는 덫, 함정, 그 촉수에 걸려든 것을 인지하는 순간 넌 이미 거기서 빠져나갈 방법이 없었다.

당신은 한밤중 미쳐 날뛰는 그의 손아귀를 뿌리치고 집 밖으로 뛰쳐나갔다가 달려오는 오토바이에 치어 응급실로 실려 간 적도 있었다. 그때 피투성이가 되어 응급실 침대에 누워 있는 당신을 보고 그는 눈물과 회한의 말들을 펑펑 쏟아냈다. 나 때문이야. 나 때문에 당신이 이 꼴을 당한 거지. 내가 미친놈이지. 안 그래야지, 안 그래야지 하면서 내가 왜 자꾸 그러는지 몰라. 미안해. 내가 미쳤어. 당신을 이 지경으로 만들어 놓다니. 내가 정말 미친놈이야. 약속해. 다신 안 그럴게. 믿어줘. 정말이야. 알아. 당신이 나 두고 딴 놈하고 바람피울 여자 아니라는 거. 그런데 머리론 알겠는데 왜 자꾸 순간순간 그런 의혹이 드는 건지 정말 나 자신도 모르겠어. 아마도 의사 말처럼 내가 어릴 때 엄마한테 버림받은 상처 때문에 그러는 건지도 몰라. 그러니 여보, 나 좀 봐줘. 당신 말대로 당신이 원한다면 내가 정신과치료도 받을게. 진심이야. 당신이 원한다면 교회도 나가고 당신이 하라는 거 뭐든지 다 할게. 그러니 제발 나 버리고 도망가지 마. 당신 설마 우리 준이를 나처럼 불쌍한 새끼로 만들려는 건 아니겠지? 그럼 당신은 엄마도 아니지. 사람도 아니지. 너 정말 준이 두고 도망가면 나중에 준이한테 엄마 대접은커녕 인간 취급도 못 받는다. 우리 엄마가 아버지한테 상습적으로 맞고 살다가 도망친 이후로 무슨 일이 있었는지 알아? 엄마 대신 내가 아버지한테 밤낮 죽도록 얻어맞았어. 그래서 내가 엄마를 얼마나 원망했는지 알아? 좀 참고 살지. 엄마가 돼 갖고 저 혼자 살겠다고 이 지옥에 자식만 팽개쳐 두고 혼자 도망쳐? 그게 엄마야? 나쁜 년! 천벌을 받을 거야, 라고. 알아? 때리는 아버지보다 날 버리고 도망친 엄마에 대한 증오심이 훨씬 더 컸던 거야. 당신 설마 준이가 나처럼 되길

332

바라는 건 아니겠지? 그렇지? 당신 준이하고 나 버리고 가면 우린 둘 다 죽어. 다 폐인 돼. 그러니 여보, 우리 두고 어디로 가 버릴 생각 같은 거 절대로 하면 안 돼. 알았지? 내가 앞으로 잘할게. 다신 당신 안 괴롭힐게. 다신 안 그럴게. 응?

그러나 그 숱한 눈물과 변명과 약속과 맹세들이 다 무슨 소용이랴. 며칠 지나지 않아 그 광란의 되돌이표는 어김없이 다시 시작되곤 했고 아무리 해도 근본적으로 달라지는 건 없었다. 미친년! 정신병원엔 네가 가야지. 내가 왜 가? 어디서 멀쩡한 사람을 환자로 몰아? 자식 두고 툭하면 뒈지겠다고 집이나 뛰쳐나가는 너 같은 년이, 네가 진짜 미친년이지! 내가 왜? 네 의뭉스런 속셈이 뭔지 내가 모를 줄 아냐? 네년이 날 정신병자로 만들어 병원에 처넣고 그 새끼하고 도망치려고 하는 거 내가 모를 줄 아냐구? 하지만 꿈 깨라. 내가 니들을 그렇게 호락호락 놔줄 거 같냐? 년놈들이 희희낙락 살도록 내가 그냥 내버려둘 거 같냐구! 내가 지옥 끝까지라도 쫓아가서 네년놈들 모가지를 확 비틀어놓고 말 테다!

일그러진 집착에 포로가 된 당신은 그가 뿜어대는 애증의 독에 마비된 채 그 덫에서 한 치도 벗어날 수가 없었다. 그 손아귀에서 벗어나 보려고 아무리 필사적으로 발버둥질 쳐 봐야 소용없는 일이었다. 당신이 어디로 몸을 숨기든 그는 마치 전생에서부터 쫓아온 악귀처럼 어떻게든 당신을 찾아냈다. 네가 뛰어 봤자 벼룩이지. 가긴 어딜 가? 어림없는 소리. 네가 아무리 멀리 도망쳐도 내 촉수는 네 등짝에 딱 붙어 있어. 넌 나한테서 절대 못 벗어나. 후회해도 소용없어. 그러게 좀 더 신중했어야지. 그때 내가 내민 손을 그렇게 무심코 잡지 말았어야지. 그 순간부터 넌 이미 내 올가미에 잡혀 버린 거야.

운명 혹은 업보라는 이름으로 어디든 끈질기게 따라오는 저 악연은 천 개의 손을 가진 끈끈이주걱 같았다. 그것은 당신이 가는 길목마다 당신을 지키고 서 있다가 한순간 머리채를 휘어잡았고 숨통을 틀어막았고 목을 졸라댔다.

*

지긋지긋한 폭력과 난폭한 감정의 소모전. 지난 수년간 당신의 결혼 생활은 단지 그 악순환일 뿐이었다. 언제나 당신에게 돌아오는 건 환멸, 환멸뿐이었다. 겨우 이렇게 살려고 목숨 받아 태어났을까? 고작 이렇게 살려고? 더 이상 이런 걸 운명이라고 받아들일 순 없었다. 한 번뿐인 삶을 끝내 이렇게 망쳐 버릴 순 없잖은가. 그러니 이젠 더 이상 아이 핑계를 대서도 안 된다. 어른들 때문에 상처받은 저 아이도 머지않아 너처럼 제 어미 가슴에 비수를 꽂는 순간

이 오고야 말 거다. 나 때문이라구요? 누가 엄마더러 그렇게 살랬어요? 누가 희생하라 그랬냐구요?

당신은 잠들어 있는 아이를 내려다본다. 엄마, 우리 도망가는 거지? 아이는 이미 엄마의 속을 환히 꿰뚫어 보고 있는 듯하다. 그러나 당신이 어떻게 해도 지금 아이에게 느끼는 그 죄책감은 사라지지 않을 것이다. 그건 당신 스스로 감당해야 할 몫이다. 어쨌건 평생을 그처럼 감정의 지옥 속에서 줄타기하며 살 수는 없지 않은가. 적어도 당신의 아이가 제 피붙이를 짐승으로 기억하게 하진 말아야 하지 않겠는가. 그러니 이젠 기필코 이 악연의 끈을 끊어내야만 한다. 더 이상 잃을 것도 없지 않은가.

여객선이 뱃고동을 울리며 서서히 항구로 진입하고 있었다.
새벽 어스름 속에 싸여 있는 항구. 지난 아침 이래 수차례 차를 갈아타고 숨 가쁘게 여기까지 달려왔지만 당신에겐 아직 가야 할 길이 더 남아 있다. 배에서 내려선 당신은 L시까지 가기 위해 이제 마지막으로 다시 한번 기차에 오른다.

*

이제 날이 서서히 밝아오고 있다.

기차는 곧 종착역에 도착할 것이다. 마침내 당신의 여정은 끝에 다다르고 있는 것이다. 그렇다면 이제 저 낯선 땅에 발을 내딛는 순간부터 뭘 어찌할 건지 생각을 정리해야 할 때가 아닌가.

당장은, 아마도 며칠간은 어떻게든 지나갈 것이다. 하지만 당신 수중에 있는 400불은 곧 떨어지고 말 것이고 신용카드 또한 사용할 수 없으니 뭔가 대책이 필요하지 않겠는가. 요컨대 당신이 저 이국 땅에서 아이를 데리고 목숨을 부지하려면 무슨 일이든 찾아봐야 하지 않겠는가.

그러나 관광비자로 입국한 당신이 거기서 일자리를 찾는다는 게 과연 가능하긴 할까?

결코 쉬운 일은 아닐 것이다. 그렇다면 어쩌자는 건가? 혹 당신에게 숨겨놓은 무슨 비장의 카드라도 있다는 건가? 최악의 경우 도움을 청할 만한 누군가가 그곳에 있기라도 하다는 건가?

설마 사춘기 시절 당신을 자기 첫사랑이라고 말했던 그, 지금은 L시에서 식당을 운영하며 거주하고 있다는 그를 찾아갈 생각인가?

설마……! 그가 십오륙 년 전 당신에게 품었던 그 감정을 아직도 고스란히 간직하고 있을 거라고 믿고 있는 건가? 그래서 옛 추억을 빌미로 설마 그에게 구걸이라도 할 작정인가?

그럴 리가……!

당신이 불확실한 미래에 대한 두려움 속에서 갈팡질팡하고 있는 동안 기차는 이미 종착역으로 들어서고 있었다. 날은 이미 훤히 밝아 있었다.

이제 기차는 운행을 멈추며 서서히 마지막 호흡을 가다듬는다. 승객들은 목적지에 다 왔다는 사실에 활기를 되찾고 머리를 빗거나 옷매무새를 고친 후 선반이나 객차 바닥에 놓아뒀던 짐들을 바쁘게 챙기기 시작한다.

"엄마, 여기가 어디야?"

당신 아이도 이제 완전히 잠에서 깨났다.

"기차역이지."

"기차역? 왜? 어디 가는 건데?"

"응, 저기……."

당신은 아이에게 대답할 말을 찾지 못한 채 얼버무리는데 다행히 아이의 호기심은 곧 새로운 대상으로 옮겨간다.

"와! 사람들 많다!"

플랫폼에 일렁이는 인파를 보고 환호하는 아이. 그러나 당신은 왠지 덜컹 겁이 난다.

대체 저 많은 사람이 어디서 쏟아져 나온 건지.

하지만 당신도 이제 저들 속으로 발을 내디뎌야 한다. 당신 앞에 무엇이 당신을 기다리고 있건 이제 그 두려운 한 걸음을 내딛어야만 한다.

승객들은 빠른 걸음으로 열차에서 내려선다. 당신도 머뭇거리며 출구를 향해 나아간다. 옷가지 몇 개가 아무렇게나 뭉쳐져 있는 작은 여행 가방 한 개만 달랑 들고 당신은 아이를 앞장세운 채 주춤주춤 낯선 도시로 내려선다.

*

마침내 당신의 여정은 끝이 났다.

그러나 기차에서 내려선 후 이미 몇 시간이 흘렀음에도 당신은 여전히 저 거대한 역의 높은 천창을 통해 햇살이 폭포처럼 쏟아지는 그 환한, 드넓은 벌판과도 같은 기차역 플랫폼에 서 있다. 역 구내 한 카페 앞 전자오락기에 매달려 있는 당신 아이에게서 시선을 떼지 않은 채 초조하게 손목시계와 역내 대형시계를 번갈아 쳐다보며. 누군가를 기다리고 있기라도 한 건가? 왜 아직 거기서 서성거리고만 있는가? 혹 당신을 첫사랑이라 불렀던 그와 정말 연락이라도 된 건가? 아니면 당신 기억 속에서 또 다른 사람, 예컨대 먼 일가 친척 중 한 사람이라도 발견한 건가?

—안녕하세요?

당신 앞으로 갈색 피부의 집시여자 하나가 갓난아기를 한쪽 팔에 안고 다가온다.

—점을 봐드릴게요.

여자가 야릇한 표정으로 당신 손을 붙잡는다. 그와 동시에 아기를 안고 있는 여자의 다른 쪽 손이 당신 핸드백 안으로 들어온다. 낌새를 챈 당신은 핸드백에서 당신 지갑을 빼내려는 여자의 손을 적시에 움켜잡는다.

—뭐요? 아무것도 안 가져갔잖아!

뻔뻔하게 자기 손을 펴 보이며 도리어 당신을 향해 두 눈을 부릅뜨는 집시여인.

—재수 없는 중국년! 똥이나 처먹어라!

두세 발짝 물러서며 당신에게 욕설을 퍼붓곤 여자는 유유히 당신 곁을 떠나 또 다른 사냥감을 물색하러 나선다. 몇 시간째 그곳에서 서성거리는 당신의 정체를 이미 파악했다는 듯 여자는 당신 주위에서 맴돌며 이따금 조롱 섞인 표정으로 당신을 쳐다본다. 당신을 이미 자기들과 같은 부류의 천덕꾸러기로 취급하는 게 분명하다.

시간이 흐르자 이제 더 이상 당신에게 관심을 보이는 사람은 없다.

당신은 이제 철저히 무관심 속에 버려져 있다. 하지만 저 냉담함이 언제 경계태세로 변할지 알 수 없는 일이다. 당신 왜 여기서 계속 얼쩡거리는 거야? 수상한데 신분증 좀 봅시다. 뭐야? 불법체류자 아냐? 어쩔 거요? 벌금 내고 당신 나라로 돌아갈 거요, 아니면 감옥 갈 거요? 머지않아 당신에게도 그런 상황이 벌어질지 누가 알겠는가. 아무 대책 없는 당신이 이곳에서 저 집시여자처럼 전락하는 건 어쩌면 시간문제일 뿐인지도 모른다.

그러니 어쩔 것인가? 어찌해야 하는가?

오랜 망설임 끝에 당신은 마침내 공중전화 부스로 향한다.

누구에게 전화를 하려는 건지 수화기를 들고도 한참 동안 망설이던 당신은 결심을 굳힌 듯 마침내 다이얼을 돌린다. 그리고 수화기 건너편 누군가를 향해 머뭇머뭇 입을 뗀다. 그동안 오락기 앞에 매달려 있던 당신 아이가 당신을 찾아 인파 속으로 사라지는 것도 모르는 채로.

07 폭염

1

식을 줄 모르는 지열. 바람 한 점 습기 한 점 느껴지지 않는 공기.
전례 없는 폭염이 쏟아지는 여름이었다. 시커멓게 불에 그슬린
듯 세월의 때 자국에 절은 고도의 건물들. 그 사이로 난폭하게 헤집
고 들어서는 햇살. 늙은 도시는 그악스런 손에 제 몸을 맡긴 채 마
지못해 등을 내밀고 돌아앉아 있었다. 그 몸 구석구석에 낀 때를 단
한 점도 남김없이 빡빡 밀어낼 듯한 기세로 밀치고 들어서는 햇빛.
노심을 관통하는 더럽고 폭 좁은 강물 위로는 유람선들이 더위에
지친 나른한 몸들을 한가득 싣고 푸르죽죽한 강물을 무겁게 밀어내
며 느릿느릿 나아가고 있었다.

─저 위에 보이는 성당이 바로 그 유명한 노트르담 성당이랍니
다.

다리 밑으론 또 한 척의 유람선이 지나가고 있었다.

―노트르담 성당은 1163년에 천재적 건축가 빌라르 드 옴므 꾸르란 사람이 모리스 쉴리 주교를 위해 건축하기 시작해서 약 200년에 걸쳐 지어진 대단한 건축물인데요. 샤르트르, 아미앵, 렝스 대성당과 함께 고딕 양식 건축을 대표하는 성당이죠. 그리고 저기 저 건물은…….

듣지 않아도 뻔한 내용의 말들. 언제나 같은 내용으로 수개 국어로 되풀이되는 똑같은 내용의 안내 멘트들. 그 소리를 따라 관광객들의 시선은 현장 가이드의 손가락이 가리키는 방향으로 몽롱하게 떠다니고 있을 것이다.

부릉부릉 붕. 한 무리의 오토바이족이 요란스럽게 카페 앞에 당도한다. 징기스칸의 후예처럼 변발한 모습의 사내들. 뜨거운 날에도 검은색 가죽점퍼와 가죽 바지, 가죽 장화 차림으로 대여섯의 사내들이 시끌벅적하게 카페 안으로 들어설 때 마침내 민주가 그 뒤로 모습을 드러냈다.

"미안! 내가 좀 늦었지? 지난밤 열대야 때문에 내도록 뒤척거리다가 날이 다 밝아서야 잠이 들었지 뭐니? 봐. 얼굴까지 이렇게 퉁퉁 부은 거. 어때? 많이 부었지?"

약속 시간에서 40분이나 늦은 게 날씨 탓이라는 듯 변명하는 민주의 너스레를 마저 듣고 있을 여유가 없었다. 난 바로 자리에서 일어났다.

"가자. 늦었어."

비행기 도착 예정 시간이 두 시였으므로 더 이상 지체할 시간이 없었다.

"에어프랑스라며? 정시에 도착할 리가 없지. 게다가 입국심사 받고 짐까지 찾고 하려면 한참 걸리잖아. 여기서 점심 먹고 가도 안 늦어."

만사가 이런 식이니 이 친구와 시간 약속을 하면 난 늘 마음이 놓이질 않는다. 이럴 땐 단호해야 한다.

"그럼 나 혼자 갈까?"

"알았다. 알았어. 안달은……."

구시렁거리며 마지못한 듯 따라나선 민주가 카페를 나서기 전 다시 한마디 덧붙였다.

"와, 죽인다, 단백질 타는 냄새."

그 말에 공연히 가슴이 철렁했다.

*

연일 지속되는 폭염을 피해 출국하려는 사람들이 평소보다 많다 더니 공항으로 향하는 도로는 정체 현상이 심각했다. 우린 결국 비행기 도착 예정 시각보다 20분이나 늦게 공항에 도착했다. 그러나 다행히도 그가 탄 비행기는 1시간 연착 예정이라 했다. 덕분에 민주는 다시 의기양양해졌다.

"것 봐. 내 뭐랬니? 도착하려면 아직 멀었다니까. 배고파. 기다리는 동안 뭐라도 좀 먹자."

민주의 제안대로 우린 그에게 문자 한 통을 보내놓고 공항 내 한 카페테리아에서 그를 기다리기로 했다.

"공항 대합실조차 이렇게 푹푹 찌니 정말 지구 종말이라도 가까워져 그러나? 날씨가 갑자기 왜 이런다니?"

사실 팔월의 파리 날씨가 그토록 더웠던 적은 일찍이 없었다고 했다.

"한여름에도 에어컨은커녕 선풍기조차 필요 없는 나라에서 폭염으로 쓰러져 죽는 사람까지 나온다니 이게 말이 되니?"

아닌 게 아니라 심상찮은 징조였다. 뉴스에 의하면 지난 이주일 동안 전대미문의 폭염으로 여기저기서 노약자들이 쓰러졌고, 특히 남쪽 지방에선 그 사망자 숫자가 갈수록 늘어가고 있다고 했다.

*

"저 혹시……?"

우리가 기다림에 지쳐 갈 무렵 한 남자가 우리 테이블로 다가왔다.

"아가씨들이 상화의……?"

346

그다. 마침내 그가 나타난 거다.

"상화아버님이세요?"

남자의 얼굴에서 상화의 모습을 잠시 찾아봤지만 닮은 데라곤 없어 보였다.

"많이 기다렸죠? 본의 아니게 내가 많이 늦었소."

남자는 몹시 피곤해 보였다.

"괜찮습니다. 비행기 연착은 여기선 흔한 일인 걸요."

"아무튼 기다리게 해서 미안하오. 그런데 상화는……?"

남자는 충혈된 눈으로 대답을 기다리고 있었다.

―뭐라구요? 상화가 죽었다구요?

전날 이른 아침 낯선 이로부터 내게 걸려온 한 통의 전화는 경악할 소식을 전했다.

―네. 오늘 새벽에 사망한 걸로 보입니다.

수화기 건너편 사내가 건조한 말투로 대꾸했다.

―아침에 집주인이 발견하고 신고를 했어요. 사망자 핸드폰에 사망자와 같은 Lee라는 성으로 전화번호가 있어서 연락해 본 건데 혹시 사망자 보호자와 연락이 되겠습니까?

―그, 글쎄요. 가족은 한국에 있을 텐데요…….

―그럼 일단 현장으로 빨리 좀 와주십시오.

하얀 시트에 덮인 상화의 시신. 고통에 일그러진 얼굴. 숨이 막혔다.

—어떻게 된 거예요?

형사가 간략히 설명해 준 사건의 경위는 다음과 같았다.

이른 새벽 집주인 로비네 부인은 요란한 현관벨 소리에 놀라 잠에서 깨났다. 그녀가 침대에서 내려서는 순간 바닥이 찰박했다. 불을 켜 봤더니 바닥에 깐 양탄자가 흥건하게 젖어 있었다. 어디선가 물난리가 난 것 같았다. 다급히 벨을 누른 사람은 2층 세입자였다. 그는 상화 방에서 물난리가 난 거 같다고 전했다. 살펴보니 과연 2층 상화의 원룸에서 물이 새어 나와 복도와 층계로 흘러내리고 있었다. 부인은 상화의 방문을 수차례 두드렸으나 안에선 아무 대답이 없었다. 불길한 예감에 사로잡힌 부인은 비상열쇠로 상화의 방문을 땄다. 문이 열리는 순간 그들을 사로잡은 충격적인 장면. 물이 콸콸 뿜어져 나오는 샤워부스 천장에 상화의 몸이 매달려 있었다.

하얀 시트에 덮인 상화의 시신. 고통에 일그러진 얼굴.

폼페이 화석 인간들의 영상처럼 흙빛으로 굳어 있는 상화의 얼굴.

"저 애가 정말 상화 맞소?"

못 알아볼 정도로 일그러진 딸의 모습이 믿기지 않는 듯 남자는 망연한 표정으로 서 있었다.

*

"어서 오세요. 고인의 아버지신가요?"

뚱뚱한 형사가 후덥지근한 취조실에서 일행을 맞아들였다.

"네."

"먼 길 오시느라 고생하셨습니다. 자, 거기들 앉으세요."

형사는 자신의 맞은편 자리를 권했다.

"무슈 리를 위한 통역은 저기 저분이 해드릴 겁니다."

그나마 별도의 통역이 있다는 사실에 난 다소 마음이 놓였다.

"따님 일은 정말 안됐습니다. 먼저 조의를 표합니다."

형사가 정중하게 조의를 표했다. 상화아버지는 그저 멍한 표정으로 그를 쳐다볼 뿐이었다.

"경황이 없으시겠지만 따님의 죽음과 관련해 조사할 게 있어서 선생님께서 파리에 도착하시는 대로 참고인들과 함께 좀 뵙자고 했습니다. 자, 그럼 시작해 볼까요?"

사무적인 말투를 되찾는 형사.

"이 양은 8일 새벽 3시에서 3시 30분 사이에 사망했을 것으로 추정됩니다. 검안의 일차 소견으론 외상없이 목매 자살한 걸로 추정되지만 몇 가지 의심스러운 점이 있습니다. 그래서 보호자가 허락하신다면 부검을 하고 정확한 사망 원인을 규명할까 합니다만."

"부검이라뇨?"

의외의 말이었다.

"그러니까 이제부터 참고인들 진술을 들으시면서 함께 판단해 보시자는 거죠."

그렇다면 형사는 이 사건이 자살이 아닐 수도 있다고 본다는 건가?

"자, 그럼 먼저 이 양에게 몇 가지 묻겠으니 아는 대로 답변해 주세요."

형사가 나를 쳐다봤다.

"네."

"사건 발생 전날 오후에 이 양은 죽은 이 양 집에 들렀다고 했죠? 그때가 정확히 몇 시쯤이었죠?"

"오후 5시쯤이었어요. 집에 들어간 건 아니고 집 앞 카페에서 상화를 만났죠. 전에 상화한테 빌려준 책이 있었는데 그걸 돌려받기로 한 날이라 전화했더니 집에 손님이 와 있으니 카페로 와서 받아 가라더군요."

"그때 이 양에게서 뭔가 이상한 점 같은 건 발견하지 못했나요?"

"좀 피곤해 보였어요. 본인은 몸살 기운이 좀 있는 것 같다고 했구요."

하지만 꼭 몸살 기운 때문에만 그러는 건 아닌 것 같았다. 무슨 일이 있었는지 상화는 눈에 띄게 안절부절못하고 있었다.

"아픈 사람이 굳이 친구를 카페에서 보자 한 건 그때 이 양 집에 와 있던 손님을 보여주고 싶지 않았다는 뜻인데 그게 누군지 아시나요?"

"아뇨······."

함부로 추측을 말해선 안 될 것 같아 난 말을 아꼈다. 그때 민주가 내 옆구릴 쿡 찔렀다. 쟝이겠지. 형사의 귀가 그걸 놓치지 않았다.

"쟝? 죽은 이 양 남자친구 말입니까?"

"뭐······ 그렇겠죠?"

민주가 상화아버지 눈치를 살폈다. 그는 아직도 이 상황이 믿겨지지 않는다는 듯 멍하니 앉아 있을 뿐이었다.

"박 양은 그 사람이 그날 이 양 집에 온다는 말을 들었나요?"

민주는 상화와 그다지 가까운 사이가 아니었다. 내가 모르는 사실을 민주가 알 리 없었다.

"그건 아니구요. 상화가 최근에 가장 자주 만난 사람이 쟝일 테니까 그렇지 않겠냐는 거죠."

"쟝과 죽은 이 양은 언제부터 어떻게 알게 된 사이였나요?"

형사가 다시 나를 쳐다봤다.

"아마 작년 겨울 2월 스키방학 때부터인 것 같아요. 상화가 샤모니로 여행 갔다가 우연히 알게 된 사람이라고 말한 걸 들은 적이 있어요."

"이 양도 쟝을 만난 적이 있다고 했죠? 이 양이 보기에 쟝은 어떤 사람입니까?"

"글쎄요. 만난 적이 있다 해도 한두 번뿐이라……."

그를 처음 본 건 지난해 가을 어느 날 민주와 함께 중국 슈퍼에서 장을 보고 나오던 길이었다. 슈퍼 입구에서 우연히 마주친 우린 근처 카페에서 차 한 잔을 나누었다. 쟝은 얼핏 보기에 앳된 미소년처럼 보였지만 그의 몽환적 눈빛 때문이었을까? 난 그때 처음 보는 그에게서 왠지 묘한 이질감 같은 걸 느꼈다.

"인상적으론 차분해 보이고 진지한 사람 같아 보였어요."

"죽은 이 양은 평소 쟝에 대해 뭐라고 하던가요?"

형사의 물음에 난 어떻게 답해야 할지 알 수 없었다.

"상화로부터 쟝에 대한 이야기를 그다지 많이 듣지 못해서 잘 모르겠는데요……. 그냥 쟝이 좋은 친구고 자기하고는 많이 다른 사람이라고 했던 거 같아요."

사실 최근 들어 난 상화가 평소 어떤 생활을 해왔는지도 잘 알지 못했다.

"뭐가 어떻게 다른 사람이라는 거죠?"

"자기보다 연하지만 정신적으로 성숙한 사람이라고 했던 거 같아요."

"정신적으로 성숙한 사람이라? 애매한 표현이군요. 그건 혹 종교적인 의민가요? 상화 양은 종교가 뭐였죠?"

"글쎄요……. 그건 잘……."

"이 양이 자살한 게 맞다면 근자에 와서 뭔가 심리적 변화를 보였을 법도 한데 혹시 평소완 달리 매우 비관적인 얘기를 했다던가 뭐 그런 종류의 이상한 조짐 같은 건 전혀 보이지 않았나요?"

"글쎄요……."

실은 마음에 걸리는 게 하나 있었다. 그날 상화 몸에서 났던 담배 냄새. 그건 의미심장한 징후였다. 하지만 그 말이 어떤 파장을 불러일으킬지 난 조심스러웠다.

"이 양?"

형사는 내 대답을 기다리고 있었다.

"잘 모르겠습니다……."

"그래요?"

형사가 실망한 듯 살짝 미간을 찡그렸다.

그때 마침 쟝이 나타났다. 많이 운 걸까? 그의 눈이 퉁퉁 부어 있었다.

"어서 오세요, 쟝. 거기 앉으세요."

형사가 그에게 내 옆자리를 권했다.

쟝은 자리에 앉기 전 상화아버지에게 깊이 고개 숙여 목례를 했다. 그로선 특별한 의미의 절이었을 거다. 상화아버지는 그를 보자 누군지 짐작한 듯 표정이 경직됐다.

"선생님, 혹 따님으로부터 이 청년에 대해 무슨 이야기를 들은 적 있으신가요?"

형사가 상화아버지에게 물었다.

"전혀 없소."

강하게 부정하는 상화아버지.

"그렇군요. 그럼 쟝에게 묻겠습니다. 당신은 사건 발생 몇 시간 전까지 현장에 있었다 했죠?"

"네. 어제 말씀드렸다시피……. 하지만 전 8시에 카페 로통드에서 지인과 저녁 식사 약속이 있어서 8시 10분 전쯤에 거기서 나왔습니다."

역시 그랬구나. 그날 상화 몸에서 나던 담배 냄새.

상화는 심리적으로 문제가 있을 때만 담배를 피웠다. 그런데 그날 내가 상화에게서 맡은 담배 냄새는 쟝이 즐겨 피운다는 '지딴' 냄새였고 그 냄새로 나는 쟝이 그날 상화 집에 와 있나 보다고 생각했던 거다.

"그날 이 양과 싸웠죠?"

형사가 쟝을 대하는 태도는 단순한 참고인 조사가 아닌 듯 느껴졌다.

"그게 무슨……?"

쟝의 눈빛이 흔들렸다.

"집주인 말로는 사건 전날 밤 이 양 방에서 티격태격하는 소리가 들렸다던데."

그날 상화가 안절부절못했던 건 역시 쟝과 관련이 있었다. 두 사람 사이에 과연 무슨 일이 있었던 걸까?

"싸운 게 아니라……. 그냥 약간 말다툼이 있었을 뿐입니다."

"그럼 이 양의 왼쪽 팔뚝에 난 상처는 뭡니까?"

형사의 입에서 그 말이 나오는 순간 괜스레 내 가슴이 철렁했다.

"그건……."

쟝이 머뭇거리는 건 아마 상화아버지 때문일 것이다.

"뭡니까?"

채근하는 형사.

"상화가…… 자해한 걸로 알고 있습니다."

결국 그 말이 나오고야 말았다.

"자해라? 담뱃불로 말요?"

"예……."

"이게 대체 무슨 소리야……?"

경악하는 상화아버지.

"이 양도 혹시 그 상처에 대해 알고 있나요?"

형사가 이번엔 나를 쳐다봤다. 하지만 난 이번에도 선뜻 대답할
수가 없었다. 상화가 이렇게 된 게 왠지 내 책임인 것만 같아 문득
자책감이 밀려왔던 거다.

폼페이 여행 때부터 결국 언젠가 이런 파국이 올지 모른다는 불
길한 느낌을 갖고 있지 않았던가.

*

광포한 햇살 아래 주저앉은 늙은 도시.

누군가 살다 떠나간 폐가처럼 폐허로 남은 유적지엔 귀기가 감돌았고 엄청난 열기가 쏟아지고 있었다.

―여러분! 폼페이의 최후를 아십니까? 여러분은 오늘 그 역사의 날의 증인들을 만나게 될 겁니다!

그늘 하나 없는 폐허. 텅 빈 무대와 같은 유적지에서 이탈리아 청년 가이드는 마치 연극배우 같은 어조로 영어 안내를 시작했다. 그러나 사람들은 이미 숨 막히는 열기에 압도되어 출발부터 반가수 상태의 표정으로 흐느적거리고 있었다. 그 속에서 유독 상화만은 생기를 띠었다.

―선우야, 이 냄새 맡아지니?

유적지에 들어서자마자 내 귀에 대고 속삭였던 상화.

―공기 중에 뭔가 타는 듯한 이 냄새 맡아지지? 단백질 타는 냄새 같은 거.

말을 듣고 보니 과연 그런 냄새가 나는 것 같기도 했다.

―이 냄새, 이 느낌 너무 좋다. 따갑지만 개운한 이 느낌 너무 좋아.

그 땡볕의 느낌이 뭐가 그렇게 좋다는 건지 난 솔직히 이해할 수 없었다. 그런데 상화가 덧붙였다.

—이 햇볕 아래서 일광욕을 즐기는 도마뱀처럼 하루 종일 꼼짝 않고 앉아 있고 싶을 정도야.

이 친구의 비범한 감성표현에 나로선 아직 익숙하지 않을 때였다.

늘 허허벌판 한가운데 혼자 서 있는 나무처럼 보였던 상화. 세상과 소통하지 못하고 자기 내면세계에 갇혀 있는 사람처럼 보였던 그 친구와 내가 말을 트기 시작한 지 불과 몇 달 안 돼서 둘이 함께한 첫 여행이었다. 3년 전 가을 한 수업에서 우연히 발표과제를 함께하게 되면서 우린 공통 관심사가 폼페이라는 사실을 알게 됐고, 그게 계기가 되어 폼페이 여행도 같이 가게 된 거였지만 깊은 속내를 드러내는 걸 꺼려했던 나로선 상화의 그런 표현들이 무척 낯설게 느껴졌다.

그런데 그날 저녁이다. 샤워를 하고 나온 상화의 왼쪽 팔뚝에서 나는 예사롭지 않은 상처 자국들을 발견하고 무척 놀랐다. 그건 시간차를 두고 거듭 생겨난 화상 자국인 듯 보였다. 그러나 그때 난 왠지 무서운 말을 듣게 될까 봐 차마 그게 뭐냐고 묻지 못했다. 그런데 상화가 목욕 가운의 옷소매를 내리며 씩 웃는 거다.

—징그럽지?

그건 내가 이미 모든 걸 짐작하고 있을 거라는 듯한 말투였다.

"이 양……."

형사가 나를 쳐다보고 있었다.

"네?"

"그 상처에 대해 아느냐고 물었습니다."

"아, 네 그게……."

난 여전히 뭐라 대답해야 할지 알 수 없었다.

비바람이 몰아치는 날이면 신경이 예민해져서 자기도 모르게 그런 짓을 한다는 상화. 그 행위를 누가 이해할 수 있겠는가.

선우야, 넌 내가 왜 이러는지 이해가 안 되지? 내 안엔 말이지. 바닥이 보이지 않는 질컥하고 혼탁한 늪 같은 게 있어. 가끔 거기서 뭔가가 날 물귀신처럼 잡아당겨. 그 속에 한 번씩 빠질 때면 나도 내가 모를 짓들을 해. 저 늪 바닥에 찔꺽거리는 감정들이 갈앉아 있다가 스멀스멀 기어 나와 날 휘감고 갉아먹어. 거기서 허우적거리다 간신히 빠져나오면 몸과 마음이 엉망진창이야. 뻘 속에 박혀 있던 해면처럼 몸 여기저기서 악취가 나고 곰팡이 냄새가 나는 것 같아. 그럴 때마다 난 참을 수가 없어. 내 안에 찔꺽거리는 것들을 다 날려 보내고 싶어. 그래서 도마뱀처럼 햇볕을 쫓아다니는 거야. 뙤약볕 아래 공기 속에선 단백질 타는 냄새 같은 게 나. 그 냄샐 맡으면 칙칙했던 마음이 왠지 좀 개운해지는 것 같아서 좋아.

"그 상처 본 적 없나요?"

형사가 다시 물었다. 나로서도 더 이상 침묵하고 있을 수만은 없는 상황이었다.

"보긴 했어요……. 상화가 쟝을 알기 전부터 몸에 그런 상처가 있었던 건 사실이에요."

"그래요? 이 양 생각에도 그게 자해 상처인 것 같다는 뜻인가요?"

"글쎄요. 그것까지는 잘……."

쟝은 도움을 청하는 눈초리로 나를 쳐다봤지만 난 그 시선을 피해 버렸다. 결국 나도 이해할 수 없는 걸 남에게 이해시킬 수는 없다는 생각에서였고 어쨌든 상화의 죽음에 쟝이 연관되어 있는 것 같다는 생각을 저버릴 수 없었기 때문이다.

"어쨌건 당신은 그날 왜 이 양과 말다툼을 한 겁니까?"

형사가 다시 쟝에게로 화살을 돌렸다.

"그건……. 상화가 그즈음 신경이 좀 예민해져 있어서 오해가 있었기 때문입니다."

"무슨 오해요?"

"실은 상화가……."

머뭇거리는 쟝.

"계속하세요."

채근하는 형사.

"절 의심했습니다. 제가 다른 여자와 가깝게 지내는 게 아니냐고요. 하지만 그건 상화의 오해였습니다."

쟝이 변명했지만 형사는 의심의 눈초리를 거두지 않았다.

"그렇습니까? 그런데 로비네 부인 진술에 의하면 사건 발생 3일 전, 그러니까 8월 5일 점심 무렵에 웬 여자 하나가 이 양 집에 찾아와서 소란을 피우고 간 것 같다던데 그 여잔 누굽니까?"

형사는 명백히 쟝을 추궁하고 있었다.

"전…… 모르는 사실입니다."

쟝의 목소리가 미묘하게 떨렸다.

"그래요? 그런데 왜 이 양에게 수면제를 사다 준 겁니까?"

이건 또 무슨 소린가.

"예?"

"이 양 아파트 근처 약국에서 이미 확인된 사실이오."

형사는 모든 걸 알고 있다는 듯 단정적 어조로 덧붙였다.

"그건…… 상화가 통 잠을 못 잔다며 사다 달라고 부탁해서 세 알을 사다 줬을 뿐입니다."

분명 뭔가 숨기고 있는 말투였다.

"그때만이 아니지. 그 전에도 계속 그렇게 사다 줬잖소?"

형사는 몰아붙였고 쟝은 새파랗게 질렸다.

"대체 무슨 말씀을 하시는 겁니까? 그러니까 형사님 말씀은 제가 고의적으로 상화를…… 어떻게 했다는 겁니까?"

쟝의 눈꼬리가 파르르 떨렸다.

"글쎄요. 그거야 당사자가 더 잘 알겠죠?"

형사는 명백히 쟝을 의심하고 있었다.

"하지만 제가 왜요? 대체 무슨 이유로……!"

쟝의 입꼬리가 경련을 일으켰다.

"당신은 사건 전날 저녁 이 양과 말다툼을 벌였고 그로부터 몇 시간 후 이 양은 죽었소. 그 집에선 빈 수면제 병이 여러 개 발견됐는데 당신은 그걸 사다 준 적이 있다고 스스로 인정하고 있고, 그러니 누가 봐도 당신이 이 사건과 무관하다고 볼 수 없지 않겠소?"

형사의 어조는 확신에 차 있었다.

"대체 왜 이러십니까? ……정말 전 아닙니다. 상화가 제게 어떤 사람이었는데요! 제가 왜 그런 짓을 하겠습니까?"

쟝은 정말 억울하다는 듯 눈물까지 글썽였다.

"하지만 이 모든 정황 증거가 당신을 가리키고 있잖소!"

"아닙니다! 아니라구요! 상화는 사실 늘 자살을 생각하고 있었습니다."

쟝의 폭탄선언에 상화아버지 얼굴이 납빛으로 변했다.

"대체 그게 무슨 소리요?"

"제가 알기론 상화는 어린 시절 무척 사랑했던 사람을 잃었습니다. 상화는 그때 큰 충격을 받았고 이후 줄곧 우울증에 시달려 왔던 거 같아요. 그 때문에 상습적인 자해행위나 자살충동에 사로잡히곤 했던 거 같아요."

"자살충동이라? 무슨 근거로 그런 말을 하는 겁니까?"

형사가 추궁했다.

"제가 상화를 처음 만났을 때부터 그랬죠. 지난 스키방학 때 전 친구들과 함께 몽블랑에 갔었습니다. 케이블카로 산의 정상까지 올라갔다가 뜻밖의 작은 소동을 목격하게 됐죠. 정상에서 한 여자가 갑자기 몸의 균형을 잃고 쓰러졌는데 자칫 아스라한 벼랑으로 추락할 뻔한 사고였어요. 그게 바로 상화였습니다. 제가 그때 우연히 그 곁을 지나다가 붙잡지 않았더라면 상화는 아마 그때 추락사했을 겁니다."

그런데 나중에 알고 보니 그게 상화의 투신자살 시도였다는 거다.

"그러니까 당신 말은 이 양이 우울증 때문에 상습적인 자살행각을 벌여왔고 이번 사건도 그 연장선상에 있는 거다, 그겁니까?"

형사가 석연치 않다는 듯한 표정으로 되물었다.

"그렇죠……."

"대체 지금 뭘 말하려는 거요?"

노기를 띤 표정으로 상화아버지가 끼어들었다.

"병상에 있다가 지병 때문에 제 어미가 죽은 것 말이오? 그게 대체 언제적 얘긴데 왜 이제 와서……! 이게 다 무슨……!"

그러나 갑자기 떠오른 고통스런 기억 때문인지 그는 더 이상 말을 잇지 못했다.

362

―엄마를 그렇게 죽게 만든 건 아버지야.

상화는 아버지의 외도가 엄마를 죽음으로 이끌었다고 생각하고 있었다.

―내가 중학교 2학년 때야. 비바람 몰아치는 어느 여름날 엄마의 시신이 저수지에서 떠올랐어. 퉁퉁 부어 흉하게 변색한 그 모습…… 너무 끔찍했어.

그 끔찍한 죽음의 영상이 상화를 오랫동안 괴롭혀 왔던 거다.

―비바람이 몰아치는 날이면 자꾸 엄마의 그 마지막 모습이 떠올라 견딜 수가 없어.

그 모습이 떠오를 때마다 상화는 어쩌면 쟝의 말처럼 자살충동을 느꼈을지도 모른다. 그리고 충동을 이겨내기 위해 담뱃불로 자신의 팔뚝에 그런 극단적 자해행위를 해온 건지도…….

"이 양이 과거에 수차례 자살기도를 했다는 게 사실이라 해도 이번 사건 역시 그럴 거란 건 그냥 추측에 불과하죠. 그걸 입증할 방법이 없는 한."

형사는 쟝의 주장에 근거가 없다고 반박했다.

"하지만 형사님! 전……!"

쟝이 다시 항의하려는데 갑자기 상화아버지가 제동을 걸었다.

"그만들 두시오."

모두의 시선이 그에게로 향했다.

"다 부질없는 짓이니 그만합시다."

갑자기 무슨 심경의 변화가 온 걸까. 그가 한순간 모든 걸 내려놓은 사람처럼 말했다.

"그게 무슨 말씀이십니까?"

형사가 미간을 찡그렸다.

"그 애가 자살을 했건 교통사고로 죽었건, 죽었다는 사실이 변함이 없다면 이제 돌이킬 수도 없는데 이제 와 이런 얘기가 다 무슨 소용이겠소? 그러니 일 더 복잡하게 만들지 말고 그만합시다."

형사는 딱하다는 듯 그를 쳐다봤다.

"선생님, 마음은 아프시겠지만 진실은 밝혀야 되지 않겠습니까?"

"아니오. 제발 그만두시오. 아마도 그 모진 것이…… 스스로 제 목숨을 끊었을 거요. 그 녀석이 제 엄마 죽은 후 한동안 우울증 증세를 보였던 것도 사실이고, 한때 불면증 증세가 있었던 것도, 그래서 한동안 수면제를 먹었던 것도 아마 사실일 거요. 그러니 이제 그만합시다."

그는 지쳐 보였다. 엄마의 죽음 때문에 딸이 그토록 오랫동안 마음의 병을 앓아왔다는 걸 이제야 안 걸까?

그러나 형사는 거기서 수사를 중단할 생각이 없어 보였다.

"죄송합니다만 선생님, 그런 말씀은 이 사건의 해결에 도움이 되지 못합니다."

그러나 그 말은 결국 상화아버지를 폭발시키고 말았다.

"이보시오! 당신이 뭐라고 생각하든 난 내 딸의 죽음을 당신 사건으로 만들고 싶지 않단 말이오! 이제부터 당신이 뭐라건 난 더 이상 듣고 싶지도, 알고 싶지도 않소. 당신이 이 친구를 붙들고 계속 수사를 하든 말든 그건 맘대로 하시오. 하지만 난 절대로 내 딸의 시신을 부검하도록 내버려 두지 않겠소. 아시겠소? 당신들이 대체 무슨 권리로 그런단 말이오?"

딸의 죽음이 이미 돌이킬 수 없는 현실이라면 복잡한 자초지종 따윈 알 것도 없다는 상화아버지의 태도는 매우 단호해 보였다. 그러니 형사로서도 더 이상 밀어붙일 수만은 없었을 것이다.

"허 참. 이거야 나 원……."

고인의 보호자가 수사에 협조하긴커녕 그를 비난하는 상황인데 더 어쩌겠는가? 형사는 담배를 꺼내 물었다. 그러곤 한동안 담배를 피우며 생각을 정리하는 듯 보이더니 마침내 자리에서 일어섰다.

"좋습니다. 정 그러시다면 알겠습니다. 보호자 의견을 존중해 드리죠. 단 떠나시기 전에……."

형사가 상화아버지 앞으로 박스 하나를 내밀었다. 상화의 유품들이 담긴 박스였다.

"이건 수사상 필요해서 우리가 이 양 방에서 가져온 것들입니다. 살펴보시고 필요한 게 있으면 가져가시죠."

형사는 거기 담긴 물건들을 하나씩 책상 위에 꺼내놓기 시작했다. 상화의 수첩, 학생증, 핸드백. 그리고 상화가 쟝과 함께 여행 가서 찍은 사진 몇 장. 그러나 그는 거기 함께 들어 있던 수면제 병과 끔찍한 밧줄은 꺼내지 않고 박스를 옆으로 치웠다. 하지만 이미 그걸 봐 버린 상화아버지 얼굴에선 핏기가 가셨고 다음 순간 그 입에서 호흡이 꺾이는 듯한 괴성이 빠져나왔다.

다행히 그의 울음은 그리 길지 않았다. 그는 곧 격앙된 감정을 갈앉혔고 잠시 멍하니 앉아 있더니 조금 후 자리에서 일어났다. 그러곤 형사에게 시체 부검은 절대로 시킬 수 없노라고 다시 한번 못 박은 뒤 허위적 먼저 경찰서에서 빠져나갔다.

*

화장장으로 향하는 동안 상화아버지는 깊은 생각에 잠긴 채 단한마디도 하지 않았다. 그러나 상화의 관이 화장 가마에 실리려는 순간 그가 비장한 표정으로 다시 입을 열었다.

"내가 아가씨들한테 미안한 부탁이 하나 있는데 혹시 들어줄 수 있겠소?"

"무슨 부탁이신지……."

"난 이 녀석을 한국으로 데려가지 않을 생각이오. 난 어디에도 녀석의 무덤 같은 건 만들어두고 싶지 않아요. 그러니 재는……. 만일 녀석이 좋아하던 곳이 있었다면 거기다 뿌려주면 좋겠구려."

"그 말씀은……?"

"그래요. 난 더 이상 따라가지 않을 생각이오. 그러니 부탁하오. 부디 애비 마음을 이해해 주길 바라오. 난 그 아일 아예 없었던 자식으로 여길 작정이오. 처음부터 태어나지도 않은 아이로……."

타지에서 명을 달리한 자식의 유골을 고향으로 데려가지 않겠다는 아버지의 선언은 당황스러운 것이었지만 그 마음이 뭔지 난 어렴풋이 짐작할 수 있을 것도 같았다.

"네, 알겠습니다. 그렇게 할게요."

"정말 미안하오. 그리고 고맙소. 그럼 부탁해요……."

상화의 시신이 마침내 화구로 들어가자 그는 한동안 허탈한 표정으로 그 자리에 멍하니 서 있었다.

이제 상화는 저 잔인한 불꽃 속에서 폼페이 폐허에서 뒹굴던 화석인간들처럼 고통스런 절규를 외치며 우리가 알지 못하는 세계를 향해 긴 여행을 떠나고 있었다.

*

그늘 하나 없는 폐허. 부서진 돌기둥들과 무너진 옛 저택의 벽들. 그 사이로 쏟아지던 따가운 햇살. 그리고 불벼락을 맞은 바로 그 순간의 표정을 고스란히 간직한 채 여기저기서 발견된 화석인간들. 그중 누군가는 잠결에 기습을 당한 듯 상체를 일으키려다 말고 그대로 굳어버린 듯했고 누군가는 몸을 한껏 웅크린 채 어딘가 피신해 있다가 용암의 포로가 된 듯했다.

그중 한 여인의 화석 앞에 못 박힌 듯 서 있었던 상화. 공기 중에 노출된 덕택에 그 시신은 육탈이 됐지만 얼굴만은 최후의 순간의 절규를 영원히 담고 있던 그 여인. 어느 예술가가 그처럼 절실한 표정을 조각해 낼 수 있을까?

―대재앙의 전조는 명백히 보였지만 사람들은 그 재앙의 조짐을 그다지 심각한 사건으로 받아들이지 않았던 것 같습니다.

소설가 지망생이라던 이태리 청년은 계속 연극적인 어조로 폼페이 최후의 날을 묘사했다.

―상상해 보십시오. 서서히 화산재를 뿜어내며 분화구 안에서 들끓던 용암이 마침내 폭발하는 그 순간을. 한순간 엄청난 폭발음과 함께 거대한 용암 줄기가 바윗덩어리와 함께 하늘 높이 치솟아 올랐겠죠. 갑자기 쏟아져 내린 불물의 기습에 그들은 아마 비명 한 번 내지르지 못한 채 한순간 굳어져 버렸을 겁니다. 사람, 짐승, 나무, 벌레, 지상에서 숨 쉬는 모든 것들이 단 한순간에 그렇게 파괴된 것입니다. 마치 태양 그 자체가 파열되어 쏟아진 불물에 벼락 맞은 듯 단 한순간에 말입니다.

그날의 증인들인 화석인간들은 유적지 도처에서 마치 저 사하라

한복판 스핑크스처럼 혹은 피라미드 속에 삶의 비밀을 봉인한 채 영생을 꿈꾸고 있는 미라들처럼 근처를 지나가는 행인들에게 삶의 수수께끼를 던지고 있는 듯 보였다.

그날 저녁 상화는 독백처럼 이런 말을 중얼거렸다.

—선우야, 상상해 봐. 아마 그날도 저들은 곧 최후의 순간이 다가올 줄도 모르고 태평하게 일상적인 하루를 보내고 있었겠지? 베수비오가 분진을 뿜어대는 걸 보면서도 곧 어떤 위험이 자신들을 덮칠지 모르고 말야. 그게 사람들이 일반적으로 죽음을 대하는 태도니까. 다들 죽음은 내 일이 아니고 남의 일이라고 생각하며 살아가니까. 그래서 사람들에게 죽음은 늘 멀리에 있는 거고 어느 순간 갑자기 기습적으로 찾아오는 것처럼 느껴지는 거겠지? 실은 약간의 시간 차이만 있을 뿐 그건 누구에게나 예정되어 있는 끝인데 말야.

화석인간의 영상은 우리에게 그걸 일깨워 주는 거야. 벼락같이 덮친 죽음의 불에 외마디 비명조차 지르지 못한 채 그 자리에 돌이 돼 버리고 만 저들은 최후의 순간 그 끔찍한 고통이 영원히 인각된 저 생생한 표정으로 우리에게 경각심을 일깨워 주는 거야. 죽음은 당신이 태어난 그 순간부터 당신에게 이미 예정돼 있는 끝이라고.

그런데 생각해 봐. 저들처럼 끔찍한 재앙에 한순간 사라져 버리는 삶이나 비교적 평온하게 살다가 서서히 죽음을 향해 나아가는 삶이나 근본적으로 무슨 차이가 있겠니? 누구에게나 자신의 죽음은 세상의 종말인걸.

*

　딸의 유골이 나오는 걸 보고 상화아버지는 바로 화장장을 떠났다. 그가 떠나자 쟝이 모습을 드러냈다. 그는 그렇게 멀리서 계속 말없이 우리 뒤를 따라오고 있었던 거다.
　우린 상화의 재를 그 아이가 좋아하던 뱅센느 숲에 뿌려줬다.

　그 모든 일이 끝나고 나자 나는 마치 힘겨운 육체노동에 혹사당한 사람처럼 온몸이 쑤시고 아팠다. 몸살이 오는가 싶어 미리 약을 챙겨 먹고 그날 저녁 일찍 잠자리에 들었다. 그러곤 다시 깨어나 보니 다음 날 저녁이었다. 꼬박 24시간을 잠의 늪에 빠져 있었던 거다. 그사이 내 핸드폰엔 상화아버지가 출국 전 남긴 문자 한 통이 들어 있었다.

　상화는 잘 보내줬는지요. 우리 아이 때문에 그동안 다들 고생 많았소. 고맙소. 난 이제 한국으로 돌아갑니다. 떠나기 전에 상화의 유품은 책만 빼놓고 다 소각 처리했소. 그리고 상화 집주인이 이번 사건으로 나한테 손해배상을 청구해 약간의 갈등이 있긴 했지만 여하튼 다 해결했으니 아마 별문제 없을 거요. 사후 혹 무슨 일이라도 생기면 곧바로 나한테 연락주기 바랍니다. 그리고 상화 방에 프랑스어책들이 많이 있던데 얼핏 보니 도서관에서 빌린 책들도 있어 보이고 해서 그대로 남겨두고 가니 이 양이 알아서 좀 처리해 줬으면 고맙겠소. 다시 한번 정말 미안하고 고맙다는 말 전합니다. 건강하고 남은 유학 생활 잘 마무리하기 바랍니다.

그는 끝내 상화의 재를 어디에 뿌렸는지는 묻지 않았다.

*

며칠 후 난 상화의 책들을 찾으러 로비네 부인 집을 방문했다.

부인은 날 보자마자 날카롭게 쏘아붙였다.

"새로운 세입자를 들여야 되는데 이제야 죽은 사람 물건들을 찾으러 오면 어떡해요?"

난 미안하다고 말하곤 서둘러 상화의 책들을 준비해 간 박스에 담기 시작했다.

"대체 뭐 이런 일이 다 있나 몰라."

부인이 옆에서 계속 투덜댔다.

"아무래도 기분 나빠서 저 침대는 내다 버려야겠어. 집 안도 대대적으로 청소하고 소독약까지 뿌렸지만 도무지 그 끔찍한 장면만은 내 뇌리에서 지울 수가 없어. 불쾌하고 끔찍해. 뭐 이런 일이 다 있나 몰라. 그 끔찍한 장면을 목격한 후 난 밤마다 악몽에 시달려서 지난 일주일 사이에 몸무게가 2킬로나 줄었다구요."

부인은 그 충격의 여파가 너무 커서 아마 정신과 의사를 찾아가 심리치료까지 받아야 할 것 같다며 그 손해는 누가 다 배상해 줄 거냐며 언성을 높였다.

"미안하지만 저로서도 어째야 좋을지 모르겠네요."

내가 할 수 있는 말은 그것밖에 없었다.

상화아버지 문자 내용으로 미뤄 짐작건대 그 여자는 우리가 경찰서와 병원과 화장터에서 상화의 시신 처리 때문에 골머리를 앓고 있는 동안, 그 경황 중에도 상화아버지에게 재빨리 손해배상 청구서를 작성해 내밀었고 그리하여 챙길 건 이미 다 챙긴 여자였다.

"그 아버지란 사람한테 꼭 전하세요."

내가 박스를 챙겨 들고 그 집에서 나오는데 부인이 뒤에서 외쳤다.

"지난번에 던져 놓고 간 그까짓 위로금 몇 푼 같은 걸로 해결될 문제가 아니라고. 내가 사후 치료비랑 손해배상 청구서 더 보낼 거니까 그리 알라고."

그 여름은 도무지 끝이 날 것 같지가 않았다.

상화가 떠나던 날도, 상화아버지가 떠나던 날도 햇살의 포격은 멈추지 않았다. 엄청난 양으로 떨어지는 태양의 우박에 지표는 도처에 균열이 생겼고 지글지글 소리를 내며 끓는 듯했다. 사람들 몸에선 쉼 없이 수분이 증발했고 도처에서 사람들이 안개 밭을 헤매듯 방향 감각을 잃어버린 채 쓰러졌다. 쓰러진 노약자들 중엔 다신 일어나지 못하는 사람들 수가 갈수록 늘어갔고 화장터 인부의 일손은 갈수록 바빠졌다.

공기 중에선 계속 무언가 타는 듯한 냄새가 떠돌았고 폭염에 바짝 말라붙은 땅은 발밑에서 바게트 빵 껍질처럼 바사삭 소릴 내며 부서지곤 했다. 그리고 마침내 곳곳에 화재 경계령이 내려졌다. 누군가 실수로 성냥불 하나만 떨어뜨려도 대기 전체가 금세 불바다로 변할 것만 같은 위기의식이 도처에 감돌고 있었다.

2

"언니, 나야."

상화를 떠나보내고 난 후 나는 아무것도 할 수 없어 책도 일도 손 놓고 있다가 문득 서울집이 생각나 언니에게 전화해 봤다.

"오, 그래! 네가 웬일이니? 국제전화를 다 하고?"

뭔가 편치 않은 일이 있는지 언니 목소리가 갈라져 있었다.

"그냥 오래 연락을 못 한 거 같아서……. 그런데 언니 어디 아파? 목소리가 왜 그래?"

"왜 그러겠니? 며칠 전에도 또 119 불렀잖니!"

"왜 또?"

"말마라. 노친네 또 새벽에 금방 숨넘어간다고 난리 쳐서 그랬지. 왜 그랬겠니?"

"의사는 뭐래?"

"뭐라긴? 의사는 보지도 않고 집으로 돌아왔다. 이 노인네 앰뷸런스가 병원에 도착하자마자 벌떡 일어나 앉더니, 나 괜찮다 집에 가자, 그러잖니."

"그랬구나……."

새로운 사건도 아니었다. 지금까지 스물여섯 해를 살아오는 동안 나도 수없이 겪었던 일이다. 적어도 유학 떠나오기 전까지는.

"지겹다 정말. 신물 나!"

언니는 나보다 열여덟 살이나 많았다. 우린 이복자매였다. 워낙 나이 차도 컸지만 가족이라고 해 봐야 별로 살가운 추억을 공유하고 있지 못한 피붙이들. 세 모녀 사이에 대화라곤 거의 없었다. 함께 앉아 오순도순 밥 한 끼 나눈 기억도 드문 집.

"징글징글하다 정말! 하루 이틀도 아니고! 혼자만 죽니? 누구는 안 죽냐구? 죽는데 나이 순서가 있는 것도 아니고!"

남편 없이 두 딸을 키운 엄마는 생활력은 강했지만 마음의 병이 깊은 사람이었다. 엄마의 병은 자신을 배신한 남편에 대한 원망으로 생겨난 것이었다. 그 때문에 가슴속에서 불덩이가 치솟을 때마다 엄마는 숨이 쉬어지지 않는다고 했다. 의사는 화병이라고 했지만 당신은 죽을병에 걸렸다고 믿었다. 의사가 뭐라건 엄마는 온갖 종류의 병들을 자가 진단했고 죽을병에 걸렸다는 그녀의 생각은 점점 더 신앙심에 가까워져 갔다. 엄마의 그 믿음은 내가 대학에 입학하던 해 당신이 고혈압으로 한 번 쓰러진 후 더욱 확고해졌다.

"이러다 내가 먼저 쓰러져 죽겠어서 제발 좀 그만하라고 했다가 경을 쳤다! 딸년이란 것들이 하나같이 어미의 고통 같은 건 나 몰라라 한다고 대성통곡하더니 베란다에서 뛰어내리겠다고 협박을 하고! 아이고, 내가 정말 못 산다!"

공모의 침묵. 언제나 그렇듯 내가 할 수 있는 건 그것밖에 없었다.

"저렇게 살아 뭐 하니? 노인네 빨리 가셔야지 정말!"

언니는 진심으로 그렇게 말하는 것 같았다.

"너 정말 유학 잘 갔다! 저 꼴 안 봐도 되니 얼마나 좋아?"

내가 도망치듯 유학을 떠나온 걸 언니가 모를 리 없었다.

언니마저 결혼해 집에서 나가고 난 후 온전히 엄마 곁에 혼자 남겨진 나는, 하루에도 몇십 번씩 한강물에 뛰어들고 싶지만 징그러운 혹덩이 같은 자식새끼들 때문에 그러지도 못한다는 엄마의 신세타령이 나올 때마다 어서 빨리 이 감옥 같은 집에서 도망쳐야지, 라고 결혼 전 언니가 입버릇처럼 되뇌던 그 말을 오랫동안 곱씹어 왔다. 그러나 날이 갈수록 죽을병에 걸렸다는 엄마의 신앙심은 광신에 가까워져 갔고 그로 인해 밤만 되면 사신이 자기를 데려갈지도 모른다는 불안감에 그녀는 불면증에 시달렸다. 때론 그 두려움이 극에 달해 숨을 못 쉬겠다며 그녀가 한밤중 앰뷸런스를 부르게 할 때마다 난 속으로 다짐했다. 난 의연하게 죽을 거라고. 사춘기 시절 내게 너무나도 큰 충격을 줬던 한 장의 사진, 폼페이 인간화석의 사진을 내가 내 책상 앞에 보란 듯 붙여놨던 것도 그런 암묵적 다짐의 표현이었다. 내게 이런 순간이 오더라도 난 의연하게 죽음을 맞아들일 거라는. 이상한 논리지만 그런 의미에서라도 폼페이는 꼭 한번 가고 싶었다. 마치 성지 순례하듯이. 이 흉한 건 대체 뭐냐? 엄마는 그 사진을 보고 미간을 찡그리며 당장 떼버리라고 했지만 설마 그게 2천 년 전 누군가의 생명이 담겼던 미라 거푸집 같은 거란 사실은 몰랐을 거다.

죽음을 자연스러운 과정으로 받아들일 수 없는 건 어쩔 수 없는 두려움 때문일 것이다. 난 언제든 죽을 준비가 돼 있어, 라고 말하면서도 실은 상화 또한 그랬을 거다.

*

한동안 열어 보지 못했던 컴퓨터를 켜고 메일함을 확인하는 순간 난 깜짝 놀랐다. 뜻밖의 메일 한 통이 날아와 있었던 거다.

8일 새벽 2시, 상화가 죽기 직전에 내게 전달 형식으로 보낸 메일이었다! 그걸 확인하는 순간 가슴이 철렁했다. 마치 죽은 상화가 저쪽 세상에서 내게 보낸 메일 같아서……

더욱 놀라운 건 그 메일의 1차 수신인이 내가 아니라 쟝이었다는 사실이다.

쟝, 이제 모든 걸 정리할 때가 왔어. 지금 이 순간 내가 무슨 생각을 하고 있는지 알겠지? 그날 벌어진 끔찍한 사건에 대해선 정말 다신 생각하고 싶지 않아. 네가 대체 나한테 무슨 짓을 한 건지 너 알고는 있니? 그 때문에 내가 지난 며칠간 어떤 지옥에 빠져 있었는지 짐작이나 하니?
넌 용서할 수 있을 거라고 생각했는데 아무래도 안 되겠어. 어떻게 해도 우린 아무 일도 없던 과거로 돌아갈 수는 없을 테니까. 그러니 그만 정리해야겠지?

PS. 네게 긴 편지를 썼지만 이제 다 부질없는 짓이란 생각에서 부치지 않기로 했어.

난 깜짝 놀랐다. 이게 무슨 말인가? 그날 벌어진 그 끔찍한 사건이라니? 지옥이라니? 대체 무슨 일이 있었기에 상화가 이토록 분노에 가득 찬 메일을 쟝에게 보낸 걸까? 그리고 프랑스어로 작성해 쟝에게 보낸 이 메일을 왜 내게도 전송한 걸까? 원본메일을 전달형식으로 내게 보낸 거니 실수는 아닐 거다. 그렇다면 상화의 의도가 대체 뭐였을까?

그런데 며칠 후 뜻밖의 사람한테서 전화가 걸려온 거다.

"이 양, 안녕하세요?"

전화를 걸어온 사람이 쟝이란 걸 확인하는 순간 가슴이 쿵 소릴 냈다. 마치 뭔가 예정된 수순에 의해 일련의 일이 벌어지고 있는 것 같은 느낌이 들었던 거다.

"저, 쟝입니다. 바쁘시지 않으면 잠깐 좀 만날 수 있을까요?"

"왜요? 무슨 일로요?"

"만나서 말씀드릴 게 있어서요. 잠시만 시간 내주셨으면 합니다."

"무슨 일인지 모르겠지만 실은 제가 논문 때문에 무척 바빠서요. 전화로 말씀하시면 안 되겠어요?"

상화의 메일 내용이 맘에 걸려 난 가능한 한 그 만남을 피하고 싶었다.

"전화론 곤란합니다. 부탁입니다. 잠깐이면 됩니다. 실은 이 양 집 앞이에요."

"우리 집 앞이라구요?"

이 친구가 어떻게 우리 집 주소까지 알았을까? 게다가 갑자기 이렇게 날 찾아와서 만나야 할 정도로 다급한 사정이 뭘까? 역시 메일 때문일까? 상화가 자신에게 보낸 메일이 내게도 전송됐다는 사실을 뒤늦게 알고 날 찾아온 걸까? 그럼 어쩌지? 그나저나 그 사실은 어떻게 알았을까? 둘 사이가 많이 가까웠으니 그가 상화의 비번까지 알고 있었을까?

"실례가 안 된다면 제가 꼭 좀 뵈었으면 하는데요."

그가 힘주어 말했다. 어떻게든 날 봐야 되겠다는 거다.

"알았어요. 집 앞 카페에 가서 기다리세요. 곧 내려갈게요."

불쾌하긴 했지만 달리 방법이 없었다. 하지만 그를 어떻게 대해야 할지 난감했다.

"미안해요. 결례인 줄 알면서도 재촉해서……."

쟝은 일단 예의를 갖춰 말했다.

"아뇨. 미안한 건 나죠. 기다리시게 해서. 그런데 혹시…… 혼자 오셨어요?"

"물론이죠. 왜요?"

"그냥……."

난 일단 안도했다.

"얼굴이 많이 상했네요……."

사실 그는 예전보다 많이 수척해 보였다.

"예, 조금 그럴 겁니다. 그동안 여행을 좀 다녀왔어요."

"그러셨군요."

"상화가 그렇게 된 이후로…… 힘들었어요. 그래 머리도 식힐 겸 혼자 여기저기 좀 돌아다니다가 며칠 전 파리로 돌아왔지요."

"그랬군요. 그런데 왜 나를……?"

"꼭 한번 만나고 싶었어요. 여쭤볼 말도 있고 해서……."

"뭘?"

그의 입에서 메일 얘기가 나올까 봐 겁이 났지만 난 일단 아무것도 모르는 척 잡아뗄 작정이었다.

"혹시 상화로부터 저에 대해 무슨 말씀 들으신 게 있는지요?"

"무슨 말을요?"

"상화가 전에 그러더라구요. 이 양이 친구라기보단 친언니처럼 느껴지는 사람이라구요. 그래서 상화가 이 양에겐 무슨 일이든지 다 의논하는 걸로 알고 있는데……."

"상화가 날 그렇게까지 생각하고 있는 줄은 몰랐네요. 암튼 무슨 일로 절 보자고 하신 거죠?"

"그게……. 혹시 상화 방에서 나중에 뭔가 나왔다는 말 못 들으셨습니까?"

"뭐가요?"

"가령…… 일기나 편지 같은 거 말입니다."

일기나 편지? 순간 상화가 메일 끝에 덧붙인 추신이 떠올랐다.

'네게 긴 편지를 썼지만 이제 다 부질없는 짓이란 생각에서 부치지 않기로 했어.'

그렇다. 이 친구가 날 찾아온 건 분명 메일 때문이다. 상화가 부치지 않은 그 긴 편지 때문에 그는 뭔가 불안한 듯 보였다.

"일기요? 아뇨."

난 편지란 말을 못 들은 것처럼 일부러 그렇게 대답했다. 내가 메일을 읽었을 거라 생각하고 이 친구가 날 찾아온 거라면 그걸 읽었다는 티를 내는 건 어리석은 일이 아닌가.

"정말 모르세요?"

쟝이 의혹에 찬 시선으로 나를 건너다봤다.

"무슨 말씀을 하시는 건지……."

"그래요?"

쟝은 왠지 씁쓸한 표정을 지었다. 내 속내를 읽고 있다는 듯한 표정이었다. 그때 내 심장이 쿵쾅거리는 소리가 그에게까지 들리지 않았는지 모르겠다.

"알겠습니다. 이 양 말을 믿기로 하죠. 하지만 이 양도 저에 대한 오해가 있다면 풀어주셨으면 좋겠군요."

"제가 무슨……?"

"사람들이 제 진심을 몰라주는 것 같아 마음이 좀 아파서요. 이 양이 믿든 안 믿든 내가 상화를 진심으로 사랑한 것만은 사실입니다. 불행하게도 상화의 죽음에 대해 내가 책임감을 느낄 수밖에 없는 것도 사실이구요. 그러나 오해는 마세요. 내가 상화를 어떻게 했다는 뜻은 아닙니다. 경찰에서 내가 한 말들은 다 사실이에요. 어쨌든 상화의 죽음으로 인해 난 누구보다도 충격을 받았고 또 누구보다도 괴로워했습니다……. 견딜 수가 없어서 나 역시 그 친구를 뒤따라가 버릴까 생각한 적도 있지만 결국 그러진 못했죠……."

쟝은 감정이 복받치는 듯 잠시 말을 잇지 못했다. 그러나 내겐

장황한 변명처럼 들릴 뿐이었다.

"어쨌든 상화를 그렇게 보내고 나서 저 혼자 여행을 하며 제 자신을 돌아보는 시간을 가졌습니다. 이 양이 아무것도 모르는 것처럼 말씀하시니 저도 자세한 얘긴 할 수 없지만 아무튼 전 여행에서 돌아오면서 결심한 바가 있습니다. 새 삶을 시작하겠다고 제 자신과 약속했죠. 그러니 이 양, 날 좀 도와주십시오."

"내가 뭘 어떻게 도울 수 있다는 거죠?"

"혹 차후에라도 상화의 일기나 편지 같은 게 나오면 제게 먼저 알려주십시오. 부탁입니다."

"그럴 일도 없겠지만 제가 왜 그래야 하죠?"

"만일 그 일기 혹은 편지 속에 우리 두 사람 이야기가 들어 있다면, 저와 상화 사이의 사적인 관계가 더 이상 왜곡되게 해석돼서는 안 되겠기에 그럽니다."

이게 무슨 얼토당토않은 말인가. 왜곡되다니? 누구에게 말인가? 혹시 경찰에서 그를 재소환이라도 한 걸까? 그런 게 아니라면 그가 걱정하는 게 뭘까?

"알겠습니다."

일단 그를 돌려보내야 하니 난 그러마고 했다.

"그럼. 믿겠습니다."

하지만 그의 표정은 조금도 내 말을 믿는 기색이 아니었다.

쟝이 돌아가고 나서야 난 긴장이 풀리는 걸 느꼈다. 그러나 뭔가 불길한 느낌과 의구심은 떨쳐 버릴 수가 없었다. 쟝은 상화의 죽음과 관련해 여전히 걱정되는 뭔가가 있어 날 찾아온 거였고 상화가 썼지만 부치지 않았다는 그 긴 편지를 찾고 있는 것도 바로 그 때문인 게 분명해 보였다. 그는 내게 애써 정중한 어조로 말하긴 했지만 실은 만일의 경우를 대비해 일종의 경고 같은 걸 하고 간 거나 다름 없었다. 내가 만일 그 편지를 갖고 있으면서도 모른 척하는 거라면 재미없을 줄 알라는 경고 같은 것 말이다. 필경 둘 사이에 다른 사람이 알면 안 되는 무슨 중요한 비밀 같은 게 있었다는 게 아닐까?

그런데 상화는 쟝을 불안하게 만드는, 그 어떤 비밀 이야기가 담겨 있을지도 모를 그 편지를 결국 쟝에게 보내지 않기로 결심했으면서 왜 굳이 그 존재를 추신으로 밝힌 걸까? 그리고 대체 왜 그 메일을 내게도 보낸 걸까? 혹시 그 편지가 아직 어딘가 있다는 암시였을까? 그래서 그걸 나더러 찾아보라는 의도였을까? 그렇다면……? 내가 그 편지를 발견할 수 있도록 상화가 무슨 조치를 취했을 수도 있지 않을까……? 하지만 내가 상화 방에 남겨진 책들을 찾아 가지고 올 때 편지 같은 건 눈에 띄지 않았는데……. 혹시 상화아버지가 유품 정리를 할 때 소각시켜 버린 걸까?

가만! 혹시……?

그때 문득 상화가 죽기 전날 카페에서 내게 책을 돌려주며 한 말이 생각났다.

—반납 시한이 며칠 안 남은 것 같은데 이제야 돌려줘서 미안해.

네가 읽으려면 마음이 좀 급하겠다. 괜찮겠니?

그 말이 뭔가 의미심장하게 곱씹혀지며 이상한 생각이 들어 난 얼른 그 책을 찾아봤다. 그건 내가 내 명의로 도서관에서 대출했다가 상화도 필요하다 해서 먼저 보라고 잠시 빌려줬다가 그날 돌려받은 책이었는데 페이퍼나이프로 한 장씩 잘라가면서 읽어야 하는 언컷(Uncut) 제본방식으로 출간된 고서였다. 난 서둘러 책을 살펴봤다. 그리고 상화의 독서가 끝난 지점인 듯한 페이지에 페이퍼나이프를 집어넣는 순간 정말 깜짝 놀랐다. 바로 거기서 문제의 그 편지가 나온 거다!

놀랍게도 편지는 상화가 죽기 직전 내게 보낸 그 메일과 같은 문장으로 시작되고 있었다,

*

쟝, 이제 모든 걸 정리할 때가 왔어. 알겠지? 지금 이 순간 내가 무슨 생각을 하고 있는지?

그날 벌어진 그 끔찍한 사건에 대해선 정말 다신 생각하고 싶지 않아! 어떻게 네가 나한테 그럴 수가 있니? 대체 나한테 무슨 짓을 한 거니? 넌 미쳤어! 너희들은 모두 제정신이 아냐! 네가 이제껏 '우리 가족'이라고 불러왔던 그 집단이란 게 고작 그런 거였어? 그렇게 추악한 거였어? 네가 존경해 마지않는다던 네 양어머

닌 구역질 나는 사이비 종교집단의 여교주였고 넌 그 시종에 불과했단 거야? 내가 그토록 사랑한 네가 그들과 같은 미치광이였단 말이니? 뭐? 신께서 하시는 일을 인간의 척도로 재려 들지 말라구? 신? 어떤 신? 어떤 신이 그런 미친 여자의 몸을 빌려 너희들에게 강림한다는 말이니?

가증스럽게도 넌 나한테까지 그 만나를 먹이려고 했지! 그 속에 환각제가 들었다는 걸 알면서도 어떻게 네가 나한테 그럴 수가 있어? 어떻게 네가 날 그따위 쓰레기 같은 인간들과 동급으로 취급할 수가 있어? 네가 내 입에 그 만나를 넣어줬을 때 내가 뭔가 이상한 낌새를 느끼고 그걸 몰래 다시 뱉지 않았더라면 나 역시 너희들과 함께 집단최면상태에 빠져 그 끔찍한 의식을 치렀겠지?!

너희들이 모두 환각제에 취해서 그 추악한 의식을 치르고 있는 동안 내가 무슨 생각을 했는지 아니? 다 죽이고 싶었어. 할 수만 있다면 그 자리에 불이라도 질러 그 쓰레기 같은 인간들을 다 쓸어버리고 싶었어! 신과 만난다며 환각상태에서 미쳐 날뛰는 너희들 모두를 한꺼번에 싹 쓸어버리고 싶었어! 내가 인간인 것이, 인간으로 태어난 것이 그 순간만큼 부끄럽고 저주스러운 적이 있었을까? 그 끔찍한 광경을 치가 떨려 더 이상 두고 볼 수가 없어서, 계속 그 자리에 있다간 나까지도 미쳐 버릴 것만 같아서 난 도망쳤지.

그런데 넌 내가 사라진 것도 몰랐더구나. 다음 날 아침 넌 내게로 달려와서 아직도 환각파티의 여운이 남아 있는 얼굴로 내게 물었지. 어떻게 된 거냐고. 마치 네가 한 행위에 대해선 하나도 기억하지 못하는 사람처럼 순진한 얼굴로. 순간 난 참을 수가 없어서 네게 마구 욕설을 퍼부었지. 구역질 난다고, 널 다신 보고 싶지 않다고. 당장 내 눈앞에서 꺼져 버리라고.

미친 듯 악쓰는 날 넌 멍하니 바라보고만 있더구나. 대체 왜 그러냐는 듯.

파렴치하게! 내가 너한테 그런 배신과 기만을 당하고도 널 사랑한다는 일념으로 그 모든 추태를 다 용인할 거라고 믿었니? 대체 난 너한테 뭐였니? 나에 대한 네 진심이 뭐니? 넌 그동안 단지 그 미친 집단의 교도 하나 더 만들기 위해 날 만나온 거였니? 그게 네 진짜 목적이었어? 넌 아니라고, 날 진심으로 사랑한다고, 날 잃고 싶지 않다고 되풀이 말했지만 그렇다면 당장 그 미친 여자 집에서 나오란 내 말은 왜 못 들은 척하는 거니? 쟝, 정신 차려. 그 여잔 정신병자야. 정상적인 인간으로선 도저히 상상도 할 수 없는 그런 짓을, 그 추잡하고 파렴치한 짓을 눈 하나 깜빡하지 않고 이제껏 자행해 온 정신병자라구!

네가 나눠준 그 만나를 먹고 너를 포함해 너희 가족들 모두가 한껏 취해서 내게 보여준 그 추태를, 그 악몽을 너희들은 신과 교통하는 의식이라고 했니? 쟝, 그건 그냥 끔찍한 혼음파티일 뿐이야. 그 행위가 신과 교통하기 위한 유일하고도 정당한 길이라고 너희들이 확신한다면 왜 굳이 환각에 의존하는 건데? 너희들이 신의 딸이라 부르는 그 여자가 신으로부터 초월적 능력을 받은 게 사실이라면 그 축복의 만나에 왜 그따위 환각제는 섞는 건데? 쟝, 그 이유를 네가 누구보다 잘 알잖아? 네 양모가 너에게만 알려준 신전의 비밀이란 게 바로 그거였으니까. 아냐? 그동안 그 여자가 신도들에게 자기를 신의 딸로 믿게 하려고 어떤 사기극을 벌여왔는지 네가 누구보다 잘 알 거 아냐?!

쟝, 그건 범죄야. 너희들은 구원이라고 말하고 있지만 그건 사회적 범죄야. 온전한 정신을 갖고 있는 사람이라면 그따위 파렴치한 짓을 되풀이해 오면서 아무런 갈등도 느끼지 않을 순 없는 거야. 설마 넌 그 정도는 아니지? 쟝, 난 널 믿어.

그동안 넌 분명 갈등을 느껴왔을 거야. 다만 그 여자가 어린 시절 고아로 떠돌던 널 거두어 준 은인이니까 너로선 쉽게 등을 돌릴 수 없었겠지. 그 마음은 이해해. 하지만 쟝, 그 여잔 널 처음부터 이용하려고 양자로 삼은 거야. 의지할 데 없이 길 거리를 떠도는 어린 너를 입양해서 조건 없는 사랑을 듬뿍 주는 체하며 실은 널 그 사이비 종교의 포교자로 교육시킨 거겠지. 그걸 네가 모르지 않잖아?

쟝, 그러니 이제 그 악연의 고리를 끊어내야 해. 이젠 정말 그 여자와 끝장을 내야 해. 네가 날 잃고 싶지 않다는 그 말이 진심이라면 당장 그 지옥에서 나와. 나도 이젠 너 없인 살아갈 자신이 없어. 그러니 제발 부탁이야. 제발 거기서 나와.

알아. 그 여자가 너마저 자길 배신한 걸 알면 우릴 절대 그냥 두려고 하지 않겠지. 네가 나 때문에 흔들리는 것 같으니까 그 여자가 우리 집까지 쳐들어와서 보인 행태만 봐도 짐작이 되고도 남아. 그러니 쟝, 차라리 하루꼬를 경찰에 고발해. 넌 그 여자 비리를 다 알고 있잖아? 그 방법밖엔 없어. 하지만 쟝, 네게 차마 그럴 용기가 나지 않는다면 그냥 나와 도망가자. 한국으로든 어디로든 함께 떠나자구.

쟝, 이게 마지막 기회야. 이제 네 선택만 남아 있어. 하지만 네가 끝내 망설인다면 내 대답은 하나야.

*

상화의 글을 읽고 나서 난 대혼란에 빠졌다.

이게 뭔가? 상화의 죽음은 결국 단순한 자살이 아니란 말인가?

상화가 메일에서부터 언급한 그 충격적 사건이란 바로 하루꼬가
교주인 사이비종교집단의 수상쩍은 행태였다. 그 자체만으로도 사
회적으로 큰 스캔들거리가 될 수 있을 만한 그 사건에는 쟝도 연루
돼 있었다. 상화는 그런 쟝에 대한 분노와 배신감에 치를 떨며 이
편지를 써 내려간 듯했다. 그럼에도 불구하고 상화는 쟝에 대한 사
랑만큼은 끝까지 포기되지 않아 갈등하다가 결국 죽었다. 그건 끝
내 쟝이 상화를 배신했다는 뜻일까? 그래서 그 절망 때문에 상화가
자살을 선택한 걸까?

하지만 만일 그게 아니라면? 혹시 하루꼬나 쟝이 그들 집단의 비
리를 알고 있는 상화가 위험한 짓을 하지 못하도록 무슨 조치를 취
한 거라면……?

아무래도 쟝이 상화를 죽였을 거란 생각은 들지 않지만……. 실
제로 무슨 일이 벌어졌는지 누가 알겠는가? 어쨌건 상화는 이 글을
쓰면서 (그게 자살이든 타살이든) 죽음을 예감하고 있었던 것 같았
다. 그로 인해 극도의 불안에 빠져 갈팡질팡하다 이 편지를 내게 전
한 것 같았다.

그런데 상화가 쟝 몰래 내게 이걸 전달했다는 사실은 뭘 의미하
는가?

상화가 내게 이 편지를 준 시각에 쟝은 상화의 집에 있었다. 그
렇다면 그때 상화는 쟝과의 관계가 완전히 끝났음을 절망적으로 깨
닫고 만일의 경우를 생각해 미리 유서처럼 써둔 이 편지를 내게 전

하고 죽음을 대비한 거였을까?

만일 그게 사실이라면 이 편지의 진짜 수신인은 쟝이 아니라 처음부터 나였을까?

그렇잖은가? 이 글이 비록 쟝에게 쓴 편지 형식을 띠고 있긴 했지만 내용은 그날 있었던 사건을 비교적 상세하게 언급하고 있는 걸로 보아 왠지 만일의 경우를 대비해 제3자를 의식하고 쓴 글처럼 느껴지지 않는가. 게다가 더 결정적인 건 편지가 메일과는 달리 프랑스어가 아니라 한글로 씌어 있다는 사실이다.

그렇다면 이 편지는 죽기 전 상화가 내게 마지막으로 보낸 S.O.S일 수도 있지 않을까? 그런데 난 그 신호를 제때 읽지 못했다! 내 무심함에 상화가 얼마나 서운해했을까? 그래서 죽기 직전 내게 그런 메일을 보낸 걸까?

순간 말할 수 없이 큰 회한과 죄책감이 밀려왔다.

시간이 흐르면서 내가 알게 된 상화는 자존심이 세고 섬세하고 극단적인 감성의 소유자였다. 타고난 열정은 많았으나 부모로 인해 받은 상처 때문에 일찍이 세상에 마음의 문을 닫아버린 친구. 어머니를 잃고 나서부터 자학과 자살 충동 사이에서 위태로운 줄타기를 하며 살아온 상화는 극과 극을 오가는 감정의 기복 때문에 스스로 힘들어했다. 그러나 가끔이라도 만나 맥락 없는 독백이라도 들어주는 유일한 친구였던 나는 그 위태로운 곡예에 제동을 걸지 못했다.

그 친구가 마음속 깊은 불안 때문에 자살 충동을 느낄 때마다 그걸 이겨내려고 담뱃불로 자해를 하는 걸 알면서도 왜 난 그걸 아는 척 하지 못했을까? 왜 그러지 말라고 직접 말해주지 못했을까? 그 친구의 고통과 절망의 깊이를 제대로 이해하지도 못하면서도 왜 난 늘 고개를 끄덕이며 이해하는 척 침묵만 지켰을까? 오래전부터 그렇게 벼랑 끝에 서 있던 그 아이를 왜 진즉 붙잡아주지 못했을까?

겉으론 상화의 모든 걸 이해하는 척 연기했지만 난 실은 그 친구에게 심리적 부담감을 느끼고 있었던 게 아닐까?

어머니로 인한 트라우마 때문에 가족으로부터 도망치듯 유학 온 내가 상화에게서 느꼈던 근원적 감정은 아마도 동질감이었을 것이다. 그래서 난 내심 두려웠는지도 모른다. 어쩌면 그 친구에게서 내 미래의 모습을 보는 것 같아서. 그 친구의 내면을 더 깊이 들여다보려 하는 순간 나도 그 친구와 함께 저 깊은 나락으로 굴러떨어질 것만 같아서 그 두려움 때문에 난 그 친구에게 더 가까이 다가가지 못한 건지도 모르겠다.

상화는 그런 내 속내를 꿰뚫고 있었을까? 그래서 이 마지막 편지를 이런 방식으로 내게 전한 걸까? 내가 읽어주길 바랐지만 혹 내가 편지를 발견하지 못한 채 도서관에 책을 반납해도 할 수 없다는 듯 그 고서의 책갈피 속에 몰래 끼워서?

결국 내 비겁함과 용렬함이 그 친구를 그렇게 외롭게 떠나가게 버려둔 것만 같아 난 깊은 회한과 부끄러움과 죄책감에 사로잡혔다.

*

"야! 넌 왜 그렇게 전화를 안 받니? 답답해 미치는 줄 알았다!"

내가 전화를 받자마자 민주는 더럭 짜증을 냈다.

"핸드폰을 깜빡 잊고 외출했었어. 왜? 무슨 일인데?"

"너 오늘 저녁 뉴스 못 봤어?"

"무슨 뉴스?"

"쟝이, 그러니까 쟝하고 그 일당이 체포됐다잖니!"

"그게 무슨 말이야?"

"그 사이비종교 집단 패거리가 조직 내 이탈자를 몰래 죽여서 암매장한 게 발견됐단다!"

"정말? 어떻게 그럴 수가……!"

충격적인 소식에 순간 몸이 얼어붙는 것 같았다.

"그러니까 내 뭐랬니? 상화도 틀림없이 놈들에게 당한 거라니까!"

"설마……."

"설마는 무슨! 두고 봐. 틀림없다니까! 그러니 이참에 상화 사건의 진상도 밝혀내야지."

"뭘? 어떻게?"

"전에 쟝이 너 찾아와서 수상한 말 남기고 갔다며? 그 후로 또 무슨 일 없었어?"

그 말에 가슴이 뜨끔했다.

"실은……."

결국 난 상화의 유서 건에 대해 민주에게 털어놓았다.

민주는 내 말이 끝나자마자 당장 그 편지를 경찰에 갖다 줘야 한다고 주장했다.

"너 생각해 봐. 상화가 왜 그 메일과 편지를 너한테 보냈겠니? 자기 죽음의 비밀을 밝혀 달라고 그런 거 아니겠니? 나야 뭐 상화를 별로 좋아하진 않았지만 옳고 그름은 가려내야지. 네 생각도 당연히 그런 거 아냐? 뭘 고민해?"

민주 말이 옳았다. 내가 더 이상 고민할 일이 아니었다.

난 결국 상화의 편지를 번역해서 원본과 함께 경찰에 제출했다. 전에 상화 사건을 담당했던 그 형사를 찾아가 이 편지가 혹 이번 암매장 사건과 관련이 있을지 몰라 제출하니 이걸 근거로 혹 상화 사건도 재조사할 수 있는 가능성이 있냐고 물었더니 그는 그럴 수도 있다고 했다. 그의 말에 따르면 경찰은 사실 오래전부터 그들 집단의 존재를 알고 있었으나 그동안 범죄 증거를 확보하지 못해 예의 주시하고 있던 중 이번 사건이 터진 거라고 했다. 상화 사건 때는 피해자 가족이 사체 부검을 거부했고 더 이상 그 사건이 확대되는 걸 원치 않는다고 강력히 주장해서 아쉽게도 거기서 사건을 덮었지만 이참에 모든 진상을 밝혀낼 거라고 했다.

　그런데 그로부터 얼마 후 나를 경악게 한 사건들이 연이어 터지고 말았다.

　'널 주시하고 있다. 조심해라.'

　어느 날 내 우편함에 날아온 의문의 편지 한 통. 그건 일종의 경고문이었다. 등골이 오싹했다.

　쟝의 짓일까? 그가 아니라면 나한테 이런 걸 보낼 사람이 없지 않은가?

　민주는 그 사실을 알고 당장 경찰에 신고하라고 했지만 난 보복이 두려워 그럴 수 없었다. 당장이라도 어디선가 나를 노리는 칼이라도 날아올 것만 같아 그날 이후 난 조바심과 불안 속에서 전전긍긍하며 지낼 수밖에 없었다.

　그런데 민주가 나완 상의도 없이 경찰에 협박편지 건에 대해 신고하고만 거다.

　"선우야, 네가 뭘 걱정하는지 잘 알아. 그래서 그랬어. 네 신변이 위험할 수 있다는 걸 미리 경찰에 알려둬야 혹시 무슨 일이 생기더라도 네가 보호받을 수 있잖니? 그래서 내가 신고했어. 형사가 그러더라. 너한테 피해 안 가도록 자기가 다 알아서 처리할 테니 걱정하지 말고 그 협박편지 제출하라고."

　민주가 뭐라건 난 그 친구의 무모함에 화가 치밀었다.

"넌 왜 시키지도 않은 일을 하고 그래?!"

"왜 화를 내니? 난 다 너 생각해서 그런 건데……."

"너 지금 내가 어떤 상황에 처해 있는지 정말 몰라 그래? 왜 일을 복잡하게 만드니?!"

난 두려웠다. 불안한 마음에 외출하기도 겁이 났다.

날이 갈수록 이런 상황에선 정상적인 생활조차 힘들 것 같다는 생각이 들었다. 다른 곳으로 거주지를 옮기든지 아니면 잠시 귀국을 해야 할지도 모르겠다는 생각조차 들었다.

그런데 내가 소심증이 도져 갈팡질팡하고 있는 사이 결국 최악의 상황이 벌어지고 말았다. 암매장 사건의 진범이 잡혔다는 거다. 하루꼬 집단은 이번 사건의 진범이 아니었다는 거다.

*

"너 정말 귀국할 거야?"

민주는 내가 학교에 휴학 신청서를 냈다는 걸 알고 심란한 표정을 지었다.

"응."

"논문은 어쩌려구?"

"논문이야 지도교수와 교신으로 지도를 받을 수도 있고."

나로선 지금 논문이 중요한 게 아니었다. 그저 하루 빨리 이 불안스런 상황에서 벗어나고 싶을 뿐이었다.

"딱하다 정말. 네가 이렇게까지 예민하게 반응할 줄 몰랐어. 내가 괜히 미안해지잖아."

"그럴 거 없어. 이미 벌어진 일이고……. 어찌 보면 해야 할 일을 한 것뿐인데 뭐."

사실 이렇게라도 상화에게 진 마음의 빚을 조금이라도 갚을 수 있지 않나 싶기도 했다.

학교에 휴학 신청서를 제출하고 이틀 후 나는 마침내 귀국 비행기에 몸을 실었다.

그리고 그로부터 일 년 후 여름, 다시 폭염주의보가 내려진 어느 날 난 파리의 민주로부터 한 통의 전화를 받았다.

—선우야, 너 혹시 소식 들었니? 거기서도 이미 해외토픽 뉴스로 보도 안 됐는지 모르겠다. 아무튼 기뻐할 소식이다. 그들이 마침내 종말을 맞았단다. 하루꼬 일당 말야! 마침내 그들의 범죄 사실이 백일하에 드러난 거지! 그런데 무슨 일이 벌어진 줄 아니? 글쎄, 놈들이 체포 직전에 자기들 신전이란 곳에서 집단 자살극을 벌였다잖니! 오늘밤 뉴스에 그 끔찍한 사건 현장이 비쳐지는데 어휴 섬뜩하더라! 그 광신자들이 온통 하얀 드레스와 양복 차림으로 서로 끌어

안은 채 쓰러져 있는 거야. 하루꼬와 쟝? 물론 그 인간들도 그 속에 끼어 있었겠지! 말이라구? 그 종말론자들 최후의 순간이 어땠을지 짐작이 되지? 그 미치광이 여교주가 나눠준 최후의 만나를 나눠 먹고 그들만의 '성스러운 의식'을 마지막으로 거행한 후 엑스터시 상태에서 쓰러져 갔겠지? "마침내 때가 온 것입니다! 아버지 신께서 우리들을 구원하러 오시겠다던 그 약속의 날이 말입니다!"라고 크게 외치면서 말야.

*

기상청은 올여름도 지난해처럼 심상찮은 이상 기온의 조짐이 보인다고 했다.

TV 뉴스는 연일 세계 도처에서 대형 화재가 발생하고 있다는 소식을 보도했다. 특히 지중해의 어느 섬 하나는 거대한 야생림이 화염에 휩싸여 섬 전체가 미친 듯 불타고 있다고도 했다. 그리고 며칠째 수많은 헬기로 그 섬에 진화제를 뿌렸지만 불길은 전혀 수그러들 기세를 보이지 않더니 결국 광란의 불은 섬 전체를 불태워 버렸다고 했다. 섬은 마침내 시커먼 숯덩이로 변해 버렸지만 공기 중엔 여전히 뭔가 타는 듯한 냄새가 계속 감돌고 있다고도 했다.